中国现当代
名家散文
典藏

巴金散文

人民文学出版社

图书在版编目（CIP）数据

巴金散文/巴金著. —北京：人民文学出版社，2022（2025.6重印）
（中国现当代名家散文典藏）
ISBN 978-7-02-017105-7

Ⅰ.①巴… Ⅱ.①巴… Ⅲ.①散文集—中国—现代 Ⅳ.①I266

中国版本图书馆CIP数据核字（2022）第047196号

责任编辑	杜　丽
装帧设计	陶　雷
责任校对	刘晓强　王筱盈
责任印制	张　娜

出版发行	人民文学出版社
社　　址	北京市朝内大街166号
邮政编码	100705
印　　刷	河北环京美印刷有限公司
经　　销	全国新华书店等
字　　数	283千字
开　　本	880毫米×1230毫米　1/32
印　　张	12.5　插页4
印　　数	11001–14000
版　　次	2022年5月北京第1版
印　　次	2025年6月第4次印刷
书　　号	978-7-02-017105-7
定　　价	42.00元

如有印装质量问题，请与本社图书销售中心调换。电话：010-65233595

作者像

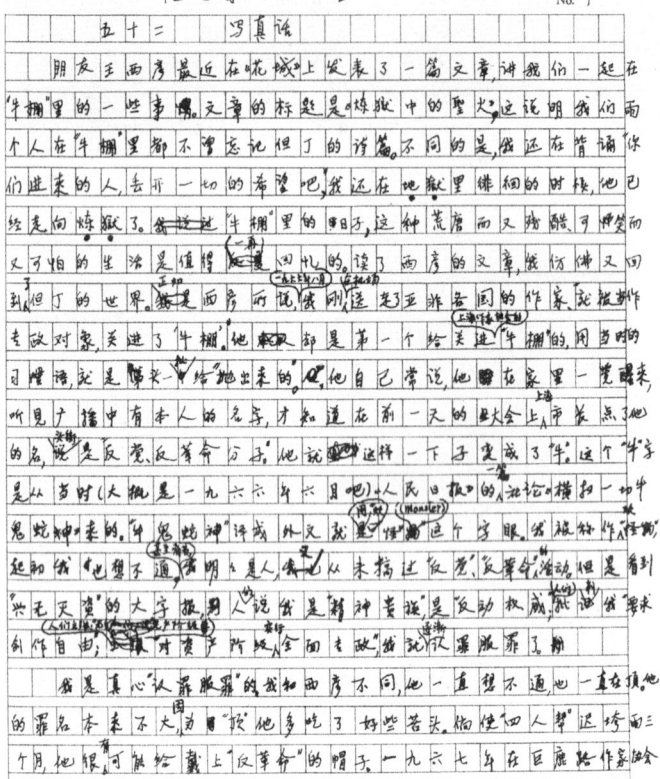

作者手迹

与萧珊、小林、小棠在家中（1962）

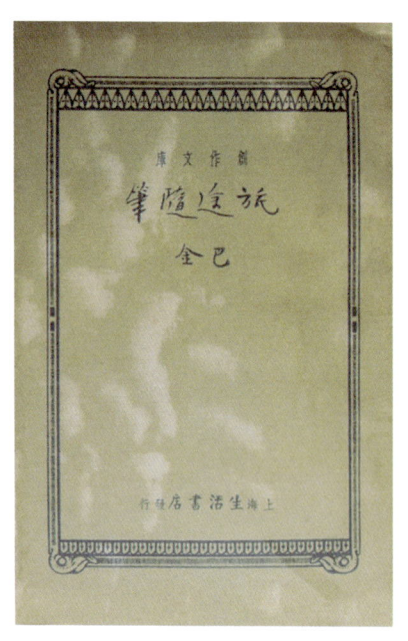

《旅途随笔》书影

出版缘起

中国现代文学开启自一百多年前的一场文学革命。从此,与社会现实密切相关,普通大众可以接受、可以欣赏、可以从中得到思想启蒙和艺术享受的新文学,就如雨后春笋般生长,涌现出一篇又一篇、一部又一部影响当时、传之久远的经典作品。自"五四"新文学以来的中国现当代文学发展进程中,散文无疑是耀人眼目的明星。

散文既能直抒胸臆,又能描摹万物,因此被视为自由多样的文体;散文语言贴近日常,最易触动人们的情感,可以直接地陶冶人们的心灵。这也是经典散文被誉为美文、拥有广泛读者、历经岁月更迭仍让人捧读的原因。百余年来的中国现当代散文创作云蒸霞蔚,已莽莽如浩瀚的文学森林,人们若贸然闯入这片森林之中,时有乱花迷眼、茫然难辨之困扰。为了让广大喜爱散文的读者能够更迅捷地读到中国现当代散文的经典性作品,我们精心编选了这套"中国现当代名家散文典藏"丛书。本丛书编选过程中,我们邀请了文学界的专家学者组成编委会,在认真商讨的基础上,汇集、编选了20世纪以来中国现当代散文史上的名家、名作。目的就是方便广大读者感受散文经典的艺术魅力,有利于集中欣赏、比较阅读、收藏,以及进行相关研究。

在研究、讨论过程中,编委会形成了经典性的编选宗旨。卷帙浩繁的现当代散文作品中,以经典作家、经典作品的筛选为编选原则,是为读者提供阅读便利的需要,也是为百余年散文创作所做的某种回顾和总结。我们深知,任何一部文学经典都并非一蹴而就,也非任由某个权威命名而成,文学经典是经过时间的淘洗,经受了社会和读者等各个方面的考验,自然形成的。这个淘洗和考验的过程就是一部文学作品被经典化的过程。经典,是经典化过程的结晶。中国现代文学是中国当代文学的前身,当代文学是活在我们身边的文学,这是一件非常有趣的事,因为这样一来,我们也许就能亲眼看到一部文学作品是如何诞生的,又是如何引起社会的热议、得到不断深入阐释的,我们对一部当代散文的喜爱,往往也是在这一过程中不断地得以强化。经典便是在这样不断被阅读、被热议、被阐释的过程中得到人们的广泛肯定从而成为大家公认的经典。当我们要编选一套现当代散文经典的丛书时,就应该考虑到当代文学的这一特点,要意识到当代文学的经典并不是凝固不变的,它仍处在不断丰富和不断成熟的经典化过程之中。这就确定了我们的基本编辑思路,即我们自觉地将"中国现当代名家散文典藏"的编选和出版,视为参与到现当代散文的经典化过程的一次积极行动。经典化,为我们的编选打通了一条通往经典性的最佳通道。我们从经典化的角度来审视现当代散文,就要更强调发展和辩证的眼光,更需要发现和辨析那些正在茁壮生长中的新现象和新作品;这也提醒我们,在经典标准的确认上不能墨守成规。我们既要关注作为文学史的经典,同时又要更看重历经岁月变幻始终在广大读者中拥有良好口碑的作品。我们认为,读者是经典化过程中不可忽视的参与者,因此也希望这次"中国现当代名家散文典藏"的编选和出版,能够为广大读者参与到现当代散文经典化进程中来提供一次良好的机会。

经典化的编选思路,自然决定了这套丛书有另一特征:开放性。中国现当代文学作为活在我们身边的文学,这就意味着它是一种具有旺盛生命力的、仍在茁壮生长的文学。回望过去的一百余年,现当代散文已经产生了不少的经典性作品;凝视当下的现实,仍有许多正行走在经典化道路上的优秀作品;放眼未来,我们相信,将会有更多的经典脱颖而出。我们这套散文典藏丛书不光要"回望",而且还要有"凝视"和"放眼",也就是说,我们不光要推出已有定论的经典性作品,而且还要把那些正行走在经典化道路上的,以及刚刚萌芽即将脱颖而出的优秀作品也纳入丛书的视野,因此我们必须采取开放性的编选方针。我们不是一次性地编选数十本书就宣布大功告成了,我们还要在此基础上继续延伸下去,把在经典化进程中逐渐成熟了的作家和作品吸纳进来,作为系列丛书、长期工作、"长河"计划而接连不断地出版下去。

本丛书编辑过程中,坚持优中选优原则,同时也充分尊重作家意愿和相关版权要求。在编辑"中国现当代名家散文典藏"过程中,由于版权限制等因素,使得一些名家名作还没有如期纳入丛书当中,我们也将努力创造条件,争取将更多的优秀散文佳作奉献给读者,以呈现中国现当代散文创作的整体成就和总体风貌。

感谢广大作家的支持,感谢广大读者的厚爱。

人民文学出版社
"中国现当代名家散文典藏"编辑委员会

目 录

1 导读

1 "再见罢,我不幸的乡土哟!"

3 繁星

4 海上的日出

5 海上生明月

6 病榻看雪

8 南国的梦

10 香港的夜

12 鸟的天堂

15 机器的诗

17 谈心会

21 朋友

24 一千三百圆

27 海珠桥

30 一九三四年十月十日在上海

34 在轰炸中过的日子

37	桂林的微雨
42	黑土
47	从镰仓带回的照片
53	再访巴黎
56	西湖之梦
61	生命
63	海的梦
66	神
69	梦
73	醉
78	生
84	静寂的园子
87	爱尔克的灯光
91	风
93	云
95	雷
98	雨
100	日
101	星
103	龙
108	废园外

111　火

114　长夜

121　寻梦

125　灯

128　愿化泥土

131　《灭亡》序

133　《骷髅的跳舞》译者序

135　《夜未央》小引

136　《幸福的船》序

139　《激流》总序

141　呈献给一个人

145　《春天里的秋天》序

147　《点滴》序

150　《春》序

152　《秋》序

155　《憩园》后记

157　《寒夜》再版后记

159　谈《灭亡》

174　关于《激流》

189　我的幼年

197	我的老家
203	把心交给读者
209	作家
211	怀念鲁迅先生
215	怀念老舍同志
222	怀念从文
240	怀念曹禺
245	悼范兄
253	我的哥哥李尧林
264	怀念萧珊
278	再忆萧珊
281	小端端

285	做一个战士
287	"重进罗马"的精神
290	"独立思考"
292	"恰到好处"
294	"豪言壮语"
297	小骗子
300	大镜子
303	小狗包弟
307	探索

313　再谈探索

318　探索之四

320　灌输和宣传(探索之五)

325　说真话

328　再论说真话

332　说真话之四

336　未来(说真话之五)

340　思路

345　致成都东城根街小学学生

347　向老托尔斯泰学习

350　没有神

导　读

　　1929年，巴金(1904—2005)以小说《灭亡》意外地闯入文坛，从此一发不可收，在二十年间写下"爱情的三部曲"(《雾》《雨》《电》)《家》《春》《秋》《憩园》《寒夜》等众多小说，并在几代读者中间产生广泛影响。巴金的前半生以小说名世，散文①仿佛是"余事"，然而，散文写作却伴随他七十多年创作生涯始终。在小说创作之前，他写过政论、杂文，也写过旅行随笔，像读者熟悉的《海上的日出》《繁星》等都出自他1927年赴法途中所写的《海行》(后改名《海行杂记》)。他的后半生小说写得越来越少，散文反客为主。特别是晚年，《随想录》更是产生了超出文学本身的社会影响，有人评价："深感到它语重心长，真是力透纸背，情透纸背，热透纸背。"②

　　巴金的散文在不同阶段有不同的特点。在早期(1933年以前)，是生之忏悔，灵魂的呼号。巴金后来曾检讨他的文字比较直白、缺乏节制、语言欧化，很多文学史研究者方便地把这些套在巴金的全部创作上，可是，巴金创作是有很大变化的。1933年以后，他的文

---

① 本文所说的"散文"，包含随笔、杂文、特写等多种形式，是大散文的概念。
② 张光年：《语重心长》，1986年9月27日《文艺报》。

字明显简洁、精炼、明澈,及至经过抗战的烽火,青春的急躁已被中年的沉稳所替代,还多了很多忧思,文字渐趋成熟。1949年以后的三十年间(有十年不能创作),他改换了笔调,写新人新事,唱起热情的赞歌,以往忧郁的调子不见了,却因素材常常得之于浮光掠影的印象,难免又有不深入、较肤浅的特点。新时期以后,垂暮之年的巴金进入反思阶段,悲愤中有沉郁,煎熬中有灵魂的自我拷问……巴金不是一个封闭的、独语式的作家,他的写作始终是开放的,不同阶段的文风变化都与个人经历、社会环境和思想转变息息相关。

一个人的创作即便有不同的变化和多重笔墨,也必然会有一些稳定的内核、一以贯之的风格和总体特征,巴金的创作也不例外。从个人的阅读感受出发,以下的几个方面或能看出巴金散文创作的鲜明特色:

巴金曾多次说,写作是因为"我有感情","我用作品表达我的这种感情"[①]。用传统的说法就是情动于中而形于言,这是他创作的出发点。巴金的散文大多是在自然状态下的心声吐露,而非刻意求精的艺术创作。这使他的文字不够精致、不够圆润,却十分自然、坦诚、朴素、流畅,后者显然构成了巴金散文最为表象的特征。从前辈们提倡的"我手写我心",到巴金晚年疾

---

① 巴金:《致成都东城根街小学学生》,《再思录》第65页,作家出版社2011年4月版。

呼"讲真话",巴金认为散文应坚持表达个人的心声、独立思考和价值判断。"我是一个充满矛盾的人","烦忧和困难笼罩着我的全个心灵,没有一刻离开我"①。他如此敞开心扉,又不断地直面灵魂自我剖析,像他怀念"小狗包弟","我想向它表示歉意"②,自责为了明哲保身而把小狗送到手术台上,这是良知未泯、人性复苏之后的忏悔。来自旧俄革命者影响的某种"罪"感一直伴随着巴金,使之在倾吐心声的过程中实现灵魂的自我净化,又使他的心声不曾滑向虚伪和矫情,而是笼罩着某种悲壮、庄严和神圣的气氛。

真诚的倾吐和炽热的情感,像激流一样冲刷着读者的心,巴金的心声在1930年代赢得众多青年读者的共鸣,很多年轻人把不肯告诉父母的话、埋藏在心底的秘密跟巴金倾诉。③巴金也把读者当作朋友、兄弟,"你得把我看做你的一个同伴,因为我是一个和你一样的人"④,这种没有隔阂的"同伴"关系,就是巴金说的"把心交给读者"吧。这样的写作姿态,形成巴金散文的另外一个特点:他的文章是有特定的表达对象的("读者"),作者和读者之间是有充分交流和互动的。这种心声的互诉,表达的又是时代之音——一代人的苦

---

① 巴金:《梦》,《巴金全集》第13卷第93、90页,人民文学出版社1990年4月版。
② 巴金:《小狗包弟》,《巴金全集》第16卷第168页,人民文学出版社1991年3月版。
③ 巴金:《我和读者》,《巴金全集》第16卷第285页。
④ 巴金:《我的幼年》,《巴金全集》第13卷第5页。

闷和呼喊、挣扎与抗争。无论是在小说还是散文里，巴金都是一位具有高度时代概括力的作家，他能够敏锐地捕捉社会的变化，抓住焦点问题，充分表达出来。反对专制，争取自由，追求光明，直面现实讲真话……这都是时代之音。他的《旅途随笔》《旅途通讯》《旅途杂记》等"旅行记"，无关山水，而是那个时代中国社会各层面的素描，他从不曾在象牙塔中经营艺术，而是在时代洪流中与他的读者共同歌哭。

在感性的外壳之下，是巴金散文的坚硬内核：信念的维护和传布。它是"信仰"，是巴金理解人事和观察世界的一种视角，也是他要传达给读者的一种力量。不过，他并未把散文当成信仰的宣传品，诸如火、热、灯光、光明、寒夜、激流、大海、梦等等这些文学意象多次出现在巴金的笔下。他以富含感情的文字思考和强调生命的价值，他表达的社会理想不是空洞的大道理，而是具体到一个人和"一根头发"："我的心里怀着一个愿望，这是没有人知道的：我愿每个人都有住房，每张口都有饱饭，每个心都得到温暖。我想揩干每个人的眼泪，不再让任何人拉掉别人的一根头发。"[①] 巴金的文章中，少风花雪月，少俏皮幽默，也很少私人生活和情感的描摹，它表达的是长江大河的雄浑气势，大江大海的壮阔大爱。那些看似简单的道理，在青年读者心中播下种子，成为行动的准则，进而影响人生的抉择，从另

---

① 巴金：《生命》，《巴金全集》第12卷第452—453页，人民文学出版社1989年12月版。

外一方面证实了巴金文字的丰厚、坚定和有力量。

人们往往在奇崛的词句中寻找"文笔""笔法",忽视了老妪能解的白居易诗歌背后的苦心孤诣。巴金的文字,不是以奇、险胜,它平白如话,还曾遭人诟病为"文笔不好"。从现代白话文发展的历史看,巴金使用的是比较醇正的现代白话文,借用叶圣陶的话,它具有准确、鲜明、生动的特点,"不晦涩,不含糊,不呆板,不滞钝"[1]。要"上口",又"入耳"。[2] 他的散文中,短句多,容易上口;节奏强,有跳跃感;不以单句的蕴藉取胜,而胜在整篇的语流和情感产生的冲击力和感染力。叶圣陶说:"我非常羡慕巴金的文笔,那么熟练自如,炉火纯青,并非容易达到的。"[3] 巴金学习和追求的语言是"生动活泼、富于感情、有声有色""能够打动人心"[4]。

巴金认为:"艺术的最高境界,是真实,是自然,是无技巧。"[5] 并非轻视写作技巧,而是他追求一种超越文字技巧的境界。这种境界是"我要掏出自己燃烧的心,要讲心里的话"[6]。大音希声,大象无形,文字被燃烧的感情熔化,技巧被真诚的心声替代,写作和生活

---

[1] 叶圣陶:《准确·鲜明·生动》,《叶圣陶散文乙集》第297页,生活·读书·新知三联书店1984年12月版。
[2] 叶圣陶:《"上口"和"入耳"》,《叶圣陶散文乙集》第342页。
[3] 叶圣陶:《樱花精神》,《叶圣陶散文乙集》第344—345页。
[4] 巴金:《〈往事与随想〉后记(一)》,《巴金全集》第17卷第292页,人民文学出版社1991年8月版。
[5] 巴金:《探索之三》,《巴金全集》第16卷第183页。
[6] 巴金:《〈探索集〉后记》,《巴金全集》第16卷第273页。

融为一体，巴金希望他的文字能够"把人们的心拉拢了，让人们互相了解""在寒天送炭、在痛苦中送安慰"①，多么美好的愿望，这也是一位作家奉献给读者的最大福利。

周立民
2022年3月27日凌晨三时于上海，3月29日晚再改

---

① 巴金：《憩园》，《巴金全集》第8卷第138页，人民文学出版社1989年5月版。

"再见罢，我不幸的乡土哟！"

踏上了轮船的甲板以后，我便和中国的土地暂别了，心里自然装满了悲哀和离愁。开船的时候我站在甲板上，望着船慢慢地往后退离开了岸，一直到我看不见岸上高大的建筑物和黄浦江中的外国兵舰，我才掉过头来。我的眼里装满了热泪，我低声说了一句："再见罢，我不幸的乡土哟！"①

再见罢，我不幸的乡土哟，这二十二年来你养育了我。我无日不在你的怀抱中，我无日不受你的扶持。我的衣食取给于你。我的苦乐也是你的赐与。我的亲人生长在这里，我的朋友也散布在这里。在幼年时代你曾使我享受种种的幸福；可是在我有了知识以后你又成了我的痛苦的源泉了。

在这里我看见了种种人间的悲剧，在这里我认识了我们所处的时代，在这里我身受了各种的痛苦。我挣扎，我苦斗，我几次濒于灭亡，我带了遍体的鳞伤。我用了眼泪和叹息埋葬了我的一些亲人，他们是被旧礼教杀了的。

这里有美丽的山水，肥沃的田畴，同时又有黑暗的监狱和刑场。在这里坏人得志、好人受苦，正义受到摧残。在这里人们为了争取自由，不得不从事残酷的斗争。在这里人们在吃他的同类的人。——那许多的惨酷的景象，那许多的悲痛的回忆！

哟，雄伟的黄河，神秘的扬子江哟，你们的伟大的历史在哪里

---

① 这是一首叫做《断头台》的歌子的第一句，这首歌在旧俄时代西伯利亚的监狱里流行过，据说是旧俄政治犯米拉科夫所作。

去了?这样的国土!这样的人民!我的心怎么能够离开你们!

再见罢,我不幸的乡土哟!我恨你,我又不得不爱你。

(本文至《病榻看雪》五篇写于作者1927年1月至同年2月赴法国途中和到巴黎时)

繁　星

　　我爱月夜，但我也爱星天。从前在家乡七、八月的夜晚在庭院里纳凉的时候，我最爱看天上密密麻麻的繁星。望着星天，我就会忘记一切，仿佛回到了母亲的怀里似的。

　　三年前在南京我住的地方有一道后门，每晚我打开后门，便看见一个静寂的夜。下面是一片菜园，上面是星群密布的蓝天。星光在我们的肉眼里虽然微小，然而它使我们觉得光明无处不在。那时候我正在读一些关于天文学的书，也认得一些星星，好像它们就是我的朋友，它们常常在和我谈话一样。

　　如今在海上，每晚和繁星相对，我把它们认得很熟了。我躺在舱面上，仰望天空。深蓝色的天空里悬着无数半明半昧的星。船在动，星也在动，它们是这样低，真是摇摇欲坠呢！渐渐地我的眼睛模糊了，我好像看见无数萤火虫在我的周围飞舞。海上的夜是柔和的，是静寂的，是梦幻的。我望着那许多认识的星，我仿佛看见它们在对我霎眼，我仿佛听见它们在小声说话。这时我忘记了一切。在星的怀抱中我微笑着，我沉睡着。我觉得自己是一个小孩子，现在睡在母亲的怀里了。

　　有一夜，那个在哥伦波上船的英国人指给我看天上的巨人。他用手指着：那四颗明亮的星是头，下面的几颗是身子，这几颗是手，那几颗是腿和脚，还有三颗星算是腰带。经他这一番指点，我果然看清楚了那个天上的巨人。看，那个巨人还在跑呢！

海上的日出

为了看日出,我常常早起。那时天还没有大亮,周围非常清静,船上只有机器的响声。

天空还是一片浅蓝,颜色很浅。转眼间天边出现了一道红霞,慢慢地在扩大它的范围,加强它的亮光。我知道太阳要从天边升起来了,便不转眼地望着那里。

果然过了一会儿,在那个地方出现了太阳的小半边脸,红是真红,却没有亮光。太阳好像负着重荷似的一步一步、慢慢地努力上升,到了最后,终于冲破了云霞,完全跳出了海面,颜色红得非常可爱。一刹那间,这个深红的圆东西,忽然发出了夺目的亮光,射得人眼睛发痛,它旁边的云片也突然有了光彩。

有时太阳走进了云堆中,它的光线却从云层里射下来,直射到水面上。这时候要分辨出哪里是水,哪里是天,倒也不容易,因为我就只看见一片灿烂的亮光。

有时天边有黑云,而且云片很厚,太阳出来,人眼还看不见。然而太阳在黑云里放射的光芒,透过黑云的重围,替黑云镶了一道发光的金边。后来太阳才慢慢地冲出重围,出现在天空,甚至把黑云也染成了紫色或者红色。这时候光亮的不仅是太阳、云和海水,连我自己也成了光亮的了。

这不是很伟大的奇观么?

海上生明月

　　四围都静寂了。太阳也收敛了它最后的光芒。炎热的空气中开始有了凉意。微风掠过了万顷烟波。船像一只大鱼在这汪洋的海上游泳。突然间，一轮红黄色大圆镜似的满月从海上升了起来。这时并没有万丈光芒来护持它。它只是一面明亮的宝镜，而且并没有夺目的光辉。但是青天的一角却被它染成了杏红的颜色。看！天公画出了一幅何等优美的图画！它给人们的印象，要超过所有的人间名作。

　　这面大圆镜愈往上升便愈缩小，红色也愈淡，不久它到了半天，就成了一轮皓月。这时上面有无际的青天，下面有无涯的碧海，我们这小小的孤舟真可以比作沧海的一粟。不消说，悬挂在天空的月轮月月依然，年年如此。而我们这些旅客，在这海上却只是暂时的过客罢了。

　　与晚风、明月为友，这种趣味是不能用文字描写的。可是真正能够做到与晚风、明月为友的，就只有那些以海为家的人！我虽不能以海为家，但做了一个海上的过客，也是幸事。上船以来见过几次海上的明月。最难忘的就是最近的一夜。我们吃过午餐后在舱面散步，忽然看见远远的一盏红灯挂在一个石壁上面。这红灯并不亮。后来船走了许久，这盏石壁上的灯还是在原处。难道船没有走么？但是我们明明看见船在走。后来这个闷葫芦终于给打破了。红灯渐渐地大起来，成了一面圆镜，腰间绕着一根黑带。它不断地向上升，突破了黑云，到了半天。我才知道这是一轮明月，先前被我认为石壁的，乃是层层的黑云。

病榻看雪

到了巴黎，我第二天便病倒了，那时我住在 Blanville 街五号的旅馆里，时间是二月二十日。我是一月十五日离开上海的。

二月的天气在这个多雨的城里算是最冷的时节，我又住在第三层的高楼上，看不见阳光，房里一切都是灰色的。开了窗我又受不住冷风，关上窗户，房里就成了黑暗世界。窗外便是对面的高楼，下面是窄狭的街道。天空是阴暗的。

早晨吴和卫来看我。他们谈得很起劲，我一句话也不曾说，他们也没有注意。吃中饭时，他们约我出去，我说，不想吃东西，我病了。他们两个就出去了。

我头昏，心里难受，四肢无力，疲倦地躺在床上。忽然想起昨晚在吴那里拿来的一本书还在枕头边，是昨夜临睡时读了几页后放下的，我拿起来读了一页，就觉得读不进去，不能够把心放在书上，只得抛下它，一个人在床上胡思乱想。后来我居然睡着了。还是卫和吴的敲门声把我惊醒起来的。

他们给我买回来了酒精灯，锅子，糖。卫在这里照料，吴又出去买了酒精和牛奶。他们把牛奶煮好拿给我喝，我本来不想喝什么，却也听了他们的劝，勉强喝了一大杯，又重新睡着了。

大约过了两个钟头，他们又把我唤醒，煮了一杯牛奶给我喝。窗外有白色东西在飞舞，像柳絮，像棉花，又有些细微的声音。我不知道这是什么，问卫，他说："落雪了。"

"落雪了"，这三个字把我心头的烈火完全弄灭了。窗外的雪霏霏地落，我心里的寒冷也不断地增加。吴在旁边读报，他忽然告诉我：丹麦的文学批评家乔治·布朗德斯①病故了。

---

① 乔治·布朗德斯(G. Brandes，1842—1927)，《十九世纪欧洲文学主流》（六卷）和《俄罗斯印象记》等书的作者。通译勃兰兑斯。

南国的梦

在南国的一个古城里我度过了将近一星期的光阴。我离开那里的时候，我对朋友说这一星期的生活就像一个美丽的梦，一个多么值得回忆的梦哟！

记得赫尔岑曾说过这样的话：人一到了南方，他就觉得自己的年纪变轻了，他想哭，他想笑，他想唱歌，他想跳跃。南国的景物的确是很迷人的。单是那明亮的阳光就够使人怀念了。

我们坐了贯通大山的汽车，我们坐了过海的小火轮，我们看了红的土块、青的海水、绿的田畴、茂盛的榕树和龙眼树，我觉得我是一刻一刻地变得年轻了。

我们的汽车驶进了古城，它并没有什么大的改变，我还认识它。只是我去年来的时候，人们才开始在修造那大桥，我不得不跟着众人搭那过渡的船，如今汽车却可以安稳地在桥上通行了。

这古城是我常来游玩的地方，因为这里有我的不少的朋友，他们都是我所敬爱的。和他们会见便是我的生活里的最大的快乐，这欢聚至今还温暖着我的心。

他们和最近在上海逝世的匡互生（对于这我所敬爱的人的死，我不知道应该用什么话来表明我的悲痛。他的最后是很可怕的。他在医生的绝望的宣告下面，躺在医院里等死，竟然过了一个月以上的时间，许多人的眼泪都不能够挽救他）一样，都是献身于一个教育理想的人。他们在极其贫困的环境里支持着两三个学校，使得许多可爱的贫家孩子也尝到一点人间温暖，受到一点知识的启发。他们的那种牺牲精神可以使每个有良心的人流下感激的眼泪。

没有充足的饮食，没有充足的睡眠，没有充足的休息，他们沉默地把那沉重的担子放在肩上，从没有一个时候发出一声怨恨。他们忘了自己的健康，忘了自己的家庭，他们只知道一个责任，给社会制造出一些有用的好青年。

他们也许不是教育家，但他们并不像别的教师那样把自己放在学生的上面，做一个尊严的先生。他们生活在学生中间，像一个亲爱的哥哥，分担学生的欢乐和愁苦，了解那些孩子，教导那些孩子，帮助那些孩子。

这些都是我亲眼看见的。我在他们中间生活了将近一个星期，我不曾给他们帮过一点忙。我沉默地旁观着一切。当他们要我写下一点感想的时候，我甚至回答说我没有什么感想。可是我别了他们回到日光岩下的岛上来，在一个旅舍的楼上听着窗外的雨声，望着躺卧在窗下的海景，我想起在那古城里所看见的一切，热情开始来折磨我，我的眼泪禁不住畅快地淌了出来。我拿起笔一面流泪一面给他们写信。我说我一定要他们知道我这时候的感激的心情。我说我的心还在他们那里，我愿把我的心放在他们的脚下，给他们做一个柔软的脚垫。不要使他们的脚太费力。

第二天早晨我就离开了那个美丽的岛屿，搭了那只和山西省城同名的轮船往前面走了。

1933 年 5 月

香港的夜

我们搭小火轮去广州。晚上十点钟船离开了香港。

开船的时候,朋友洪在舱外唤我。我走出舱去,便听见洪说:"香港的夜很美,你不可不看。"

我站在舱外,身子靠着栏杆,望着渐渐退去的香港。

海是黑的,天也是黑的。天上有些星星,但大半都不明亮。只有对面的香港成了万颗星点的聚合。

山上有灯,街上有灯,建筑物上有灯。每一盏灯就像一颗星,在我的肉眼里它比星星更亮。它们密密麻麻地排列着,像是一座星的山,放射万丈光芒的星的山。

夜是静寂的,柔和的。从对面我听不见一点声音。香港似乎闭上了它的大口。但是当我注意到那座光芒万丈的星的山的时候,我仿佛又听见了那无数的灯光的私语。船在移动,灯光也跟着在移动。而且电车、汽车上的灯也在飞跑。我看见它们时明时暗,就像人在霎眼,或者它们在追逐,在说话。我的视觉和听觉混合起来。我仿佛在用眼睛听了。那一座星的山并不是沉默的,在那里正奏着出色的交响乐。

我差不多到了忘我的境界……

船似乎在转弯。星的山愈来愈窄小了。但是我的眼里还留着一片金光,还响着动人的乐曲。

后来船驶进群山的中间(我不知道是山还是岛屿),香港完全给遮住了。海上没有灯,浓密的黑暗包围着我们的船。星的山成了

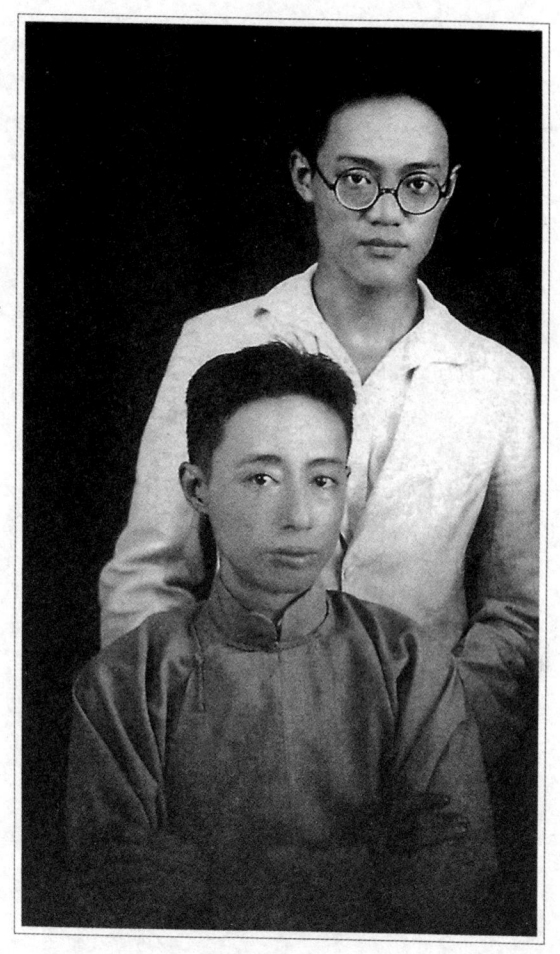

与大哥尧枚合影(1929)

1935年在日本横滨

一个渺茫的梦景。

　　我还呆呆地站在那里，我想找回那座星的山。但是我什么也看不见。外面的空气很凉爽，风吹得我的头有点受不住了，我便回到舱里去。舱里人声嘈杂，是一个完全不同的世界。我把脚踏进舱里的时候，我不禁疑惑地问自己：我先前看见的难道只是一个幻景？

1933 年 5 月底在广州

鸟的天堂

我们在陈的小学校里吃了晚饭。热气已经退了。太阳落下了山坡,只留下一段灿烂的红霞在天边,在山头,在树梢。

"我们划船去!"陈提议说。我们正站在学校门前池子旁边看山景。

"好,"别的朋友高兴地接口说。

我们走过一段石子路,很快地就到了河边。那里有一个茅草搭的水阁。穿过水阁,在河边两棵大树下我们找到了几只小船。

我们陆续跳在一只船上。一个朋友解开绳子,拿起竹竿一拨,船缓缓地动了,向河中间流去。

三个朋友划着船,我和叶坐在船中望四周的景致。

远远地一座塔耸立在山坡上,许多绿树拥抱着它。在这附近很少有那样的塔,那里就是朋友叶的家乡。

河面很宽,白茫茫的水上没有波浪。船平静地在水面流动。三只桨有规律地在水里拨动。

在一个地方河面窄了。一簇簇的绿叶伸到水面来。树叶绿得可爱。这是许多棵茂盛的榕树,但是我看不出树干在什么地方。

我说许多棵榕树的时候,我的错误马上就给朋友们纠正了,一个朋友说那里只有一棵榕树,另一个朋友说那里的榕树是两棵。我见过不少的大榕树,但是像这样大的榕树我却是第一次看见。

我们的船渐渐地逼近榕树了。我有了机会看见它的真面目:是一棵大树,有着数不清的桠枝,枝上又生根,有许多根一直垂到地上，进了泥土里。一部分的树枝垂到水面，从远处看，就像一棵大树斜躺在水上一样。

现在正是枝叶繁茂的时节（树上已经结了小小的果子，而且有许多落下来了）。这棵榕树好像在把它的全部生命力展览给我们看。那么多的绿叶，一簇堆在另一簇上面，不留一点缝隙。翠绿的颜色明亮地在我们的眼前闪耀，似乎每一片树叶上都有一个新的生命在颤动，这美丽的南国的树！

船在树下泊了片刻，岸上很湿，我们没有上去。朋友说这里是"鸟的天堂"，有许多只鸟在这棵树上做窝，农民不许人捉它们。我仿佛听见几只鸟扑翅的声音，但是等到我的眼睛注意地看那里时，我却看不见一只鸟的影子。只有无数的树根立在地上，像许多根木桩。地是湿的，大概涨潮时河水常常冲上岸去。"鸟的天堂"里没有一只鸟，我这样想道。船开了。一个朋友拨着船，缓缓地流到河中间去。

在河边田畔的小径里有几棵荔枝树。绿叶丛中垂着累累的红色果子。我们的船就往那里流去。一个朋友拿起桨把船拨进一条小沟。在小径旁边，船停了，我们都跳上了岸。

两个朋友很快地爬到树上去，从树上抛下几枝带叶的荔枝，我同陈和叶三个人站在树下接。等到他们下地以后，我们大家一面吃荔枝，一面走回船上去。

第二天我们划着船到叶的家乡去，就是那个有山有塔的地方。从陈的小学校出发，我们又经过那个"鸟的天堂"。

这一次是在早晨，阳光照在水面上，也照在树梢。一切都显得非常明亮。我们的船也在树下泊了片刻。

起初四周非常清静。后来忽然起了一声鸟叫。朋友陈把手一拍,我们便看见一只大鸟飞起来,接着又看见第二只,第三只。我们继续拍掌。很快地这个树林变得很热闹了。到处都是鸟声,到处都是鸟影。大的、小的、花的、黑的,有的站在枝上叫,有的飞起来,有的在扑翅膀。

我注意地看。我的眼睛真是应接不暇,看清楚这只,又看漏了那只,看见了那只,第三只又飞走了。一只画眉飞了出来,给我们的拍掌声一惊,又飞进树林,站在一根小枝上兴奋地唱着,它的歌声真好听。

"走罢,"叶催我道。

小船向着高塔下面的乡村流去的时候,我还回过头去看留在后面的茂盛的榕树。我有一点留恋,昨天我的眼睛骗了我。"鸟的天堂"的确是小鸟的天堂啊!

1933年6月在广州

机器的诗

　　为了去看一个朋友，我做了一次新宁铁路上的旅客。我和三个朋友一路从会城到公益，我们在火车上大约坐了三个钟头。时间长，天气热，但是我并不觉得寂寞。

　　南国的风物的确有一种迷人的力量。在我的眼里一切都显出梦景般的美：那样茂盛的绿树，那样明亮的红土，一块一块的稻田，一堆一堆的房屋，还有明镜似的河水，高耸的碉楼。南国的乡村，虽然里面包含了不少的痛苦，但是表面上它们还是很平静，很美丽的！

　　到了潭江，火车停下来。车轮没有动，外面的景物却开始慢慢地移动了。这不是什么奇迹。这是新宁铁路上的一段最美丽的工程。这里没有桥，火车驶上了轮船，就停留在船上，让轮船载着它慢慢地渡过江去。

　　我下了车，站在铁板上。船身并不小，甲板上铺着铁轨，火车就躺在铁轨上喘气。左边有卖饮食的货摊，许多人围在那里谈笑。我一面走，一面看。我走过火车头前面，到了右边。

　　船上有不少的工人。朋友告诉我，在船上作工的人在一百以上。我似乎没有看见这么多。有些工人在抬铁链，有几个工人在管机器。

　　在每一副机器的旁边至少站得有一个穿香云纱衫裤的工人。他们管理机器，指挥轮船前进。

　　看见这些站在机器旁边的工人的昂头自如的神情，我从心底生出了感动。

四周是平静的白水，远处有树、有屋。江面很宽。在这样的背景里显出了管理机器的工人的雄姿。机器有规律地响着，火车趴在那里，像一条被人制服了的毒蛇。

我看着这一切，我感到了一种诗情。我仿佛读了一首真正的诗。于是一种喜悦的、差不多使我的心颤抖的感情抓住了我。这机器的诗的动人的力量，比诗人的作品大得多。

诗应该给人以创造的喜悦，诗应该散布生命。我不是诗人，但是我却相信真正的诗人一定认识机器的力量，机器工作的巧妙，机器运动的优雅，机器制造的完备。机器是创造的、生产的、完美的、有力的。只有机器的诗才能够给人以一种创造的喜悦。

那些工人，那些管理机器、指挥轮船、把千百个人、把许多辆火车载过潭江的工人，当他们站在铁板上面、机器旁边，一面管理机器，一面望着白茫茫的江面，看见轮船慢慢地驶近江岸的时候，他们心里的感觉，如果有人能够真实地写下来，一定是一首好诗。

我在上海常常看见一些大楼的修建。打桩的时候，许多人都围在那里看。有力的机器从高处把一根又高又粗的木桩打进土地里面去，一下，一下，声音和动作都是有规律的，很快地就把木桩完全打进地里去了。四周旁观者的脸上都浮出了惊奇的微笑。地是平的，木头完全埋在地底下了。这似乎是不可信的奇迹。机器完成了奇迹，给了每个人以喜悦。这种喜悦的感情，也就是诗的感情。我每次看见工人建筑房屋，就仿佛读一首好诗。

1933 年 6 月在广州

谈 心 会

一

我离开乡村师范的前一晚，是一个很美丽的月夜。学生们在举行谈心会。他们坐在草地上，围成一个大圈子，中间是花坛，前面是一片田野，田畔有一条小河。后面有三座并排的灰黑色的祠堂，就是他们的校舍，在一座小山的脚下。起初没有人说话，四周静极了。大家安闲地听着青蛙同蟋蟀合奏的月光曲。

这样的谈心会每星期举行一次。今天正是适当的日子。学生们非常高兴。教员们也很高兴。因为在这个谈心会上每个人都可以自由地讲自己心里的话。

他们给我留了一个座位，但是我却愿意躺在旁边的一根石凳上。我仰卧在那里，望着上面的无云的蓝天，明月就在海上安稳地航行。小虫在我的赤足上爬来爬去。偶尔有几只蚊子飞来。我在石凳上翻身好几次，我的眼皮渐渐地垂下来了。

他们在那边谈话，全是我的耳朵不大习惯的广东话。偶尔有几句送进我的耳里，我仿佛也懂得。起初是朋友洪谈他去年病中的生活。以后是一个学生谈他的过去，谈人与人之间的隔阂。接着另一个学生谈他在小学里教书的经验。一个女学生发言希望大家真正打破男女间的界限。一个年轻学生开始讲故事。后来朋友陈就讲我们这几天的乡村旅行。

我迷迷糊糊地在石凳上躺了好久，许多有价值的话都在我的耳边飞了过去。渐渐地我觉得不舒服,身子在石凳上发痛了。我翻一个身坐起来。我不知道时候的早迟,只是空气变得更凉爽,月亮在天空中的地位也大大地改变了。

我走到谈心会那里,一个女学生无精打采地讲话,好几个学生在打盹,一小部分人已经回寝室睡觉了。

洪看见我走近,便要我坐下,接着大家要我讲几句话。我没法推辞,只得零碎地讲了几段关于生活的话,洪担任翻译。

二

我从英国人汤·苦卜尔(T. Cooper)的一个小故事讲起:"苦卜尔晚年有一天,一个女孩走到他面前,手里拿了一本纪念册,翻开空白页对他说:'苦卜尔,给我写点什么在这上面罢!'苦卜尔就写着:

'爱真理,孩子,爱真理罢,
它会使你青春的早晨欢欣;
爱护真理使它永远光明,
在人生的正午
虽然会给你带来痛苦,
但是它会使你永远保持正直和真诚!……'"

我接着就说到生活的态度:

"爱真理,忠实地生活,这是至上的生活态度。没有一点虚伪,没有一点宽恕,对自己忠实,对别人也忠实,你就可以做你自己的行为的裁判官。

"严格地批判自己，忠实地去走生活的路，这就会把你引到真理那里去。……"

我又引用了法国青年哲学家居友的话来说明什么是丰富的、满溢的生命。

居友说："个人的生命应该为着他人放散，在必要的时候，还应该为着他人放弃……"

我接着说："我们每个人都有着更多的思想，更多的同情，更多的爱慕，更多的欢乐，更多的眼泪，比我们维持自己的生存所需要的多得多。所以我们必须把它们分散给别人，并不贪图一点报酬。否则我们就会感到内部的干枯，正如居友所说：'我们的天性要我们这样做，就像植物不得不开花一样，即使开花以后接下去就是死亡，它仍然不得不开花。'……"

以后我又举出好几个例子，来说明生活的道路与生活的目标，最后我说出我的生活的信条：

"所以我们的生活信条应该是：忠实地行为，热烈地爱人民；帮助那需要爱的，反对那摧残爱的；在众人的幸福里谋个人的快乐，在大众的解放中求个人的自由……"

我还声明："这只是我对于生活的一点见解，一点经验。"

三

这些话都由朋友洪翻译出来给学生听了，他的翻译我也可以听懂。公平地说，他翻译得并不好。他甚至把"水流"译成了"水牛"。譬如我说生活可比之于一股水流。他却把生活比之于一条水牛,这条水牛在山上到处乱跑乱冲,沿途溅起了种种的水花。至于这水花是从什么地方来的,他自己却不知道了。

这个错误马上就由朋友叶出来更正了。但是我也没有理由责备洪,因为他这一晌实在太忙了。他把他的精力完全花在学校的事务上面。他今天太累了,他应该休息(他每天只有很短的睡眠时间),我本来就应当请另一个朋友来担任翻译。

叶还说了一段话补充我的意思。一个学生也说了几句,于是大家就站起来散了。我在月光下摸出表来看,是十一点四十八分。

众人都进学校去睡了。我一个人还留在外面。月光是如此明亮,乡村是如此安静,但是我的心跳得很厉害,我浑身发热,我仿佛看见我的血在沸腾。我在草地上散步许久。露水打湿了我的赤脚,我仍然没有睡意。我反复地问我自己:

我的生命要到什么时候才开花?

这对于我并不是一个新的问题。

第二天傍晚我离开了那个学校,以后也就没有再去。我再没有机会参加那里的谈心会了。但是一些学生的天真、活泼的面貌还不时在我的眼前出现。

1933 年 6 月在广州

朋 友

这一次的旅行使我更了解一个名词的意义，这个名词就是：朋友。

七八天以前我曾对一个初次见面的朋友说："在朋友们面前我只感到惭愧。你们待我太好了，我简直没法报答你们。"这并不是谦虚的客气话，这是真的事实。说过这些话，我第二天就离开了那个朋友，并不知道以后还有没有机会再看见他。但是他给我的那一点点温暖至今还使我的心颤动。

我的生命大概不会很长久罢。然而在短促的过去的回顾中却有一盏明灯，照彻了我的灵魂的黑暗，使我的生存有一点光彩。这盏灯就是友情。我应该感谢它，因为靠了它我才能够活到现在；而且把旧家庭给我留下的阴影扫除了的也正是它。

世间有不少的人为了家庭抛弃朋友，至少也会在家庭和朋友之间划一个界限，把家庭看得比朋友重过若干倍。这似乎是很自然的事情。我也曾亲眼看见一些人结婚以后就离开朋友，离开事业。……

朋友是暂时的，家庭是永久的。在好些人的行为里我发见了这个信条。这个信条在我实在是不可理解的。对于我，要是没有朋友，我现在会变成怎样可怜的东西，我自己也不知道。

然而朋友们把我救了。他们给了我家庭所不能给的东西。他们的友爱，他们的帮助，他们的鼓励，几次把我从深渊的边沿救回来。他们对我表示了无限的慷慨。

我的生活曾经是悲苦的,黑暗的。然而朋友们把多量的同情,多量的爱,多量的欢乐,多量的眼泪分了给我,这些东西都是生存所必需的。这些不要报答的慷慨的施舍,使我的生活里也有了温暖,有了幸福。我默默地接受了它们。我并不曾说过一句感激的话,我也没有做过一件报答的行为。但是朋友们却不把自私的形容词加到我的身上。对于我,他们太慷慨了。

这一次我走了许多新地方,看见了许多新朋友。我的生活是忙碌的:忙着看,忙着听,忙着说,忙着走。但是我不曾遇到一点困难,朋友们给我准备好了一切,使我不会缺少什么。我每走到一个新地方,我就像回到我那个在上海被日本兵毁掉的旧居一样。

每一个朋友,不管他自己的生活是怎样苦,怎样简单,也要慷慨地分一些东西给我,虽然明知道我不能够报答他。有些朋友,连他们的名字我以前也不知道,他们却关心我的健康,处处打听我的"病况",直到他们看见了我那被日光晒黑了的脸和膀子,他们才放心地微笑了。这种情形的确值得人掉眼泪。

有人相信我不写文章就不能够生活。两个月以前,一个同情我的上海朋友寄稿到《广州民国日报》的副刊,说了许多关于我的生活的话。他也说我一天不写文章第二天就没有饭吃。这是不确实的。这次旅行就给我证明:即使我不再写一个字,朋友们也不肯让我冻饿。世间还有许多慷慨的人,他们并不把自己个人和家庭看得异常重要,超过一切。靠了他们我才能够活到现在,而且靠了他们我还要活下去。

朋友们给我的东西是太多、太多了。我将怎样报答他们呢?但是我知道他们是不需要报答的。

最近我在法国哲学家居友的书里读到了这样的话:"生命的一

个条件就是消费……世间有一种不能跟生存分开的慷慨，要是没有了它，我们就会死，就会从内部干枯。我们必须开花。道德，无私心就是人生的花。"

在我的眼前开放着这么多的人生的花朵了。我的生命要到什么时候才会开花？难道我已经是"内部干枯"了么？

一个朋友说过："我若是灯，我就要用我的光明来照彻黑暗。"

我不配做一盏明灯。那么就让我做一块木柴罢。我愿意把我从太阳那里受到的热放散出来，我愿意把自己烧得粉身碎骨给人间添一点点温暖。

1933 年 6 月在广州

一千三百圆

一个朋友在西关宴客邀了我去,同去的连主人一共是七位。

我早就听说西关是很热闹的地方。那里还是许多旧式大家庭的根据地。马路宽阔,但也有不少的窄巷和石板铺的小路。在那些密集的房屋里面隐藏着种种神秘的事情。每天下午马路上出现了许多服饰华丽的年轻女人,后面还跟着女佣。据说这些女人都是大富人家的姨太太,她们的主人害怕她们逃走,专门雇了女佣来监视她们。

我们的汽车停在大马路上。我们下了车,走进一条窄巷,路是石板铺砌的,两旁是些矮小的房屋。

我们转了一个弯,走到一座大酒楼的门前。这样漂亮的酒楼立在这条街上就像一个奇迹,叫人不能相信。

酒楼里面很宽敞,是旧式的建筑,有楼,有阁,有廊,有厅,有天井,有树木,又像一个大公馆。我们在里面走了一转,就登楼,在一个名称很美的房间里坐了下来。

主人点了菜。我们嗑着瓜子饮茶谈话。楼房很大,还开着电风扇。露台上摆了好几盆鲜花。檐下垂着竹帘,遮住了阳光。从外面不时送来鸟声。这个地方倒还清静。

一个五十多岁的黄脸女人拿着一把伞在楼房门口出现了。她起先在门外徘徊了一阵,然后走进来,对我们说了几句话。我不懂她的意思。一个本地的客人和她问答了几句,她便走了。

他们在笑,我想我懂得他们笑的原因。等一会儿那个女人又来了,在她后面跟着一个年轻姑娘和一个中年妇人。

姑娘相貌平常,却打扮得很漂亮。她坐下来,并不说一句话。她垂下眼皮,手里拿一把折扇不停地挥着。她在众人的陌生的眼光下有点害羞。

没有人讲话,主人也显得不好意思了。后来还是那个本地的客人和那个老妇人问答了几句。他们的谈话我也懂得一点。他问她多少价钱,老妇人回答说,一千三百圆。我现在才知道这是怎么一回事情。姑娘不过是一个候补姨太太,等待合意的主顾来把她买去。

大家没有话说了。于是那个老妇人接了两毫银角(这是她应得的数目),把姑娘带走了。走出房门,姑娘还回转身向我们微微鞠躬。

过了一会儿,我们正在吃菜的时候,那个老妇人又来了。这次她带了两个姑娘进来。一个年纪很轻,据她说只有十六岁,颈后拖着一根辫子。一个年纪大一点,头发剪短了,据说只有十八岁,实际的年龄恐怕已经超过二十了。

这两个姑娘就在旁边的靠背椅上坐下。两个人都不停地摇着折扇,大概因为手闲着没有事情做的缘故罢,或者是被人看得有些不好意思了。她们也不说话,只有那个本地客人直接问起她们的姓名时,她们才开了口。

她们的相貌显然比先前的一个漂亮,身价也就贵了许多。年纪小的一个要价一千五百圆,年纪较大的索价到一千八百圆。一个朋友嫌身价太高,老妇人就得意地说她们两个都读过书认识字。她还到外面去找了纸笔来,放在茶几上。年纪较大的姑娘便侧着身子拿起笔写出自己的姓氏。她写完就把笔递给垂着辫子的姑娘,那个少女也写了自己的姓名。

老妇人把两张纸条都送到我们的席上来。我们依次传观。第一张纸上的字比较好一点,是"黄旭贞"三个端端正正的字。另一张是那个十六岁的姑娘写的,她的姓名是"李盼好"。

虽然两个姑娘都会写自己的姓名,结果依旧是各人拿了两毫银角走了。走出楼房门口,她们也回转身给我们行礼。

客人们继续在谈笑。他们还说,他们选定在西关吃饭,是为了给我找小说材料。他们的话也许是真的。他们都是研究自然科学的人,对于文学并没有兴趣。他们只知道我会写小说,却不曾读过我的作品,即使有机会读到它们,也未必会赞美。我自然感激他们。但是他们完全不了解我。我的心里并不快乐,方才见到的一切似乎放了一块石头在我的心上。我不敢想象那三个少女离开房间时行礼的一瞬间的心情。难道她们已经习惯了这种事情?

在这样的环境中训练出来的姨太太将是怎样的一种人呢?这样的一个问题在我的脑子里产生了。然而朋友们却热闹地谈着"放白鸽"的事情,以为这种做姨太太的女人的心地都是很"坏"的。

自然买卖人口并不是一件新奇的事情。我知道它也是我们的畸形的社会制度的一个产物。每天每天在各个地方都有许多这样的被称为"女人"的生物让人们当作商品来买卖。

我的祖父买过姨太太,我的叔父买过姨太太,我的舅父也买过姨太太,我的一些同辈还准备学他们长辈的"榜样"。关于这件事我知道得很多,很多。但是公开地在茶馆酒楼把女人当一件商品来招揽主顾,当面讲价钱(而且据说在讲定身价付了定钱以后,还得由主顾把她的全身仔细检验一遍),这在我还是第一次看见。对这样的事情我不能没有愤怒!

1933 年 6 月在广州

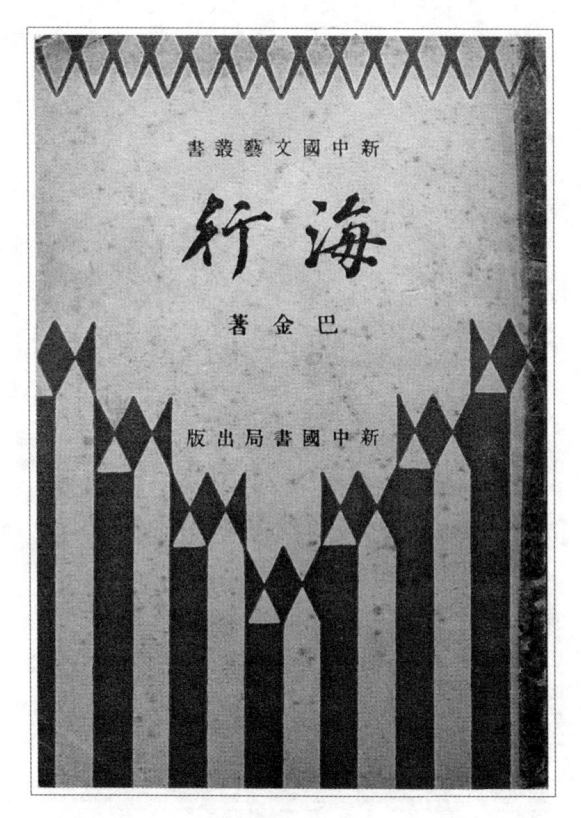

《海行》书影

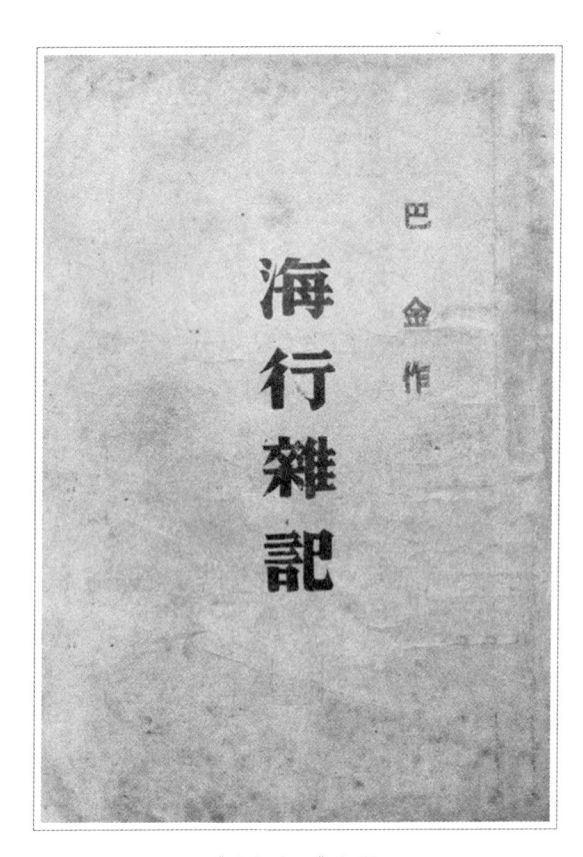

《海行杂记》书影

海 珠 桥

　　河南同河北虽然中间只隔了一条珠江，却是不同的两个世界。从前没有桥的时候，人就靠着篷船和电船往来两岸。如今有一座大桥把这两个不同的世界连接起来了。这就是新建成的海珠桥。

　　我在中国都市里见过的铁桥，这算是最大的一座了。但是桥上只有胡汉民的题字，修桥工人的名字是看不见的。

　　我住在河南的最大建筑物机器总工会的三楼上。一个小房间做了我的寝室，从整夜开着的窗户里，我看见对岸灯烛辉煌的河北夜市和西堤一带的高建筑物。

　　机器总工会晚上总是人声嘈杂，因为那里住得有一些失业工人（因工潮而被"开除"的），那里时时有工人开会，而且每隔一夜在下面娱乐场里还要演出机工剧社的粤剧。

　　夜里我睡得很迟。但是第二天早晨一起床，稍微休息一下，或者读一两小时的书，我就离开寝室到河北去，一直到晚上九、十点钟我才回到河南来。我不喜欢搭电船，我不喜欢坐手车[①]，每天我至少走过海珠桥两次。

　　海珠桥的形状有点像上海的外白渡桥，但是比外白渡桥长，在河北的一端连接着维新路，长堤还横卧在它的下面。桥下有汽车，有行人。我每天走过那一段的时候，就觉得我的脚一步一步地踏在别人的头上。

[①] 手车：即人力车。

这桥并不是一个整块，它是一道活动的桥。桥中间有一条长的裂缝，从这里可以看见河水的流动；有时候大船经过，桥就从这里分裂开，成了两段，高高地向天空举起，就像起重机的杠杆一样。

上午我经过海珠桥，那时太阳晒在桥上，行人们挥着汗在那里拥挤地走着。车辆很少，人行道上也挤满了人，有些人在走，有些人倚着栏杆望下面的水。桥下面许多木船很整齐地排列在那里。这些船都是人的家，蛋民就生活在船上，而且是靠着船生活的。我走得很快，我没有时间看两旁的景物，太阳太热了！

晚上我从河北回来，有时经过长堤。从那里的石级一步一步地走上桥。我拖着疲倦的身子慢慢地在桥上移动。空气凉爽。到处都是人声，人行道上坐满了工人，有些睡在那里，有些就坐在铁架上面。桥上电灯明亮，海珠桥就像一个会场。夜晚好像是工人的节日。

我也挤进人丛中去。我走到栏杆旁边，我埋头看下面的珠江。夜里的水面是平静的，依旧是那几排木船泊在下面，没有亮光，没有声音，大概人已经睡了。沿着长堤一带也泊了许多只船，那些船都是醒着的，我看见它们在眨眼。船上的姑娘这时候正站在长堤上，娇声软语地呼唤客人。

我回到机器总工会，在三楼走廊上，望远镜拿在手里，我在眺望广州市的夜景。我慢慢地移动脚步，到了走廊的另一端，便看见海珠桥的一段，高耸的灰白色铁架，玩偶一般的往来的行人，在黑暗的背景里分明地显露出来。

我在走廊上立了许久。我不想把眼睛离开铁桥，我的眼睛看得很清楚：那景象是真实的。铁桥真实地摆在那里，我自己也曾在铁桥上面走过。人的力量（劳动者的力量）能够完成一切，我每次想到这个，就被一种创造的喜悦抓住了，这喜悦会渗透我的全身，使我的身子慢慢地颤抖起来。

我爱都市，我爱机器，我爱所谓物质文明。那是动的，热的，迅速的，有力的。我知道都市里包含着种种的罪恶，机器使劳动者受苦，物质文明只供给少数有钱有势的人以高级的享受。然而这应当由我们这个不合理的社会制度负责（所以我们应当把它改造）。

让那些咒骂都市、咒骂机器、咒骂物质文明的人，拿"精神"安慰自己罢！至于我呢，我再说一次：

我爱都市，我爱机器，我爱物质文明。

1933年6月在广州

一九三四年十月十日在上海

　　大都市的月亮没有光辉。宽广的马路两旁玻璃橱窗里射出来辉煌的灯光，高楼大厦上的霓虹灯射出来刺目的红绿颜色。

　　人走在人行道上看不见月色。他满眼都是电车、汽车、黄包车。大都市的确很热闹。

　　但是渐渐地大都市有些疲倦了。各种车子也少起来。法租界的大马路也显得清静了。

　　两个喝醉了的外国水手从一家白俄开的跳舞场里出来，嘴里含糊地说着放肆的话。跳舞场门口有着红、绿、蓝、黄四色的霓虹灯，里面奏着爵士音乐。

　　"米昔！米昔！"马路上有三个黄包车夫拖着空车向着外国水手跑过去，口里乱嚷着。那两个醉得脸通红的白皮肤的人正走下人行道，就给他们围住了。

　　他们并不跳上车。年纪轻一点的水手忽然飞起一只脚踢在一个车夫的屁股上，用很清楚的中国话骂着："狗！"

　　于是车子全散开，让这两个人带笑走了。

　　中年的黄包车夫拖了空车慢慢地跨过街心，因为这一踢使他的屁股上那个地方还在痛。羞辱和痛苦压住他的心。他抬起头望着天空，祷告似的喃喃说：

　　"天啊，为什么我的鼻子不高起来？我的眼睛不落下去？我的头发不黄，眼珠不绿，皮肤不白呢？"

　　天是不会开口的，它看见任何不公平的事情也不会开口。

中年车夫只得埋下头,继续往前面走了。

"外国人究竟肯花钱啊!"他又这样地想道,因为他从外国客人那里拿到过较多的车钱。然而他马上想起了另一件事情:两天以前他拉着一个外国客人到处跑了两个钟头,只得到四角钱和两记重重的耳光,连鼻血也给打出来了。

"他们肯花钱啊!"这一次他再想到这个就有些发恼。他那时生时灭的对于不公平事情的愤恨又渐渐地在他的胸膛里燃烧起来了。

他慢慢地拖了空车走着,忽然他的左膀给一只有力的手抓住了。同时他的耳边响起了一句清楚的中国话:"走,快走!"

他连忙掉头一看,一个高大的人站在他的身边,高鼻子,黄头发,绿眼珠,白皮肤,从那深陷的眼睛里射出来一股轻蔑的眼光,这眼光代替嘴说出了一个字:"狗!"

中年车夫没有反抗,也没有迟疑,马上放下车子让那个人坐上去,于是拉起车往前跑了。

那个白皮肤的人在车上不停地用皮鞋踢踏板,口里哼着下流的西洋小调,一面给车夫指路,一面催车夫跑得再快些。然而车夫已经用尽力气了。

在马路旁边一个巷子里车子停了下来。白皮肤的人轻蔑地掷了一个双角在地上,并不看车夫一眼。

石阶上有几家小店,都挂着酒吧间的洋招牌,但都上了铺板。有一家的门半开,从里面送出来男女的笑声,白皮肤的人刚跨进去就给一个有着小孩面孔的红衣姑娘搂住了。

车夫放下车子,就坐在踏板上休息。他想到自己那个被卖掉的女儿,三年来他没有得到她任何的消息。

一九三四年十月十日在上海

那家小店的门依旧半开，车夫看见了里面的景象。几个黄皮肤的小姑娘坐在高大的白皮肤的人的怀里，她们的小脸上露出来不自然的媚笑。

车夫心痛了好一会儿，终于疲倦地站起来，拉起车子走了。在路上他抬起头望着天空祷告似的喃喃说：

"天啊，为什么我们的鼻子不高起来？我们的眼睛不落下去？我们的头发不黄？眼珠不绿，皮肤不白呢？"

在那个为白皮肤的人开设的下等酒吧间里面，一个中国小姑娘在膀子上生满了毛的外国水手的怀中哭了。

中国女子的哭常常是有泪无声的。她今年才十四岁呢，然而父母却把她的不曾发育完全的身体卖到这里来，给那些可以做她父亲的人蹂躏了。

她的身体十分娇小，坐在那个高大的外国水手的怀里简直像一只小猫，怪不得他叫她做可爱的小猫了。

年轻女孩向来多幻想，但是现实生活把她的幻想一个一个地打破了。她常常像痴呆一般地坐在高大的白皮肤的人的怀里，让他们玩弄。有时候她却又不能不记起她的父母，她离开他们的时候，母亲正在生病，父亲靠拉车度日。这是三年前的事情了，她以后就跟他们断绝了音信。在这个世界上她就成了孤孤单单的一个人。

那个水手色情地抓住她的娇小的身子在抚弄。他快活地想："在地中海旁边我们的国家里也不曾见过这样可爱的东西呀！是这样的一种滋味！那些黄皮肤的野蛮人，吃饭不用刀叉，喝茶不放糖，说话就像吵闹，把人当做马来骑，像猪一般活在污秽里，身躯短小，形容萎顿，为了一块钱就会卖掉朋友，卖掉父亲！想不到在他们里面居然有着这样的宝贝！上海的确好过非洲殖民地，也好过号称小巴黎的西贡啊！"

小姑娘给文明人的毛手抚弄着。她抬起泪眼望天，但是天却给屋顶遮住了。她望着新近油漆过的天花板，祷告似的在心里念着：

"天啊，为什么我的鼻子不高起来？我的眼睛不落下去？我的头发不黄，眼珠不绿，皮肤不白呢？为什么我就不能够变做一个像他那样的人呢？为什么我就不早死呢？"

她不能够念下去了，那一张沉重的大嘴压下来，喷了她一脸的酒气，闷得她透不过气来。

对面一条马路的转角，一个高等跳舞场开在那里，五六个高等华人拥了两三位名媛走出来，坐上两部汽车开走了。

"做一个中国人是多么幸福啊！父母给我们留下那么多的财产，社会给我们留下那么多的苦力！……"

那个白净脸的年轻绅士，棉纱大王的儿子在汽车里满意地想道。

1934年10月在上海

在轰炸中过的日子

回到这个城市，我又记起许多事情。这里的生活给我的印象太深了，我不能忘记。我现在还是和从前一样平淡地过日子，不悲观，也不过于乐观，只靠着一个信念指导我。

随着信念的指示做事情，事无论大小，在我都会感到喜悦。在这里我特别想多做事，只是因为我害怕第二天这种喜悦就完全消失。这种害怕并不是"杞忧"，住在这里的人都知道它是一个常来的熟朋友。惨死并不是意外的不幸，我们看见断头残肢的尸首太多了。前几天还和我谈过几句话的某人在一个清早竟然倒插在地上，头埋入土中地完结了他的生命。有一次警报来时我看见十几个壮丁立在树下，十分钟以后在那里只剩下几堆血肉。有一个早晨我在巷口的草地上徘徊，过了一刻钟那里就躺着一个肚肠流出的垂死的平民。晚上在那个地方放了三口棺材，棺前三支蜡烛的微光凄惨地摇晃。一个中年妇人在棺前哀哭。

我们过了一些这样的日子。在那些时候我们白天做事常常受到阻碍。飞机在头顶上盘旋，下降，投弹，上升，或者用机关枪扫射。房屋震动了，土地震动了。有人在门口叫。有人蹲在地上。我们书店的楼下办事处也成了临时避难室。要在那里继续做我们的工作，是相当困难的。有一回我听见飞机在上空盘旋寻找目标，听见机关枪的密放，听见炸弹在不远处爆炸，我还埋头写我的那篇题作《给一个敬爱的友人》的文章，我写下我相信拥护正义的我们会得到最后胜利的话。我并非有意夸耀我的镇静，我承认我是用了绝大的努力，才镇压住感情的波动。所以写完文章我便感到十分疲倦。这样的事我只做过一次。平常飞机来投弹的时候，我在家里，便躺在床上睡觉（后来炸得太厉害了，我便到楼下去躲避）；在办事处，则坐在藤椅上和同事讲几句闲话。有两三次我和朋友在哥伦布咖啡店吃早点，给关在里面不能出来，旁边一条街被炸了，我在咖啡店里看不见什么，玻璃窗给木板遮了大半，外面是防空壕，机关枪弹一排一排地在附近飞过，许多人连忙伏在地上。我不能够忍受这种紧张的空气，便翻开手里的书，为的是不要想任何的事情，却以一颗安静的心来接受死。这时我的确没有想什么。我不愿意死，但是如果枪弹飞进来，炸弹在前面爆炸，我也只好死去。我没有愤怒；愤怒和憎恨倒是在敌机去了以后，我看见炸死同胞的惨状和炸伤的同胞的痛苦而起的。我若不能逃脱，则死也无憾，因为我的尸体也会同样地激起别人的愤怒和憎恨。

敌机去了以后，我们自然继续工作。两个刊物①的出版期又近了。稿子编好留在印刷局，有的校样送来就得赶快校好送回印局；有的久未排好就应当打电话或者派人去催索校样。刊物印出送到便是八九千册。我们应该把它们的大半数寄到各地去。于是大家忙着做打包的工作，连一个朋友的九岁孩子也要来帮一点小忙。此外我们还答应汉口一个书店的要求，把大批的书寄到那边，希望在武汉大会战之前从那里再散布到内地去。这类事情都得在夜间空闲的时候做。大家挥着汗忙碌工作，一直到十一点钟，才从办事处出来。我们多做好一件事情觉得心情畅快，于是兴高采烈地往咖啡店或茶室去坐一个钟点，然后回家睡觉，等待第二天的炸弹来粉碎我们的

---

① 两个刊物：指靳以编的《文丛》半月刊和我编的《烽火》旬刊。

肉体。

在这样的夜里我有的是无梦的睡眠。人仿佛成了钟表一类的东西。发条开满就走，走完便停。我们好像变成了制造刊物和小书的机器。每天在办事处忙的是这种事情。机器还未损坏，当然要转动。机器一旦被毁，则我也无责任了。我有时就拿这种思想安慰自己。

但是刊物终于由旬刊，变成了无定期刊。印刷局不肯继续排印，以加价要挟，连已经打好纸型的一期也印了十多天才出版；至于五月中旬交到一家印局的小书，则因为那个印局的关门，一直到八月一日才找回原稿。这其间我去过两个地方。这是六月六日以后我第三次回到广州了。我再见不到六月六日、十三日和二十二日所见的那些景象。六月十三日我走过几条街就没有看见一个人影，几乎连一个小饭店也找不到。我现在看见的依然是热闹的街市和扰攘的人群。有几处炸毁的房屋已经被朴素的新屋代替了。炸断的老树上生出了新芽。这个城市的确是炸不死的。它给了我不少的勇气。这个城市便是对我们保证我们抗战的最后胜利的一个信物。我能够在这里做我的工作，我太满意了。……

[1938年] 8月16日在广州

桂林的微雨

绵绵的细雨成天落着。昨晚以为天就会放晴，今天在枕上又听见了叫人厌烦的一滴一滴的雨声。心里想：这样一滴一滴地滴着，要滴到什么时候为止呢？起来看天，天永远板着脸，在那上面看不见笑的痕迹。我不再存什么希望了。让它落罢，这样一想，心倒沉静下来，窗外有人讲话。我无意间听见一个本地口音说：

"这种天气谓之好天气。"接着是哈哈的笑声。低的气压似乎被这笑声冲破了。我觉得心境略为畅快。

我初来这里正遇着这样的"好天气"。我觉得烦躁，我感到窒闷。那单调的滴不断似的雨声仿佛打在我的心上，我深夜梦回时不禁奇怪地想：难道我的心是坚厚冷硬的石板，为什么我的心上也响起那同样的声音？

我走在街上，雨水把我的头发打湿，粘成一片。眼前似乎罩了一层雾。我的脚踩进泥水中了。我是在两个半月以前，还是在今天？……我要去找那家书店，看那三张善良的年轻面孔。我以为我就要走到了。

但是，啊，街道忽然缩短了，凭空添了一大片空地。我看不见那家书店的影子。于是一道亮光在脑中掠过，另一个景象在眼前出现了。我觉得自己被包围在火焰中。一股一股的焦臭迎面扑来，我的眼睛被烟熏得快要流出眼泪。没有落雨，但是马路给浸湿了。人在跑，手里提着、捧着东西。大堆的书凌乱地堆在路中间。一个女人又焦急又气愤地对两个伸着手的人说："人家房子都快烧光了，你们还忙着要钱!"她红着脸把手伸进怀里去掏钱。我在这个女人的脸上见到熟人的面容了。我一定在什么地方见过她。不,我应该说是见过这张面孔,这样的表情我在我走过的每一个中国的地方都目击过。这里有悲愤,有痛苦,有焦虑,但是还有一种坚忍的力量……

我再往前走,我仿佛还走在和平的街上。但是一瞬间景象完全改变了。我不得不停止脚步。再没有和平。有的是火焰,窒息呼吸、蒙蔽视线的火焰。墙坍下来,门楼带着火摇摇欲坠;木头和砖瓦堆在新造成的废墟上,像寒夜原野中的篝火似的燃烧着。是这样大的篝火。烧残的书页散落在地上。我要去的那家书店完全做了燃料,我找不到一点痕迹了。

"走,走!"警察在驱逐那些旁观的人。黑色的警帽下闪露着多么深的苦恼和愤怒。……我忽然醒过来了。

我又从一个月以前的日子回到今天来了。雨丝打湿了我的头发。眼镜片上聚着三五滴雨点。我一双鞋底穿了洞的皮鞋在泥泞的道路上擦来磨去。刚刚亮起来的街灯和快要灭尽的白日光线给我指路。迎面走过来两三个撑伞的行人。我经过商务印书馆,整洁的门面完好如旧。我走过中华书局,我看不见非常的景象。但是过了新知书店再往前走……怎么我要去的那家书店不见了?还有我去过的一位朋友的家也不知道连屋瓦都搬到了何处去!剩下的是一片荒凉。几面残剩的危墙应当是那些悲惨的故事的目击者。它们将告诉我一些什么呢?

我站在一堵烧焦了的灰黑的墙壁下,我仰起头去望上面。长的、蛛丝一般的雨打湿了我的头发。墙壁冷酷地立在那里。雨丝洗不去火烧的痕迹。雨落得太迟了。墙壁也许是一个哑子,它在受了那样的残害以后还不肯叫出：复仇！

我觉得土地在我的脚下开始摇动了。墙壁在我的眼前倾塌下来。不。没有声音，墙壁车轮似的打了一个转，雨水一下子全干了。墙头发生了火。火必剥必剥地燃着。……我又回到一个月以前的日子了。

夜色突然覆盖了全个城市。但是蓝空却有一段红的天。红色的火光舐着天幕。火光升起来，落下去，又升起来。这时风势已经减弱了。但是凉风吹过，门楼、屋梁、墙头忽然发出巨响，山崩似的向着新的废墟倒下来。火仍在燃烧，火星差不多要飞到我的棉袍上面。我们穿过一条尚在焚烧的巷子，发出热气的墙壁和还在燃烧的瓦砾使我的额上冒汗了。瓦砾堵塞了平时的道路，我们是踏着火焰走过去的。一个朋友要去探望他那个淹没在火海中的故居，可是那里连作为界限的墙壁也不存在了。他立在一片还在冒烟的瓦砾前搔着头在记忆中找寻帮助。他很快地认出了地点，俯下身子想在砖石堆中挖出一两件他所喜欢的东西。我帮忙他找寻那只画眉的尸骸，却看见已经失了形的打字机的遗体。他自己在另一处找到了鸟笼的烧焦的碎片，他珍惜地用两根手指提起它，说："你看，不是在这里吗？"我这时仿佛听见了那只可怜的鸟的最后哀鸣。

"你们找东西的明天来。现在火还没有熄，不好翻。"对面的房屋还是完好的，它能够巍然单独存在于废墟的中间，大概因为它有高的风火墙罢，在门前坐着一个人，上面的话就是从他的口中发出来的。

"我们来找自己的东西，"朋友回答了一句。

"没有人敢来拿东西的，我们在这里给你们看守。有人挑水去了。你看这边那边都还有火。你们明天来罢！"那个守夜的人说。

这个响亮的声音打破了我的梦。我回顾四周，没有朋友，没有守夜的人。现在不是在夜间，我也不要找人和物件。我不要到这里来。但是回忆把我不知不觉地引到这里来了。

我走过环湖路，雨较大了。冰凉的雨点打在我的脸上。脚总是踩在水荡里，雨水已经浸入鞋底，把袜子打湿了。但是鞋底还常常被泥水粘住，好几次要把身体忽然失去平衡的我拖倒在地上。我听见旁边一个年轻人说："这样的天气真讨厌！"

"讨厌？这算是好天气呢！在这种天气是不会有警报的，"另一个人高声回答。

我已经走过洋桥，更往南走了。我忽然觉得身子轻松，路很快地在我的脚下退去。天晚了。我看见夜幕张开来。雨立刻停止。代替的是火。火又来了。时间一下便跳了回去。

马路上积着水，堆着碎砖，躺着断木，横着电线。整条整条街都只剩下摇晃的墙壁和燃烧的门楼。没有人家，没有从窗户映出的灯光，没有和平的市声，桂林成了一个大的火葬场。耸立的颓垣便是无数的火柱，已经燃烧了五六个钟点了。一家旅馆，我到那里去过两次，那是许多朋友的临时的住家，我看见火在巍峨的门楼上舐着舐着，终于烧断了它，让砖石和焦木带着千万点火星向着我们这面坍下来。是发雷的响声，接着又是许多石块落地的声音。火星向四处放射，像花炮一样。但是在废墟上黑暗的墙角里一个男人尖声叫喊："救命！"

许多人奔过去，人们乱嚷："拿电筒来，拿电筒来！"

电筒！我一怔：我手里不是捏着电筒吗？我正要跑过去。但是——我的眼前只有寂寞的废墟，而且被罩在夜幕下面了。我用电筒去照，廉价的小灯泡突然灭了。我才记起来火已经熄了将近一个月了。

"好天气？哼。真正闷死人！我宁肯要晴天，即使飞机来炸，我们也不怕。凭它飞机怎么狠，它能够把我们四万万五千人炸光吗？"

还是先前那个年轻人，怎么我跟了他们到这里来了？怎么他到现在还谈着那同样的话题？我觉得奇怪。这个人究竟是什么人呢？我想看他一眼。我随手举起电筒，按着电钮。然而没有亮。我才记起我的电筒不亮了。我无法看清楚那个人的脸。我想大概不是做梦罢，也就不再去注意他了。

电筒不亮，就打消了我再往前走的心思。其实这句话也不对。我有点害怕我会再落到一个月以前的日子里去，让那些永不能忘记的景象再度将我的心熬煎。

回到家里，我看见一个月以前自己写在一张破纸上的潦草的字迹：

　　什么时候才是我们的复仇的日子呢？什么时候应该我们站出来对那些人说："下来，你们都下来！停止这卑怯的谋杀行为，像一个人那样和我们面对面地肉搏"呢？什么时候轮到我们升到天空去将那些刽子手全打下来呢？

　　血不能白流，痛苦应该有补偿，牺牲不会是徒然，那样的日子一定会到来！……

我相信自己的话。

1939 年 1 月下旬在桂林

黑　土

乔治·布朗德斯在他的《俄罗斯印象记》①的末尾写过这样的话：

> 黑土，肥沃的土地，新的土地，百谷的土地……给人们心中充满了悒郁和希望的广阔无垠的原野……

我只记得这两句，因为它们深深地感动了我。我也知道一些关于黑土的事。

我在短篇小说《将军》里借着中国茶房的嘴说了一个黑土的故事：一个流落在上海的俄国人，常常带着一个小袋子到咖啡店去，"一个人坐在角落里，要了一杯咖啡，就从袋子里倒出了一些东西……全是土，全是黑土。他把土全倒在桌上，就望着土流眼泪。"他有一次还对那个中国茶房说："这是俄罗斯母亲的黑土。"

这是真实的故事，我在巴黎听见一个朋友对我讲过。他在那里一家白俄的咖啡店里看见这个可感动的情景。我以后也在一部法国影片里见到和这类似的场面。对着黑土垂泪，这不仅是普通怀乡病的表现，这里面应该含着深的悒郁和希望。

我每次想起黑土的故事，我就仿佛看见：

那黑土一粒一粒、一堆一堆地在眼前伸展出去，成了一片无垠

---

① 英译本，一八八九年伦敦版。

出席首届全国政协会议时与部分文艺工作者合影(1949)

前排右起：马思聪、史东山、巴金、艾青

后排右起：茅盾、田汉、郑振铎、徐悲鸿、胡风、曹靖华

1949年出席首届全国政协会议时与胡风(中)、马思聪(左)合影

的大草原，沉默的，坚强的，连续不断的，孕育着一切的，在那上面动着无数的黑影，沉默的，坚强的，劳苦的……

这幻景我后来也写在小说《将军》里面了。我不是农人，但是我也有对土地的深爱；我没有见过俄罗斯黑土，不过我也能了解对黑土垂泪的心情。沉默的，肥沃的，广阔无垠的，孕育着一切的黑的土地确实能够牵系着朴实的人的心。我可以想象那两只粗大的手一触到堆在沾染着大都市油气的桌面上的黑土，手指一定会触电似的颤动起来，那小堆的黑土应该还带着草原的芬芳罢，它们是从"俄罗斯母亲"那里来的。

不错，我们每个人（不管我们的国籍如何）都从土地里出来，又要回到土地里去。我们都是土地的儿女。土地是我们的母亲。

但是我想到了红土。对于红土的故事我是永不能忘记的。在我的文章里常常有"耀眼的红土"的句子。的确我们的南方的土地给我的印象太深了。我一生中最快乐的日子（可惜非常短促）就是在那样的土地上度过的。

土的颜色说是红，也许不恰当，或者实际上是赭石，再不然便是深黄。但是它们最初给我的印象是红色，而且在我的眼前发亮。

我好几次和朋友们坐在车子里，看着一座一座的小山往我们的后面退去。车子在新的、柔软的红土上面滚动。在那一片明亮的红色上点缀着五月的新绿。不，我应该说一丛一丛的展示着生命的美丽的相思树散布在我们的四周。它们飘过我的眼前，又往我身后飞驰去了。茂盛的树叶给了我不少的希望，它们为我证实了朋友们的话；红色的土壤驱散了我从上海带来的悒郁。我的心跟着车子的滚动变得愈年轻了。朋友们还带着乐观不住地讲述他们的故事。我渐渐地被引入另一个境界里去了,我仿佛就生活在他们的故事中间。

是的,有一个时候,我的确在那些好心的友人中间过了一些日子,我自己也仿佛成了故事中的人物。白天在荒凉的园子里草地上,或者寂寞的公园里凉亭的栏杆上,我们兴奋地谈论着那些使我们的热血沸腾的问题。晚上我们打着火把,走过黑暗的窄巷,听见带着威胁似的狗吠,到一个古老的院子去搥油漆脱落的木门。在那个阴暗的旧式房间里,围着一盏发出微光的煤油灯,大家怀着献身的热情,准备找一个机会牺牲自己。

但是我们这里并没有正人君子,我们都不是注重形式的人。这里有紧张的时刻,也有欢笑的时刻。我甚至可以说紧张和欢笑是常常混合在一起的。公园里生长着许多株龙眼树,学校里也有。我们走过石板巷的时候,还看得见茂盛的龙眼枝从古老院子的垣墙里垂到外面来。我见过龙眼花开的时候,我也见过龙眼果熟的时节。在八月里我们常常爬到树上摘下不少带果的枝子,放在公园凉亭的栏杆上,大家欢笑地剥着龙眼果吃;或者走在石板巷里我们伸手就可以攀折一些龙眼枝,一路上吃着尚未熟透的果实。我们踏着长春树的绿影子,踏着雨后的柔软的红土,嗅着牛粪气味和草香,走过一些小村镇,拜望在另一个地方工作的友人。在受着他的诚挚的款待中,我们愉快地谈着彼此的情况。

有一次我和另一个朋友在大太阳下的红土上走了十多里路,去访问一个友人的学校。我们的衬衫被汗水浸透了,但是我们不曾感到丝毫的疲倦。我们到了那个陌生的地方,新奇的景象使我们的眼睛忙碌,两三小时的谈话增加了我的兴奋。几十个天真孩子的善良的面孔使我更加相信未来。在这里我看见那个跟我分别了两年的友人。她已经改变得多了。她以工作的热心获得了友人的信赖。她经过那些风波，受过那些打击，甚至寂寞地在医院里躺了将近一年以后，她怀着一颗被幻灭的爱情伤害了的心，来到这个陌生的地方，在一群她原先并不认识的友人中间生活了一些时候，如今却以另一种新姿态出现了。这似乎是奇迹。但是这里的朋友都觉得这件事情很平常。是的，许多事情在这个地方都成为平常的了。复杂的关系变成简单。人和人全以赤诚的心相见。人了解他(或她)的朋友，好像看见了那个人的心。这里是一个和睦的家庭，我们都是兄弟姊妹。在欧洲小说中常常见到的友情在南国的红土上开放了美丽的花朵。

在这里每个人都不会为他个人的事情烦心，每个人都没有一点顾虑。我们的目标是"群"，是"事业"；我们的口号是"坦白"。

在那些时候，我简直忘掉了寂寞，忘掉了一切的阴影。个人融合在群体中间，我的"自己"也在那些大量的友人中间消失了。友爱包围着我，也包围着这里的每一个人。这是互相的，而且是自发的。因为我是从远方来的客人，他们对我特别爱护。

我本来应该留在他们中间工作，但是另一些事情把我拉开了。我可以说是有着两个"自己"。另一个自己却鼓舞我在文字上消磨生命。我服从了他，我写下一本、一本的小说。但是我也有悔恨的时候，悔恨使我又写出一些回忆和一些责备自己的文章。

悔恨又把我的心牵引到南方去。我的脚有时也跟着心走。我的脚两次、三次重踏上南国的红土。我老实说，当那鲜艳的红土在无所不照的阳光下面灿烂地发亮的时候，我真要像《东方寓言集》里的赫三那样跪下去吻那可爱的土块。见《东方寓言集》里的《赫三怎样落了裤子》。《东方寓言集》一名《猪的故事》，俄国陀罗雪维支著，胡愈之译，上海开明书店出版。我仿佛是一个游子又回到慈母的怀中来了。

现在我偷闲躲在书斋里写这一段回忆。我没有看见那红土又有几年了。我的心至今还依恋着那个地方和那些友人。每当这样的怀念折磨我的时候，我的眼前就隐约地现出了那个地方的情景。红土一粒一粒、一堆一堆地伸展出去，成了一片无垠的大原野，在这孕育着一切的土地上活动着无数真挚的、勇敢的年轻人的影子。我认识他们，他们是我的朋友。我的心由于感动和希望而微微地颤抖了。我也想照布朗德斯那样地赞叹道：

红土，肥沃的土地，新的土地，百谷的土地……给人们心中充满了快乐和希望的广阔无垠的原野……

我用了"快乐"代替布朗德斯的"悒郁"，因为时代不同了，因为我们南方的青年是不知道"悒郁"的。

但是在那灿烂的红土上开始出现了敌人铁骑的影子了。那许多年轻人会牺牲一切，保卫他们的可爱的土地。我想象着那如火如荼的斗争。

有一天我也会响应他们的呼唤，再到那里去。

1939年春在上海

从镰仓带回的照片

接连下了几天的雨。傍晚,天空中出现了淡淡的红霞,连柔毛一样的雨丝也终于绝迹了。我满心希望见到明天早晨的太阳,还和朋友约好明天上午到虎跑去喝茶。晚上我打开关了几天的玻璃窗门,坐在写字桌前看书。忽然有什么小东西凉凉地贴在我的左手背上。我吃惊地抬头一看,原来手背上和垫在桌面的玻璃板上密密麻麻聚了不少的小雨点。

雨越下越大,不到一个钟点,窗前廊上居然有了荷荷的流水声。这么一来,我连书也看不进去了。窗门关上后,屋子里又很闷热。我便拉开写字桌的抽屉取折扇。扇子取出来了,可是我并没有用它。我在翻看同时拿出来的一叠照片。

照片全是今年四月在日本镰仓拍的,每一张上面都有我,不用说也有别人。我翻看它们,只是为了消除我心里的烦躁:我受不了好像永远下不完的雨。这些照片使我想起了两个月前在镰仓过的那些日子,它们还给我保留着春天的明媚的阳光;只有一张是在雨天里拍的,陌生人在这有花有树的照片上看不到柔毛一样的雨丝,可是我明明记得当时的情景。

和光旅馆客厅外面的廊子在我的眼里显得格外亲切。廊下绿草如茵的庭院里有过我不少的脚迹。我多么喜欢我们在镰仓度过的四个清晨。我趿着木屐,踏着草叶上的露珠,走下弯曲的石级路,一直走到那所小小的茶屋,有时在一棵发香的矮树前停留一阵,或者坐在干净、清凉的大石上享受暖和的阳光。我们在这个风景如画的庭院中接待过许多朋友；敞亮的饭厅里常常充满了欢乐的笑声和融洽的谈话；我们坐在客厅里一张当中可以生火的小方桌的四周，和朋友们进行过多少次恳切的交谈（在那些时候我们作了整个旅馆的临时主人）。这里的一草一木、一窗一柱、一桌一椅都是那种比酒更浓、比花更美的友情的见证。

我们在镰仓也曾遇到雨天。雨时大时小，从早下到晚。可是雨并不妨碍友情。有多少人打着雨伞来访问我们，我们也冒着雨走过不通汽车的泥泞小路，到朋友家作客。年轻的小说家有吉佐和子就是在这个雨天来访问我们的。她在我们的小客厅里整整坐了五个钟头，我只参加了最后两个小时的谈话。照片大概是在午饭后回到客厅之前在廊上摄的。有吉佐和子姑娘靠着一根廊柱，前刘海下面丰满的椭圆脸上还带着她常见的微笑。在东京我们不止一次、两次见到她的笑容。可是坐在镰仓和光旅馆客厅里小方桌旁边沙发上，她却微微埋着头、严肃地谈她自己的事情。美国人邀请她去"留学"，她住了一个时期，深深地懂得了种族歧视的意义，回到日本，马上学习中文，下决心要到中国访问，认识新中国。我见到报纸上的预告，她的一个长篇就要在日报上连载了（有人说不止一个）。据说她还在计划写一部关于原子弹受害者的长篇小说。我知道她写过短篇，替广岛的受害者叫屈诉冤，在谈话中便提到广岛的惨剧。我一句话唤起了她许多痛苦的回忆。她的头一句答语就是："去年在广岛还有一百几十个原子病人死亡。"

去年！这是原子弹爆炸以后十五年了。在客厅里宾主五人中，除了正在讲话的客人外，只有冰心大姐到过广岛。她在广岛看见一所极其漂亮的大建筑物，说是美国人办的原子病研究所，可是从未听说哪一个病人在那里得过一点点帮助。

"是啊,美国人在广岛修了许多漂亮房子,想掩盖那个罪恶,可是广岛人不会忘记它。他们设立这种原子病研究所,不是来治病救人,只是为了研究病人的痛苦,拿病人来作实验,看原子弹的破坏力究竟有多大!"有吉佐和子姑娘依旧声音平平地、细细地讲下去,有时微微抬起头,左手始终放在右手上面,就像我现在在照片上看见的那样。微笑早已消失了,但是她好像把痛苦和愤怒全埋在心里,不让自己露一点激动的表情。不管这些,她的话通过翻译的口却成为愤怒的控诉了。翻译同志早搬来一把椅子,放在小方桌的一个角上,他坐在那里,常常提高声音,挥动拿铅笔的右手来表示他的感情。

"在广岛流传着种种的故事。据说,饮茶可以治疗原子病,又说喝酒能使原子病断根,所以有些人家连大带小拚命地饮茶喝酒。可是会有什么结果呢?我的一个短篇就是这样开头的:有人到广岛去探亲访友,看见主人发狂似的拚命叫孩子喝酒饮茶,觉得奇怪,主人便讲起原子病的情况来。"

声音仍然是平平的、细细的。然而脸色有了改变了,两道弯弯的细眉微微聚起,看得出一种极力忍住的忧郁的表情。她默默地望着自己胸前叠在一起的两只手,等翻译同志闭上嘴摊开笔记本的时候,便把身子略略俯向前面,又说下去:

"我认识一位广岛姑娘,她生得非常漂亮。原子弹投下来的时候,她才七岁,今年二十三岁了。可是她不能不成天躺在床上。她站起来,走几步路,就会摔倒。稍微用一用思想,也会马上昏过去。她对我说,尽管她活得多么痛苦,可是她要活下去……"

虽然还是平平的、细细的声音,但已经带了一点控诉的调子了。廊子外面庭院中雨下大了,穿过那几扇玻璃门,我望见连绵不断的雨丝、雨线。单调的雨声跟她用细细的声音讲出来的故事连在一起,折磨着我的心。我不由自主地咬紧了下嘴唇。然而她又往下讲了:

"我还认识一对年轻夫妻。妻子也是个原子病人,结婚以后夫妇感情很好,却非常害怕生孩子,因为据说原子病人专门生畸形的怪物。后来妻子终于怀了孕。这个事实使她痛苦。她的丈夫拉着她的手,一方面安慰她,一方面又压不住自己的激动,他含着眼泪说:'你不要怕。你生罢,不管你生下来的是三只手或者一只脚,甚至没有鼻子没有嘴,我都一样地心疼它。我一定要让它活下去。我要抱着它走遍全世界,让所有的人知道谁在我们这里丢了原子弹,犯下这样的罪行,……'"

雨一直下个不停,洗净了的绿叶带着水微微打颤。有吉佐和子姑娘的声音也开始战抖了。这样的故事使她不能不动感情。在她的叙述里我仿佛听到那个未来的不幸的父亲战抖的声音。多么强烈的爱憎!对于原子弹使用者犯下的滔天罪行,这不是极有力的控诉么?翻译同志激动得厉害,他替那个勇敢的丈夫和未来的父亲讲话的时候,他站起来,动着两只手用力比划,好像要把那些话一字不漏地印在我们几个人的心上。

我感谢有吉佐和子姑娘,也感谢和我一路从中国来的翻译同志。这两个小时里面讲过的许多话使我知道了一些我应当知道的事。但是那些语音好像并不曾落到我们脚下的地毯上而消失,也没有让微风带到庭院中给雨打散。它们全挤在小小的客厅里,挤得满满的。连翻译同志年轻有力的声音也不能冲散它们。我越来越感到压迫,似乎它们一下子全压到我的心上来了。我闷得快要透不过气来。我不但把下嘴唇咬得更紧,我还把右手紧紧地捏成一个拳头。

我真想站起来，跑出客厅，冲到雨里，奔到街上，高高举起拳头，高声大叫："让人们好好地活下去！"

不用说，我仍然坐在沙发上，一面望着廊外下不完的雨，一面静静地倾听有吉佐和子姑娘的谈话，一直到雨由大变小，空中又出现了柔毛似的雨丝，一直到客人站起来很有礼貌地向我们告辞，我才离开了沙发。送走了客人，我也出去访友。可是一路上我仿佛听见这样的叫声："让人们好好地活下去！"不仅有我自己的声音，还有许多、许多人的声音。的确，许多、许多人已经高高地举起拳头大声叫过了。还会有更多、更多的人站出来"制止使用原子弹的罪行"。这样的罪行一定会给人制止！我们跟有吉佐和子姑娘握手告别的时候，我在她年轻、美丽的脸上也看出来这样的信心。

以后我就不曾见到这位年轻的小说家了。再过一个多星期，我们离开了日本，每个人带回来不少的照片，而且还有比什么都珍贵的友情。……

一张雨天的照片使我想起了许多事情。其实这些事我一直不曾忘记。前两天我还对人讲过我在镰仓客厅里听来的故事。今后我得向更多的人讲到它们。

我差一点忘记了我在别处听到的一件事：有人在广岛市原子弹爆炸的中心看见一块纪念碑，说是广岛市市民建立的，碑文只有这么一句："我们绝不再犯这种错误。"他认为应当在碑上刻出一个人的名字："哈利·杜鲁门"。我这是道听途说，不知广岛市究竟有没有这样一块纪念碑。倘使真有的话，的确应当把碑文改写了。受了损害的人民究竟有什么值得刻在碑上的"错误"呢？要是真的让广岛人民来改写碑文，他们一定会大书特书："不准再犯这样的罪"或者"制止这种罪行"！

有吉佐和子姑娘会赞成我这个意见罢。那么下次见面的时候,她就会告诉我关于碑文的事情。我相信我一定能再见到她,不仅是在她所很想了解的新中国一次、两次地见到她,而且在世界人民反对美帝国主义的原子弹罪行的正义斗争中不断地见到她。不用说,她那部长篇小说早已完成,而且起了很大的作用了。……

我的烦躁完全消除了。尽管廊上的雨还是那样吵个不停,不让我打开窗放进一丝凉意,可是我满心愉快地想到了久雨初晴后美丽的蓝空。难道真有永远下不完的雨么?就让你再猖狂地下一个整夜、两个整夜罢。我一定会迎接到我所期待的晴空万里的早晨。

我郑重地将照片放回在抽屉里,然后打开了折扇,拿着它从容地扇起来。

1961 年 6 月 15 日在杭州

再访巴黎

一个半月没有记下我的"随想",只是因为我参加中国作家代表团到法国去访问了将近三个星期。在巴黎我遇见不少人,他们要我谈印象,谈观感。时间太短了,走马看花,匆匆一瞥,实在谈不出什么。朋友们说,你五十多年前在巴黎住过几个月,拿过去同现在比较,你觉得变化大不大。我不好推脱,便信口回答:"巴黎比以前更大了,更繁华了,更美丽了。"这种说法当然"不够全面"。不过我的确喜欢巴黎的那些名胜古迹,那些出色的塑像和纪念碑。它们似乎都保存了下来。偏偏五十多年前有一个时期我朝夕瞻仰的卢骚的铜像不见了,现在换上了另一座石像。是同样的卢骚,但在我眼前像座上的并不是我所熟悉的那个拿着书和草帽的"日内瓦公民",而是一位书不离手的哲人,他给包围在数不清的汽车的中间。这里成了停车场,我通过并排停放的汽车的空隙,走到像前。我想起五十二年前,多少个下着小雨的黄昏,我站在这里,向"梦想消灭压迫和不平等"的作家,倾吐我这样一个外国青年的寂寞痛苦。我从《忏悔录》的作者这里得到了安慰,学到了说真话。五十年中间我常常记起他,谈论他,现在我来到像前,表达我的谢意。可是当时我见惯的铜像已经给德国纳粹党徒毁掉了,石像还是战后由法国人民重新塑立的。法国朋友在等候我,我也不能像五十二年前那样伫立了。先贤祠前面的景象变了,巴黎变了,我也变了。我来到这里,不再感到寂寞、痛苦了。

我在像前只立了片刻。难道我就心满意足,再没有追求了吗?

不，不！我回到旅馆，大清早人静的时候，我想得很多。我老是在想四十六年前问过自己的那句话："我的生命要到什么时候才开花？"这个问题使我苦恼，我可以利用的时间就只有五六年了。逝去的每一小时都是追不回来的。在我的脑子里已经成形的作品，不能让它成为泡影，我必须在这一段时间里写出它们。否则我怎样向读者交代？我怎样向下一代人交代？

一连三个大清早我都在想这个问题，结束访问的日期越近，我越是无法摆脱它。在国际笔会法国分会的招待会上我说过，这次来法访问我个人还有一个打算：向法国老师表示感谢，因为爱真理、爱正义、爱祖国、爱人民、爱生活、爱人间美好的事物，这就是我从法国老师那里受到的教育。我在《随想录》第十篇中也说过类似的话。就在我瞻仰卢骚石像的第二天中午，巴黎第三大学中文系师生为我们代表团举行欢迎会，有两位法国同学分别用中国话和法国话朗诵了我的文章，就是《随想录》第十篇里讲到我在巴黎开始写小说的那一大段。法国同学当着我的面朗诵，可能有点紧张，但是他们的态度十分友好，而且每一句话我都听得懂。没有想到在巴黎也有《随想录》的读者！我听着。我十分激动。我明白了。这是对我的警告，也是对我的要求。第一次从法国回来，我写了五十年（不过得扣除被"四人帮"夺去的十年），写了十几部中长篇小说；第二次从法国回来，怎么办？至少也得写上五年……十年，也得写出两三部中长篇小说啊！

在巴黎的最后一个清晨，在罗曼·罗兰和海明威住过的拉丁区巴黎地纳尔旅馆的七层楼上，我打开通阳台的落地窗门，凉凉的空气迎面扑来，我用留恋的眼光看巴黎的天空，时间过得这么快！我就要走了。但是我不会空着手回去。我好像还有无穷无尽的精力。

我比在五十年前更有信心。我有这样多的朋友，我有这样多的读者。我拿什么来报答他们？

我想起了四十六年前的一句话：

> 就让我做一块木柴吧。我愿意把自己烧得粉身碎骨给人间添一点点温暖。（见《旅途随笔》）

我一刻也不停止我的笔，它点燃火烧我自己，到了我成为灰烬的时候，我的爱我的感情也不会在人间消失。

[1979年] 5月22日

西湖之梦

——写给端端

一

这一卷是你从上海给我带来的，那么我就在这里做我的西湖之梦吧。

六十八年过去了，好像快，又好像慢，我还不曾忘记一九三〇年十月的一个月夜，我坐了小船到"三潭映月"。那是我第一次游西湖，我离开小船走了一圈，的确似梦非梦。

许多同样喜欢西湖的朋友，我们一起登山，划船，淋着细雨走过六桥三竺。我更不能忘记我和尧林三哥怎样把脚迹留在九溪十八涧。三十年代到一九三七年为止，我每年至少来西湖两次，然后在一九五九年即是在远离西湖二十二年之后，我参加上海作家访问新安江工地代表团经过杭州，又到了西湖。这一次是和萧珊同来的，她看到西湖特别激动。

方令孺大姐在杭州工作，担任省文联主席，她从上海调来不久，颇感寂寞，我们也想念她，便经常来看望。她住在白乐桥一号，门前流水潺潺，院内有一棵老银杏树。我们愉快地谈着往事，也谈着未来，等待夜幕降临。在炎热的日子里我们喜欢到花港的竹亭或者灵隐寺外的冷泉亭坐一个小时，难忘的回忆至今还给我的心带来温暖。

第二次的西湖之梦只有短短的六七年。一九六六年七月底我到杭州接待外宾，竟然见不到一位本地作家，更不用说已经靠边的"九姑"了。

参加了"湖上灯会"之后，把外宾送到上海，外宾一走，我就给关进牛棚，一晃又是十二年。

第三次的西湖之梦开始的时候，我已精疲力竭、劳累不堪。我的身边失去了萧珊，白乐桥畔再也不见九姑的影子。我不是拄着木拐在宾馆门前徘徊，就是坐在阳台上静静地遥望白堤、苏堤的花树。第三次的梦是一种完全不同的梦，每次我都怀着告别的心情来到这里，每次我带着希望离开，但是我时时感觉到我要躺下来休息了。

（［一九九四年］五月四日，杭州 写在《巴金全集》第二十三卷扉页上）

二

这一卷书不是你给我带来的，我却用你的笔写了我想对你说的话。西湖之梦是做不完的。

去年金秋时节我坐在轮椅上到了岳坟，到了灵隐，我说我来向西湖告别。我看得出我来这里有多大困难。可是朋友们推着轮椅，抬着我上上下下。我好像满身是劲，甚至到了许多以前不曾去过的地方。朋友们的帮助，集体的力量为我克服了困难，我又回到那些梦的日子。我说过我爱西湖是把人和地连在一起，是把风景和历史人物连在一起……我竟然想起了一九四四年在桂林丢失的那本小说《松岗小史》，我在小小年纪就让小说家引到杭州，做了岳坟的梦。如今我活到九十还仿佛跟着翟新珍在岳王墓前纵身捕捉鸣蝉。我看这一些谈西湖的书，但记得牢牢的还是这一段。有人说这里坟多，简直是"与鬼为邻"，为了"伸张人气"，他们搬走一些古墓。岳王坟明明是"衣冠冢"，他们却不敢动它。还有许多名字：于谦、张煌言、秋瑾……还有诗人苏曼殊、画家陶元庆……许多、许多。

我今天还在怀念老友卫惠林伉俪，三十年代他们在俞楼住过一个时期，有一回我们的同学"哲学家"詹剑峰从法国回来，要我和他同游西湖，我们到了俞楼，三个人在一起登山畅谈巴黎的往事。我和詹剑峰的劲头很大，南山北山，从上午走到傍晚，中途脱掉皮鞋在半山休息，相当狼狈，但事后又觉得痛快。"哲学家"先离杭州，我多留了一天，为了携带若干西湖活鱼到上海送给索非夫妇，鱼是卫夫人高宛玉准备的。这一夜我就住在卫家，鱼放在一个大饼干筒里，盛满了水，盖子盖得紧紧，上面给弄了些小孔。我一夜没有闭眼，只是注意筒里有什么声音，时而担心小猫来抓鱼，时而害怕鱼给闷死在筒里，第二天大清早我离开了俞楼，带了一筒西湖鱼到上海索非家，鱼活着，但已奄奄一息了。

三

想说的话很多，我只再说一件事。一九三七年我来西湖不止一次，两次，大概在第三次，卞之琳和师陀两位去天目山，我送他们到杭州。我回上海的前一天，我们三个人在杭州天香楼吃饭，大家谈得高兴，我就讲了过去在日本报上看到的故事。

两个好友被迫分离，临行相约十年后某日某时在一个地方会见。十年后的那一天到了，留在东京的朋友已经结婚，他的妻子见他要认真践约，便竭力劝阻。但没有用！就在那天早晨他来到约定

在上海霞飞坊寓所书房(1949)

二十世纪五十年代巴金(左一)、萧珊(左二)与靳以夫妇合影

的地点，首都著名的某桥头。他等了好久，不见人来，他感到失望了。忽然听见有人问话，一个送电报的人拿着一份电报问他这是不是他的名字。他接过电报看，上面写着："我生病，不能来东京践约，请原谅。请写信来，告诉我你的地址，我仍是孤零零的一个人。"

收报人的地址是：

某年某月某时在东京某桥头徘徊的人。

电报到了收报人的手里。友情之火在燃烧。师陀当时还不曾用这个名字，我们都叫他做芦焚，这是他接受《大公报》文学奖时用的笔名，他笑着说："我们也订个约，十年后在这里见面吧。"我说："好，就在杭州天香楼，菜单也有了：鱼头豆腐、龙井虾仁、东坡肉、西湖鱼……"

十年以后我并未去杭州，天香楼之约早已忘得一干二净。之琳去英国讲学。师陀在剧校教书，相当忙碌，时而香港，时而浙江，似乎在追求什么。芦焚的笔名因别人冒用也已作废。但是在他改编的《大马戏团》上演之后，师陀的笔名也是响当当的了。师陀有才华，又很勤奋，却未能献出自己心灵中的宝贝，写出本来属于他的文学精品。解放初期上海某报腰斩《历史无情》对他是不公平的。

交往几十年他对我并不客气，也很坦率，有什么事总要来找我，抗战初期萧乾留给他的房子被别人占了，他也来找我帮忙要回来。他常常挖苦我，我却把他当作一位诤友。有一个时期，我在华东医院治病，他也住在南楼病房，上午他常来聊天，我们谈起作协分会煤气间的特殊生活感触很多，我为他的后半生感到惋惜，也为自己珍贵时间的浪费深感痛苦。后来他突然的死去是一桩意外的事故。我要写一篇怀念文章，开了头却没有写下去。我想起了一件事，在上海成为孤岛我的小说继续在开明书店出版的时候，有一天师陀带笑问我："你那个姑少爷是不是写我？"我连忙摇头："不！"但是我想到那个从后面看去好像没有颈项似的年轻人，不觉哈哈笑起来，原来他是这样敏感。我并无意伤害他，当时如此，现在仍是如此！

（五月六日，杭州　写在《巴金全集》第二十四卷扉页上）

生　命

　　我接到一个不认识的朋友的来信，他说愿意跟我去死。这样的信我已经接过好几封了，都是一些不认识的年轻人寄来的。现在我住在一个朋友的家里，是一个很安静的地方。我的窗前种了不少的龙头花和五色杜鹃。在自己搭架的竹篱上缠绕着牵牛花和美国豆的长藤。在七月的大清早，空气清新，花开得正繁，露出一片欣欣向荣的景象。对面屋脊上站着许多麻雀，它们正吵闹地欢迎新生的太阳。到处都充满着生命。我的心也因为这生命的繁荣而快活地颤动了。

　　然而这封信使我想起了另一些事情。我的心渐渐地忧郁起来。眼前生命的繁荣仿佛成了一个幻景，不再像是真实的东西了。我似乎看见了另一些景象。

　　我应该比谁都更了解自己罢。那么为什么我会叫人生出跟我去死的念头呢？难道我就不曾给谁展示过生命的美丽么？为什么在这个充满了生命的夏天的早晨我会读到这样的信呢？

　　我的心里怀着一个愿望，这是没有人知道的：我愿每个人都有住房，每张口都有饱饭，每个心都得到温暖。我想揩干每个人的眼泪，不再让任何人拉掉别人的一根头发。

　　然而这一切到了我的笔下都变成另一种意义了。我的美丽的愿望都给现实生活摧毁干净了。同时另一种思想慢慢地在我的脑子里生长起来，甚至违背了我的意志。

　　我能够做什么呢？

"我就是真理,我就是大道,我就是生命。"能够说这样话的人是有福的了。

"我要给你们以晨星!"能够说这样话的人也是有福的了。

但是我,我什么时候才能够说一句这样的话呢?

1934年7月在北平

海 的 梦

我整整有一年没有看见海了,从广东回来,还是去年七月里的事。

最近我给一个女孩子写信说:"可惜你从来没有见过海。海是那么大,那么深,它包藏了那么多的没有人知道过的秘密,它可以教给你许多东西,尤其是在它起浪的时候。"信似乎写到这里为止。其实我应该接着写下去:那山一般地涌起来的、一下就像要把轮船打翻似的巨浪曾经使我明白过许多事情。我做过"海的梦"①。现在离开这个"海的梦"里的国家时,我却在海的面前沉默了。我等着第二次的"海的梦"。

在这只离开"海的梦"里的国土的船上,我又看见了伟大的海。白天海是平静的,只有温暖的阳光在海面上流动;晚上起了风,海就怒吼起来,那时我孤寂地站在栏杆前望着下面的海。

"为什么要走呢?"不知道从什么地方来了这句问话,其实不用看便明白是自己对自己说话啊!

是的,虽然我也有种种的理由,可以坦白地对别人说出来,但是对自己却找不出话来说了。我不能够欺骗自己,对自己连一点阴影也得扫去!这一下可真窘了。

留恋、惭愧和悔恨的感情折磨着我。为什么要这样栖栖惶惶地东奔西跑呢?为什么不同朋友们一起在一个固定的地方做一些事情

---

① 一九三二年春天我写过一本叫做《海的梦》的中篇小说。

呢？大家劝我不要走，我却毅然地走了。我是一个怎样地不可了解的人啊。

这时候我无意地想起一百年前一个叫做阿莫利（Amaury）①的人在一封信上说过的话：

> 我离开科隆，并不告诉人我到什么地方去，其实连我自己也不知道。……我只愿意离开一切的人，甚至你我也想避开……
>
> 我秘密地躲到了海得尔堡。在那里我探索了我的心；在那里我察看了我的伤痕。难道我的泪已经快要尽了，我的伤也开始治愈了吗？
>
> 有时为了逃避这个快乐的大学城的喧嚣和欢乐，我便把自己埋在山中或者奈卡谷里，避开动的大自然去跟静的大自然接近。然而甚至在那些地方，在一切静的表面下，我依旧找到了生气、活力、精力。这都是那个就要到来的春天的先驱。新芽长出来了，地球开始披上了新绿的衣衫，一切都苏醒了起来；在我四周无处不看见生命在畅发的景象。然而我却只求一件事情——死。……

啊，这是什么话？我大大地吃惊了。我能够做一个像他那样的怯懦的人吗？

不，我还有勇气，我还有活力，而且我还有信仰。我求的只是生命！生命！

---

① 阿莫利（Amaury）：法国小说家大仲马的长篇小说《阿莫利》的男主人公。

带着这样坚决的自信,我掉头往四面看。周围是一片黑暗。但是不久一线微光开始在天边出现了。

1934年11月在日本横滨

神

还不到十点钟,但在山上已经是静夜了。我把久俯在书上的头抬起来,用疲倦的眼光看窗外的黑暗,想听听静夜的气息。常常在这时候便响起了金属敲着火石的声音,清脆的,一声,两声。我吃了一惊,又绝望地把眼光放回到书上。事情是很平常的,我那位朋友又在唪经,而我的安静又被他扰乱了。

这朋友是一个安分守己的好人。但我的朋友中信神的,他是唯一的了。我以前并不知道这个,倘使知道,我们也许不会做朋友罢。又,这朋友虽说是一个虔诚的拜物教徒,而其实信神也只有几个月的光景,我若是早同他做朋友,也许可以挽救他罢。现在迟了。

我是神的敌人。这也是无足奇怪的。因为无神论的思想在今天已经是很平常的了。这个世界里没有神存在的事实,稍有知识的人也都明白。

然而这种人又是多么愚蠢啊:本来生在这个世界上,却又想精神地生活在另一个世界中;在这个世界里所没有得到的东西,却又希望能够在另一世界中获得。把自己的一切大量地贡献给空虚里的神,想从那里得到更多的报酬。这样对同类的人就没有丝毫顾念的余暇了。所以信神的人常常是自私的。譬如中国的许多无知的女人就是这样地行为着,结果依旧劳苦贫困地死在空虚里,留下永不能实现的希望给她们的亲人。没有人知道这是一个欺骗。然而我在一个温情的异邦女人的信函中看到了"信神的人的伟大"一句话,这是多么大的错误啊。将懦弱看作伟大，将愚蠢看作崇高，将自私看作仁慈，将空虚当作实在，人类的历史就几乎陷落在泥淖里拾不起来了。

然而还亏了那无数的能够面对生活的勇敢的人，他们在语言和行动里表现了真理，他们把历史从泥淖里拾了起来。他们给我们的东西比那般信神的人希望从神那里得到的还更多。无论在什么时候，人的力量都显得比假想的神更伟大，这是极其常见的事实，我们用不着去读雨果的《诸世纪的传说》(*La Légende des siècles*)里赞颂人类的伟大的诗篇了，也用不着在北欧神话里找神的灭亡的故事了。

但是到今天在知识分子中间还有着信神的人，这事情将怎样解释呢？其实如果我们将这个包含着无数矛盾的社会仔细考察一下，就能够容易地明白这一切了。

然而信神的路终于是懦弱的路。不满意现状，而逃避现实去求救于神，这样愚蠢的行为是不会有好处的。所以对于做出了种种可笑的行为的这位朋友，我常常怜悯地起了救助的心思。自然他不知道，而且也许他还以为我更需要向他求助呢！他有一次就对我暗示了要我信神的意思。但后来他也知道这只是徒然的努力了。

现在夜已深了，我又听见他在苦苦地唪经，同时我想起了那个温情的女人的话。她至今还站在神的门外，不知道什么缘故会使她在信里写了那样的话。我无意间想到她将来也会像这位朋友一样地信神时，我就为一种绝望所压倒了。前几天我已经在这里看见了一个新改宗的人。那是一个学生。我看见他穿着制服跪在地上念经的样子，就仿佛看见一个人在受苦刑。这个景象是很残酷的。我一面怜悯他，而一面对使他改宗的这位朋友的一群（虽然我知道他们的行为也是出于好意)起了反感。但是如今从第三个人,而且是一个温情的女人的口里又来了"信神的人的伟大"的话了。这是多么残酷的事实啊!

起来,更努力地从事你们的工作!显出比神的更伟大的力量来!——这是对于每个有真诚的心的年轻人的警告。

从空虚里出来的神还是把它送回到空虚里去罢。这时候是岛上的冬夜,寒风正吹着屋后的树林飒飒地响。那几树山茶花在一夜里会给吹落多少罢。我忽然想到写了《神的灭亡》三部曲的郭源新君①,不觉起了感激的怀念。

1934年12月在横滨

---

① 郭源新:郑振铎的笔名。《神的灭亡》是他的小说集《取火者的逮捕》中的一篇。

梦

我常常把梦当作我唯一的安慰。只有在梦里我才得到片刻的安宁。我的生活里找不到"宁静"这个名词。烦忧和困难笼罩着我的全个心灵，没有一刻离开我。然而我一进到梦的世界，它们马上远远地避开了。在梦的世界里我每每忘了自己。我不知道我过去是一个什么样的人，或者做过什么样的事。梦中的我常常是一个头脑单纯的青年，没有过去，也没有将来；没有烦忧，也没有困难。我只有一个现在，我只有一条简单的路，我只有一个单纯的信仰。我不知道这信仰是从什么地方来的，在梦中我也不会去考究它。但信仰永远是同一的信仰，而且和我在生活里的信仰完全一样。只有这信仰是生了根的，我永远不能把它去掉或者改变。甚至在梦里我忘了自己、忘了过去的时候，这信仰还像太白星那样地放射光芒。所以我每次从梦中睁开眼睛，躺在床上半糊涂地望四周的景物，那时候还是靠了这信仰我才马上记起我是怎样的一个人。把梦的世界和真实的世界连结起来的就只有这信仰。所以在梦里我纵然忘了自己，我也不会做一件我平日所反对的事情。

我刚才说过我只有在梦中才得着安宁。我在生活里找不到安宁，因此才到梦中去找，其实不能说去找，梦中的安宁原是自己来的。然而有时候甚至在梦中我也得不到安宁。我也做过一些所谓噩梦，醒来时两只眼睛茫然望着白色墙壁，还不能断定是梦是真，是活是死；只有心的猛跳是切实地感觉到的。但是等到心跳渐渐地平静下去，这梦景也就像一股淡烟不知飘散到哪里去了。留下来的只是一个真实的我。

　　最近我却做了一个不能忘记的梦。现在我居然还能够记下它来。梦景是这样的：

　　我忽然被判决死刑，应该到一个岛上去登断头台。我自动地投到那个岛上。伴着我去的是一个不大熟识的友人。我们到了那里，我即刻被投入地牢。那是一个没有阳光的地方，墙壁上整天点着一盏昏暗的煤油灯，地上是一片水泥。在不远的地方时时响起来囚人的哀叫，还有那建筑断头台的声音从早晨到夜晚就没有一刻停止。除了每天两次给我送饭来的禁卒外，我整天看不见一个人影。也没有谁来向我问话。我不知道那位朋友的下落，我甚至忘记了她。在地牢里我只有等待。等断头台早日修好，以便结束我这一生。我并没有悲痛和悔恨，好像这是我的自然的结局。于是有一天早晨禁卒来把我带出去，经过一条走廊到了天井前面。天井里绞刑架已经建立起来了，是那么丑陋的东西！它居然会取去我的生命！我带着憎恨的眼光去看它。但是我的眼光触到了另一个人的眼光。原来那位朋友站在走廊口。她惊恐地叫我的名字，只叫了一声。她的眼里包着满眶的泪水。我的心先前一刻还像一块石头，这时却突然熔化了。这是第一个人为我的缘故流眼泪。在这个世界里我居然看见了一个关心我的人。虽然只是短短的一瞥，我也似乎受到了一次祝福。我没有别的话，只短短地说了"不要紧"三个字，一面感激地对她微笑。这时我心中十分明白，我觉得就这样了结我的一生，我也没有遗憾了。我安静地走上了绞刑架。下面没有几个人，但是不远处有一对含泪的眼睛。这对眼睛在我的眼前晃动。然而人把我的头蒙住了。我什么也看不见。

　　以后我忽然发觉我坐在绞刑架上，那位朋友坐在我身边。周围再没有别的人。我正在惊疑间，朋友简单地告诉我："你的事情已经了结。现在情形变更，所以他们把你放了。"我侧头看她的眼睛，眼里已经没有泪珠。我感到莫大的安慰，就跟着她走出监牢。门前有一架飞机在等候我们。我们刚坐上去，飞机就动了。

飞机离开孤岛的时候，离水面不高，我回头看那个地方。这是一个很好的晴天，海上平静无波。深黄色的堡垒抹上了一层带红色的日光，凸出在一望无际的蓝色海面上，像一幅图画。

后来回到了我们住的那个城市，我跟着朋友到了她的家，刚走进天井，忽然听见房里有人在问："巴金怎样了？有遗嘱吗？"我知道这是她哥哥的声音。

"他没有死，我把他带回来了，"她在外面高兴地大声答道。接着她的哥哥惊喜地从房里跳了出来。在这一刻我确实感到了生的喜悦。但是后来我们三人在一起谈论这件事情时，我就发表了"倒不如这次死在绞刑架上痛快"的议论。……

这只是一场梦。春夜的梦常常很荒唐。我的想象走得太远了。但是我却希望那梦景能成为真实。我并非盼望真有一个"她"来把我从绞刑架上救出去。我想的倒是那痛快的死。这个在生活里我得不到，所以我的想象在梦中把它给我争取了来。但是在梦里它也只是昙花一现，而我依旧被"带回来了"。

这是我的不幸。我是一个充满矛盾的人。只有这个才是消灭我的矛盾的唯一的方法。然而我偏偏不能够采用它。人的确是脆弱的东西。我常常严酷无情地分析我自己，所以我深知道自己是一个什么样的人。有时我的眼光越过了生死的界限，将人世的一切都置之度外，去探求那赤裸裸的真理；但有时我对生活里的一切都感到留恋，甚至用全部精力去做一件细小的事情。在《关于〈家〉》的结尾我说过"青春毕竟是美丽的东西"。在《死》的最后我嚷着"我还要活"。但是在梦里我却说了"倒不如死在绞刑架上痛快"的话。梦中的我已经把生死的问题解决了，所以能抱定舍弃一切的决心坦然站在绞刑架上，真实的我对于一切却是十分执著，所以终于陷在繁琐和苦恼的泥淖里而不能自拔。到现在为止的我的一生中至少有一半以上的时间和精力是被浪费了的。

　　有一个年轻朋友读了我的《死》，很奇怪我"为什么会想到这许多关于死的话"。她寄了一张海上日出的照片来鼓舞我，安慰我。现在她读到我的这篇短文大概会明白我的本意罢。我接到那张照片，很感谢她的好意。然而我是一个在矛盾中挣扎的弱者。我这一生横竖是浪费了的。那么就让我把这一生作为一个试验，看一个弱者怎样在重重的矛盾中苦斗罢。也许有一天我会克服了种种的矛盾，成为一个强者而达到生之完成的。那时梦中的我和真实的我就会完全合而为一人了。

1937年4月在上海

醉

我不会喝酒，但我有时也尝到醉的滋味。醉的时候我每每忘记自己。然而醉和梦毕竟不同。我常常做着荒唐的梦。这些梦跟现实离得很远，把梦景和现实的世界连接起来就只靠我那个信仰。所以在梦里我没有做过跟我的信仰违背的事情。

我从前说我只有在梦中得到安宁，这句话并不对。真正使我的心安宁的还是醉。进到了醉的世界，一切个人的打算，生活里的矛盾和烦忧都消失了，消失在众人的"事业"里。这个"事业"变成了一个具体的东西，或者就像一块吸铁石把许多颗心都紧紧吸到它身边去。在这时候个人的感情完全溶化在众人的感情里面。甚至轮到个人去牺牲自己的时候他也不会觉得孤独。他所看见的只是群体的生存，而不是个人的灭亡。

将个人的感情消溶在大众的感情里，将个人的苦乐联系在群体的苦乐上，这就是我的所谓"醉"。自然这所谓群体的范围有大有小，但"事业"则是一个。

我至今还记得我第一次的沉醉。那已经是十七八年前的事了，然而在我的脑子里还是十分鲜明。那时我是个孩子。我参加一个团体的集会。我从来没有像那样地感动过。谈笑、友谊、热诚、信任……从不曾表现得这么美丽。我曾经借了第三者的口吻叙述我当时的心情：这次十几个青年的茶会简直是一个友爱的家庭的聚会。但这个家庭里的人并不是因血统关系、家产关系而联系在一起的；结合他们的是同一的好心和同一的理想。在这个环境里他只感到心与心的接触，都是赤诚的心，完全脱离了利害关系的束缚。他觉得在这里他不是一个陌生的人，孤独的人。他爱着周围的人，也为他周围的人所爱。他了解他们，他们也了解他。他信任他们，他们也信任他①。……

这是醉。第一次的沉醉以后又继之以第二次、第三次……这醉给了我勇气，给了我希望，使我一个幼稚的孩子可以站起来向旧礼教挑战，使我坚决地相信光明，信任未来。不仅是我，我们那个时代的青年都是这样地成长的。而且我相信每个时代的青年都会在这种沉醉中饮到鼓舞的琼浆。

时间是骎骎地驰过去了。醉的次数也渐渐地多起来。每一次的沉醉都在我的心上留下一点痕迹。有一两次我也走过那黑门②，我的手还在门上停了一下。但是我们并没有机会得到那痛快的壮烈的最后。这是事实。一个人沉醉的时候，他会去干一些勇敢的事情，至少他会有这样的渴望。我们那时也就处在这样的境地。南国的芳香沁入我们的心灵，火把给我们照亮黑暗的窄巷。一堵墙、一扇门关不住我们的心。一个广场容纳不了我们的热情。或者一二十个孩子聚在一个小房间里，大家拥挤地坐在地上；或者四五个人走着泥泞的乡间道路。静夜里，石板路上响着我们的脚步声。在温暖的白昼，清脆的笑语又充满了古庙。没有寂寞，没有苦闷，没有悲哀。有的只是一个光明的希望。每个人的胸膛里都有着同样的一颗心。

这是无上的"沉醉"，这是莫大的"狂喜"，它使我们每个人"都消失在完全的忘我里面"。所以我们也曾夸大地立下誓言：要用我们的血来灌溉人类的幸福，用我们的死来使人类繁荣。要把

---

① 见长篇小说《家》第二十九章。
② 黑门：指死。

在上海武康路寓所书房(1962)

《友谊集》书影

我们的生命联系在人类的生命上面。人类生命的连续广延永远不会中断,没有一种阻力可以毁坏它。我们所看见的只有人类的繁昌,并没有个人的死亡。

我不能否认我们的狂妄,但是我应该承认我们的真挚。我们中间也有少数人实行了他们的约言。剩下的多数却让严肃的工作消蚀他们的生命。拿起笔的只有我一个。我不甘心就看着我的精力被一些方块字消磨干净,所以我责备自己是一个弱者。但是这个意思也很明显;这里并没有悲观,也没有绝望。若有人因此说我"在黑暗中哭泣",那是他自己看错了文章。我们从没有过哭泣的时候。那不是我们的事情。甚至跟一个亲密的朋友死别,我们也只有暗暗地吞几滴眼泪。我们自然不能否认黑暗的存在。然而即使在黑暗的夜里,我们也看见在远方闪耀的不灭的光明,那是"醉"给我们带来的。

我常常用我自己的事情做例子,也许别人会把这篇《醉》看作我的自白。其实《死》和《梦》都不是我的自白,《醉》也不是。我可以举出另一些例子。我手边恰恰有几封信,我现在从里面引出几段,我让那些比我更年轻的人向读者说话:

那天夜里,正是我异常兴奋的一天。在学校里我们开了一个野火会。天空非常地黑沉,人们的影子在操场上移动着,呼喊着。它的声波冲破这沉寂的天空!

一堆烈火盛燃起来了。那光亮的红舌头照亮了每个人的脸,我们围绕着火堆唱歌。我们唱《自由神》、《示威》等等,这个兴奋的会一直到火熄灭了为止。

这不也是"醉"么?

在十二月××日,一个温暖的北方天气,阳光是那么明亮,又那么温暖,在这天我们学生跑到××(一个小乡村)去举行扩大行军。这项新鲜而又兴奋的工作弄得我一夜都没有睡好。

大概八点钟罢。我们起程了,空着肚子,悄悄地离开了学校。我们经过了热闹的街市、吵嚷的人群,快到十点的时候才踏进乡村的境界。

一条黄土道,向来是静寂得怕人,今天却有些改变了。一群学生穿着蓝布衫、白帆布球鞋,脸上露出神秘而又兴奋的微笑,拖着大步踏着这条黄土道。"一……二……一"不知道是谁这样喊着,我们下意识地跑起来。

到那里已是晌午了。我们群集在一个墓地里,后面是一带大树林,前面有几间小茅屋。农夫们停止了工作都出来看望。啊,是那么活跃着的一群青年!行军的号筒响了,雄壮的声音提起了每个人的勇气。我们真的像上了战场一样。

战斗的演习继续到三点钟才完毕。因为环境不允许,我们的座谈会没有举行,就整队回校了。一路上唱着歌,喊着热烈的口号。

这是"醉",令人永不能忘记的"沉醉"。它把无数青年的心连结在一起了。还有:

的确我不会是寂寞,我不会是孤独。我们永久是热情的,那么多被愤怒的火焰狂炽着的心永久会紧紧连系在一起的。啊，我想起了一件事情。我真不能够忘记。就是在去年下半年我们从先生的口中和报纸上知道了北平学生运动的经过情形，而激起了我们的请愿的动机。那时在深夜里我们悄悄的计划着，我们紧紧的携着手，在黑暗中祝福第二天背着校方的请愿成功。我们一点也不怕的在微弱的电筒光下写着旗子和施行的步骤。我们一夜没有睡。当天将亮的时候，我和另一个同学轻轻的在每一个寝室的玻璃窗上敲了两下，于是同学们都起来了。我们整齐了队伍，在微雨的早晨走出了校门。在出发的时候，我因为走得太忙，跌了一个斤斗，一个高一班的同学拉了我起来，我们无言的亲密的对笑着。一群孩子如一条粗长的铁链冲出了学校。虽然最后我们失败了。但那粗长的铁链使我们相信了我们自己。我们怎会寂寞，怎会孤独呢？

这是年轻的中国的呼声。我们的青年就这样地慢慢成长了。——那个"孩子"说得不错，在这样的沉醉中他们是不会感到寂寞和孤独的。让我在这里祝福他们。

1937 年 5 月在上海

生

死是谜。有人把生也看作一个谜。

许多人希望知道生,更甚于愿意知道死。而我则不然。我常常想了解死,却没有一次对于生起过疑惑。

世间有不少的人喜欢拿"生是什么"、"为什么生"的问题折磨自己,结果总是得不到解答而悒郁地死去。

真正知道生的人大概是有的;虽然有,也不会多。人不了解生,但是人依旧活着。而且有不少的人贪恋生,甚至做着永生的大梦:有的乞灵于仙药与术士,有的求助于宗教与迷信;或则希望白日羽化,或则祷祝上登天堂。在活着的时候为非作歹,或者茹苦含辛以积来世之福——这样的人也是常有的。

每个人都努力在建造"长生塔",塔的样式自然不同,有大有小,有的有形,有的无形。有人想为子孙树立万世不灭的基业;有人愿去理想的天堂中做一位自由的神仙。然而不到多久这一切都变成过去的陈迹而做了后人凭吊唏嘘的资料了。没有一座沙上建筑的楼阁能够稳立的。这是一个很好的教训。

一百四十几年前法国大革命中的启蒙学者让·龚多塞不顾死刑的威胁,躲在巴黎卢森堡附近的一间顶楼上忙碌地写他的最后的著作,这是历史和科学的著作。据他说历史和科学就是反对死的斗争。他的书也是为征服死而著述的。所以在写下最后两句话以后,他便离开了隐匿的地方。他那两句遗言是:"科学要征服死,那么以后就不会再有人死了。"

他不梦想天堂，也不寻求个人的永生。他要用科学征服死，为人类带来长生的幸福。这样，他虽然吞下毒药，永离此世，他却比谁都更了解生。

科学会征服死。这并不是梦想。龚多塞企图建造一座为大众享用的长生塔，他用的并不是平民的血肉，像我的童话里所描写的那样。他却用了科学。他没有成功。可是他给那座塔奠了基石。

这座塔到现在还只有那么几块零落的基石，不要想看见它的轮廓！没有人能够有把握地说定在什么时候会看见它的完成。但有一件事实则是十分确定的：有人在孜孜不倦地努力于这座高塔的建造。这些人是科学家。

生物是必死的。从没有人怀疑过这天经地义般的话。但是如今却有少数生物学者出来企图证明单细胞动物可以长生不死了。德国的怀司曼甚至宣言："死亡并不是永远和生物相关联的。"因为单细胞动物在养料充足的适宜的环境里便能够继续营养和生存。它的身体长大到某一定限度无可再长的时候，便分裂为二，成了两个子体。它们又自己营养、生长，后来又能自己分裂以繁殖其族系，只要不受空间和营养的限制，它们可以永远继续繁殖、长生不死。在这样的情形下面当然没有死亡。

拿草履虫为例，两个生物学者美国的吴特拉夫和俄国的梅塔尼科夫对于草履虫的精密的研究给我们证明：从前人以为分裂二百次、便现出衰老状态而逼近死亡的草履虫，如今却可以分裂到一万三千次以上，就是说它能够活到二十几年。这已经比它的平常的寿命多过七十倍了。有些人因此断定说这些草履虫经过这么多代不死，便不会死了。但这也只是一个假定。不过生命的延长却是无可否认的。

关于高等动物，也有学者作了研究。现在鸡的、别的一些动物的、甚至人的组织(tissue)已经可以用人工培养了。这证明：多细胞动物体的细胞可以离开个体，而在适当的环境里生活下去，也许可以做到长生不死的地步。这研究的结果离真正的长生术还远得很，但是可以说朝这个方向前进了一步。在最近的将来，延长寿命这一层，大概是可以办到的。科学家居然在显微镜下的小小天地中看出了解决人间大问题——生之谜的一把钥匙。过去无数的人在冥想里把光阴白白地浪费了。

我并不是生物学者，不过偶尔从一位研究生物学的朋友那里学得一点点那方面的常识。但这只是零碎地学来的，而且我时学时忘。所以我不能详征博引。然而单是这一点点零碎的知识已经使我相信龚多塞的遗言不是一句空话了。他的企图并不是梦想。将来有一天科学真正会把死征服。那时对于我们，生就不再是谜了。

然而我们这一代(恐怕还有以后的几代)和我们的祖先一样，是没有这种幸运的。我们带着新的力量来到世间，我们又会发挥尽力量而归于尘土。这个世界映在一个婴孩的眼里是五光十色；一切全是陌生。我们慢慢地活下去。我们举起一杯一杯的生之酒尽情地饮下。酸的、甜的、苦的、辣的我们全尝到了。新奇的变为平常，陌生的成为熟习。但宇宙是这么广大，世界是这么复杂，一个人看不见、享不到的是太多了。我们仿佛走一条无尽长的路程，游一所无穷大的园林，对于我们就永无止境。"死"只是一个碍障，或者是疲乏时的休息。有勇气、有精力的人是不需要休息的，尤其在胜景当前的时候。所以人应该憎恨"死"，不愿意跟"死"接近。贪恋"生"并不是一个罪过。每个生物都有生的欲望。蚱蜢饥饿时甚至吃掉自己的腿以维持生存。这种愚蠢的举动是无可非笑的，因为这里有的是严肃。

俄罗斯民粹派革命家妃格念尔"感激以金色光芒洗浴田野的太阳，感激夜间照耀在花园天空的明星"，但是她终于让沙皇专制政府将她在席吕谢尔堡中活埋了二十年。为了革命思想而被烧死在美国电椅上的鞋匠沙珂还告诉他的六岁女儿："夏天我们都在家里，我坐在橡树的浓荫下，你坐在我的膝上；我教你读书写字，或者看你在绿的田野上跳荡、欢笑、唱歌，摘取树上的花朵，从这一株树跑到那一株，从清朗、活泼的溪流跑到你母亲的怀里。我梦想我们一家人能够过这样的幸福生活，我也希望一切贫苦人家的小孩能够快乐地同他们的父母过这种生活。"

"生"的确是美丽的，乐"生"是人的本分。前面那些杀身成仁的志士勇敢地戴上荆棘的王冠，将生命视作敝屣，他们并非对于生已感到厌倦，相反的，他们倒是乐生的人。所以奈司拉莫夫①坦白地说："我不愿意死。"但是当他被问到为什么去舍身就义时，他却昂然回答："多半是因为我爱'生'过于热烈，所以我不忍让别人将它摧残。"他们是为了保持"生"的美丽，维持多数人的生存，而毅然献出自己的生命的。这样深的爱！甚至那躯壳化为泥土，这爱也还笼罩世间，跟着太阳和明星永久闪耀。这是"生"的美丽之最高的体现。

"长生塔"虽未建成，长生术虽未发见，但这些视死如归但求速朽的人却也能长存在后代子孙的心里。这就是不朽。这就是永生。而那般含垢忍辱积来世福或者梦想死后天堂的"芸芸众生"却早已被人忘记，连埋骨之所也无人知道了。

---

① 奈司拉莫夫：中篇小说《朝影》中的一个人物。

我常将生比之于水流。这股水流从生命的源头流下来，永远在动荡，在创造它的道路，通过乱山碎石中间，以达到那唯一的生命之海。没有东西可以阻止它。在它的途中它还射出种种的水花，这就是我们生活里的爱和恨、欢乐和痛苦，这些都跟着那水流不停地向大海流去。我们每个人从小到老、到死，都朝着一个方向走，这是生之目标，不管我们会不会走到，或者我们会在中途走入了迷径，看错了方向。

生之目标就是丰富的、满溢的生命。正如青年早逝的法国哲学家居友所说："生命的一个条件就是消费。……个人的生命应该为他人放散，在必要的时候还应该为他人牺牲。……这牺牲就是真实生命的第一个条件。"我相信居友的话。我们每个人都有着更多的同情，更多的爱慕，更多的欢乐，更多的眼泪，比我们维持自己的生存所需要的多得多。所以我们必须把它们分散给别人，否则我们就会感到内部的干枯。居友接着说："我们的天性要我们这样做，就像植物不得不开花似的，纵然开花以后便会继之以死亡，它仍旧不得不开花。"

从在一滴水的小世界中怡然自得的草履虫到在地球上飞腾活跃的"芸芸众生"，没有一个生物是不乐生的，而且这中间有一个法则支配着，这就是生的法则。社会的进化、民族的盛衰、人类的繁荣都是依据这个法则而行的。这个法则是"互助"，是"团结"。人类靠了这个才能够不为大自然的力量所摧毁，反而把它征服，才建立了今日的文明；一个民族靠了这个才能够抵抗他民族的侵略而维持自己的生存。

维持生存的权利是每个生物、每个人、每个民族都有的。这正是顺着生之法则。侵略则是违反了生的法则的。所以我们说抗战是今日的中华民族的神圣的权利和义务，没有人可以否认。

这次的战争乃是一个民族维持生存的战争。民族的生存里包含着个人的生存，犹如人类的生存里包含着民族的生存一样。人类不会灭亡，民族也可以活得很久，个人的生命则是十分短促。所以每个人应该遵守生的法则，把个人的命运联系在民族的命运上，将个人的生存放在群体的生存里。群体绵延不绝，能够继续到永久，则个人亦何尝不可以说是永生。

在科学还未能把"死"完全征服、真正的长生塔还未建立起来以前，这倒是唯一可靠的长生术了。

我觉得生并不是一个谜，至少不是一个难解的谜。

我爱生，所以我愿像一个狂信者那样投身到生命的海里去。

1937年8月在上海

静寂的园子

没有听见房东家的狗的声音,现在园子里非常静。那棵不知名的五瓣的白色小花仍然寂寞地开着。阳光照在松枝和盆中的花树上,给那些绿叶涂上金黄色。天是晴朗的,我不用抬起眼睛就知道头上是晴空万里。

忽然我听见洋铁瓦沟上有铃子响声,抬起头,看见两只松鼠正从瓦上溜下来,这两只小生物在松枝上互相追逐取乐。它们的绒线球似的大尾巴,它们的可爱的小黑眼睛,它们颈项上的小铃子吸引了我的注意。我索性不转睛地望着窗外。但是它们跑了两三转,又从藤萝架回到屋瓦上,一瞬间就消失了,依旧把这个静寂的园子留给我。

我刚刚埋下头,又听见小鸟的叫声。我再看,桂树枝上立着一只青灰色的白头小鸟,昂起头得意地歌唱。屋顶的电灯线上,还有一对麻雀在吱吱喳喳地讲话。

我不了解这样的语言。但是我在鸟声里听出了一种安闲的快乐。它们要告诉我的一定是它们的喜悦的感情。可惜我不能回答它们。我把手一挥,它们就飞走了。我的话不能使它们留住,它们留给我一个园子的静寂。不过我知道它们过一阵又会回来的。

我坐在书桌前俯下头写字,没有一点声音来打扰我。我可以把整个心放在纸上。但是我渐渐地烦躁起来。这静寂像一只手慢慢地挨近我的咽喉,我感到呼吸不畅快了。这是不自然的静寂。这是一种灾祸的预兆,就像暴雨到来前那种沉闷静止的空气一样。

我似乎在等待什么东西。我有一种不安定的感觉，我不能够静下心来。我一定是在等待什么东西。我在等待空袭警报；或者我在等待房东家的狗吠声，这就是说，预行警报已经解除，不会有空袭警报响起来，我用不着准备听见凄厉的汽笛声（空袭警报）就锁门出去。近半月来晴天有警报差不多成了常例。

　　可是我的等待并没有结果。小鸟回来后又走了；松鼠们也来过一次，但又追逐地跑上屋顶，我不知道它们消失在什么地方。从我看不见的正面楼房屋顶上送过来一阵哇哇的乌鸦叫。这些小生物不知道人间的事情，它们不会带给我什么信息。

　　我写到上面的一段，空袭警报就响了。我的等待果然没有落空。这时我觉得空气在动了。我听见巷外大街上汽车的叫声。我又听见飞机的发动机声，这大概是民航机飞出去躲警报。有时我们的驱逐机也会在这种时候排队飞出，等着攻击敌机。我不能再写了，便拿了一本书锁上园门，匆匆地走到外面去。

　　在城门口经过一阵可怕的拥挤后，我终于到了郊外。在那里耽搁了两个多钟头，和几个朋友在一起，还在草地上吃了他们带出去的午餐。警报解除后，我回来，打开锁，推开园门，迎面扑来的仍然是一个园子的静寂。

　　我回到房间，回到书桌前面，打开玻璃窗，在继续执笔前还看看窗外。树上、地上、满个园子都是阳光。墙角一丛观音竹微微地在飘动它们的尖叶。一只大苍蝇带着嗡嗡声从开着的窗飞进房来，在我的头上盘旋。一两只乌鸦在我看不见的地方叫。一只黄色小蝴蝶在白色小花间飞舞。忽然一阵奇怪的声音在对面屋瓦上响起来，又是那两只松鼠从高墙沿着洋铁滴水管溜下来。它们跑到那个支持松树的木架上，又跑到架子脚边有假山的水池的石栏杆下，在那里追逐了一回，又沿着木架跑上松枝，隐在松叶后面了。松叶动起来，桂树的小枝也动了，一只绿色小鸟刚刚歇在那上面。

狗的声音还是听不见。我向右侧着身子去看那条没有阳光的窄小过道。房东家的小门紧紧地闭着。这些时候那里就没有一点声音。大概这家人大清早就到城外躲警报去了，现在还不曾回来。他们回来恐怕在太阳落坡的时候。那条肥壮的黄狗一定也跟着他们"疏散"了，否则会有狗抓门的声音送进我的耳里来。

我又坐在窗前写了这许多字。还是只有乌鸦和小鸟的叫声陪伴我。苍蝇的嗡嗡声早已寂灭了。现在在屋角又响起了老鼠啃东西的声音。都是响一回又静一回的，在这个受着轰炸威胁的城市里我感到了寂寞。

然而像一把刀要划破万里晴空似的，嘹亮的机声突然响起来。这是我们自己的飞机。声音多么雄壮，它扫除了这个园子的静寂。我要放下笔到庭院中去看天空，看那些背负着金色阳光在蓝空里闪耀的灰色大蜻蜓。那是多么美丽的景象。

1940 年 10 月 11 日在昆明

爱尔克的灯光

傍晚，我靠着逐渐黯淡的最后的阳光的指引，走过十八年前的故居。这条街、这个建筑物开始在我的眼前隐藏起来，像在躲避一个久别的旧友。但是它们的改变了的面貌于我还是十分亲切。我认识它们，就像认识我自己。还是那样宽的街，宽的房屋。巍峨的门墙代替了太平缸和石狮子，那一对常常做我们坐骑的背脊光滑的雄狮也不知逃进了哪座荒山。然而大门开着，照壁上"长宜子孙"四个字却是原样地嵌在那里，似乎连颜色也不曾被风雨剥蚀。我望着那同样的照壁，我被一种奇异的感情抓住了，我仿佛要在这里看出过去的十八个年头，不，我仿佛要在这里寻找十八年以前的遥远的旧梦。

守门的卫兵用怀疑的眼光看我。他不了解我的心情。他不会认识十八年前的年轻人。他却用眼光驱逐一个人的许多亲密的回忆。

黑暗来了。我的眼睛失掉了一切。于是大门内亮起了灯光。灯光并不曾照亮什么，反而增加了我心上的黑暗。我只得失望地走了。我向着来时的路回去。已经走了四五步，我忽然掉转头，再看那个建筑物。依旧是阴暗中一线微光。我好像看见一个盛满希望的水碗一下子就落在地上打碎了一般，我痛苦地在心里叫起来。在这条被夜幕覆盖着的近代城市的静寂的街中，我仿佛看见了哈立希岛上的灯光。那应该是姐姐爱尔克点的灯罢。她用这灯光来给她的航海的兄弟照路，每夜每夜灯光亮在她的窗前，她一直到死都在等待那个出远门的兄弟回来。最后她带着失望进入坟墓。

街道仍然是清静的。忽然一个熟习的声音在我耳边轻轻地唱起了这个欧洲的古传说。在这里不会有人歌咏这样的故事。应该是书本在我心上留下的影响。但是这个时候我想起了自己的事情。

十八年前在一个春天的早晨，我离开这个城市、这条街的时候，我也曾有一个姐姐，也曾答应过有一天回来看她，跟她谈一些外面的事情。我相信自己的诺言。那时我的姐姐还是一个出阁才只一个多月的新嫁娘，都说她有一个性情温良的丈夫，因此也会有长久的幸福的岁月。

然而人的安排终于被"偶然"毁坏了。这应该是一个"意外"。但是这"意外"却毫无怜悯地打击了年轻的心。我离家不过一年半光景，就接到了姐姐的死讯。我的哥哥用了颤抖的哭诉的笔叙说一个善良女性的悲惨的结局，还说起她死后受到的冷落的待遇。从此那个作过她丈夫的所谓温良的人改变了，他往一条丧失人性的路走去。他想往上爬，结果却不停地向下面落，终于到了用鸦片烟延续生命的地步。对于姐姐，她生前我没有好好地爱过她，死后也不曾做过一样纪念她的事。她寂寞地活着，寂寞地死去。死带走了她的一切，这就是在我们那个地方的旧式女子的命运。

我在外面一直跑了十八年。我从没有向人谈过我的姐姐。只有偶尔在梦里我看见了爱尔克的灯光。一年前在上海我常常睁起眼睛做梦。我望着远远的在窗前发亮的灯，我面前横着一片大海，灯光在呼唤我，我恨不得腋下生出翅膀，即刻飞到那边去。沉重的梦压住我的心灵，我好像在跟许多无形的魔手挣扎。我望着那灯光，路是那么远，我又没有翅膀。我只有一个渴望：飞！飞！那些熬煎着心的日子！那些可怕的梦魇！

但是我终于出来了。我越过那堆积着像山一样的十八年的长岁月，回到了生我养我而且让我刻印了无数儿时回忆的地方。我走了很多的路。

十八年，似乎一切全变了，又似乎都没有改变。死了许多人，毁了许多家。许多可爱的生命葬入黄土。接着又有许多新的人继续扮演不必要的悲剧。浪费，浪费，还是那许多不必要的浪费——生命，精力，感情，财富，甚至欢笑和眼泪。我去的时候是这样，回来时看见的还是一样的情形。关在这个小圈子里，我禁不住几次问我自己：难道这十八年全是白费？难道在这许多年中间所改变的就只是装束和名词？我痛苦地搓自己的手，不敢给一个回答。

在这个我永不能忘记的城市里，我度过了五十个傍晚。我花费了自己不少的眼泪和欢笑，也消耗了别人不少的眼泪和欢笑。我匆匆地来，也将匆匆地去。用留恋的眼光看我出生的房屋，这应该是最后的一次了。我的心似乎想在那里寻觅什么。但是我所要的东西绝不会在那里找到。我不会像我的一个姑母或者嫂嫂，设法进到那所已经易了几个主人的公馆，对着园中的花树垂泪，慨叹着一个家族的盛衰。摘吃自己栽种的树上的苦果，这是一个人的本分。我没有跟着那些人走一条路，我当然在这里找不到自己的脚迹。几次走过这个地方，我所看见的还只是那四个字："长宜子孙"。

"长宜子孙"这四个字的年龄比我的不知大了多少。这也该是我祖父留下的东西罢。最近在家里我还读到他的遗嘱。他用空空两手造就了一份家业。到临死还周到地为儿孙安排了舒适的生活。他叮嘱后人保留着他修建的房屋和他辛苦地搜集起来的书画。但是儿孙们回答他的还是同样的字：分和卖。我很奇怪，为什么这样聪明的老人还不明白一个浅显的道理：财富并不"长宜子孙"，倘使不给他们一样生活技能，不向他们指示一条生活道路？"家"这个小圈子只能摧毁年轻心灵的发育成长，倘使不同时让他们睁起眼睛去看广大世界，财富只能毁灭崇高的理想和善良的气质，要是它只消耗在个人的利益上面。

"长宜子孙"，我恨不能削去这四个字！① 许多可爱的年轻生命被摧残了，许多有为的年轻心灵被囚禁了。许多人在这个小圈子里面憔悴地捱着日子。这就是"家"！"甜蜜的家"！这不是我应该来的地方。爱尔克的灯光不会把我引到这里来的。

于是在一个春天的早晨，依旧是十八年前的那些人把我送到门口，这里面少了几个，也多了几个。还是和那次一样，看不见我姐姐的影子，那次是我没有等待她，这次是我找不到她的坟墓。一个叔父和一个堂兄弟到车站送我，十八年前他们也送过我一段路程。

我高兴地来，痛苦地去。汽车离站时我心里的确充满了留恋。但是清晨的微风，路上的尘土，马达的叫吼，车轮的滚动，和广大田野里一片盛开的菜子花，这一切驱散了我的离愁。我不顾同行者的劝告，把头伸到车窗外面，去呼吸广大天幕下的新鲜空气。我很高兴，自己又一次离开了狭小的家，走向广大的世界中去！

忽然在前面田野里一片绿的蚕豆和黄的菜花中间，我仿佛又看见了一线光，一个亮，这还是我常常看见的灯光。这不会是爱尔克的灯里照出来的，我那个可怜的姐姐已经死去了。这一定是我的心灵的灯，它永远给我指示我应该走的路。

1941年3月在重庆

---

① 一九五六年十二月我终于走进了这个"公馆"。"长宜子孙"四个字果然跟着"照壁"一起消灭了。（一九五九年作者注）

风

二十几年前,我羡慕"列子御风而行"[①],我极愿腋下生出双翼,像一只鸷鸟自由地在天空飞翔。

现在我有时仍做着飞翔的梦,没有翅膀,我用两手鼓风。然而睁开眼睛,我还是郁闷地躺在床上,两只手十分疲倦,仿佛被绳子缚住似的。于是,我发出一声绝望的叹息。

做孩子的时候,我和几个同伴都喜欢在大风中游戏。风吹起我们的衣襟,风吹动我们的衣袖。我们张着双手,顺着风势奔跑,仿佛身子轻了许多,就像给风吹在空中一般。当时自己觉得是在飞了。因此从小时候起我就喜欢风。

后来进学校读书,我和一个哥哥早晚要走相当远的路。雨天遇着风,我们就用伞跟风斗争。风要拿走我们的伞,我们不放松;风要留住我们的脚步,我们却往前走。跟风斗争,是一件颇为吃力的事。但是我们从这个也得到了乐趣,而且不用说,我们的斗争是得到胜利的。

这也是很久以前的事了。不过现在回想起来还是值得怀念的。

可惜我不曾见过飓风。去年坐海船,为避飓风,船在福州湾停了一天半。天气闷热,海面平静,连风的影子也没有。船上的旗纹丝不动,后来听说飓风改道走了。

在海上,有风的时候,波浪不停地起伏,高起来像一座山,而

[①] 《庄子·逍遥游》:"夫列子御风而行,泠然善也,旬有五日而后反。"

且开满了白花。落下去又像一张大嘴，要吞食眼前的一切。轮船就在这一起一伏之间慢慢地前进。船身摇晃，上层的桅杆、绳梯之类，私语似的吱吱喳喳响个不停。这情景我是经历过的。

但是我没有见过轮船被风吹在海面飘浮，失却航路，船上一部分东西随着风沉入海底。我不曾有过这样的经验。

今年我过了好些炎热的日子。有人说是奇热，有人说是闷热，总之是热。没有一点风声，没有一丝雨意。人发喘，狗吐舌头，连蝉声也像哑了似的，我窒息得快要闭气了。在这些时候我只有一个愿望：起一阵大风，或者下一阵大雨。

1941年7月9日在昆明

云

　　傍晚我站在露台上看云。一片红霞挂在城墙边绿树枝叶间。还有两三紫色云片高高地涂抹在蓝天里。红霞淡去了。紫云还保持着它们的形状和颜色。这些云并没有可以吸引住眼光的美丽，它们就像小孩的信笔涂鸦。但是我把它们看了许久。

　　一片云使我的眼光停留一两小时，这样的事的确是有过的。我看云不是因为它们形状瑰丽、而且时常幻出各种奇异的景物，也不是因为看见云易消易生，而使我想起许多过去的事情。不是。我只有一个念头：我想乘云飞往太空。

　　我读过一个美国人①写的剧本《笨人》，后来也看过根据这个剧本摄制的影片。在电影里我看见黑天使乘着棉花似的白云在天空垂钓。这似乎是有趣的事。可是我没有这种兴致。我并不为这事情羡慕那些黑天使。倘使我能乘云飞往太空，我绝不会在空中垂钓，不管钓的是什么东西。

　　我想乘云，是愿意将身子站在那个有着各种颜色的、似烟似雾、似实似虚的东西上面，让它载着我往上飞，往上飞，摆脱一切的羁绊，撇开种种的纠缠。我再看不见一切，除了蔚蓝的太空；我再听不见一切，除了浪涛似的风声。我要飞，一直飞往宇宙的尽头（其实这尽头是不存在的），或者我会挨近烈日而被灼死，使全身成为燃料，或者我会远离太阳而冻成石尸。甚至这个也是我所愿望

---

① 一个美国人：指美国剧作家玛·康乃里(1890—?)。

的结局。我在永闭眼睛以前一定会感到痛快，而且是无比痛快的。

但是我知道这只是我的幻想，我不会有这样的机会。

我又想起了一个故事，仍然是一个戏[1]，而且我也看过由这个戏改编的电影。一个叫做立良(Liliom)的年轻的幻想家抛弃了妻儿自杀了。他飞上太空去受最后的裁判，在神面前他提出了一个最后的要求——回到人间。几年以后一列火车穿过云霞，送他到地上，送他回到他那个小小的田庄去。他要求回家，只是想做一件帮助妻儿的事。他作为一个陌生人到了那个家，受了温情的款待，结果却打了自己的小孩一记耳光，像一个忘恩者似的走了。

我了解他那时的心情。

有一天我也会成为这样的一个幻想家么？已经飞向太空了，却又因为留恋人间而跌下来。为了帮助人而回到人间，却只做出损害人的事情空着手去了。

立良的刀仿佛就插在我的胸上。我觉得痛了。

我明白我是不能够飞向太空的。纵使我会往上飞，我也要从云端跌下来，薄薄的云片载不起我这颗留恋人间的心。

现在我应该收起我的幻想了。我不愿走立良的寂寞、痛苦的路。

[1941年] 7月10日

---

[1] 一个戏：指匈牙利剧作家费·莫纳尔(1874—1952)的剧本《立良》(一九二一年)。

雷

灰暗的天空里忽然亮起一道"火闪"①,接着就是那好像要打碎万物似的一声霹雳,于是一切又落在宁静的状态中,等待着第二道闪电来划破长空,第二声响雷来打破郁闷。闪电一股亮似一股,雷声一次高过一次。

在夏天的傍晚,我常见到这样的景象。

小时候我怕听雷声;过了十岁我不再因响雷而颤栗;现在我爱听那一声好像要把人全身骨骼都要震脱节似的晴空霹雳。

算起来,该是很久以前的事了。我还是个四五岁的孩子,跟着父母住在广元县的衙门里。一天晚上,在三堂后面房里一张宽大的床上,我忽然被一声巨响惊醒了。房里没有别人,我睡眼朦胧中只见窗外一片火光,仿佛房屋就要倒塌下来似的。我恐怖地大声哭起来,直到女佣杨嫂进屋来安慰我,让我闭上眼睛,再进到梦里去。在这以后只要雷声一响,我就觉得眼前的一切都会马上崩塌,好像已经到了世界的末日了。不过那时我的世界就只是一个衙门。

这是我害怕雷声的开始。我的畏惧不断地增加。衙门里的女佣、听差们对这增加是有功劳的。从他们那里我知道了许多关于雷公的故事。有一个年老的女佣甚至告诉我:雷声一响,必震死一个人。所以每次听见轰轰雷声,我便担心着:不晓得又有谁受到处罚了。雷打死人的事在广元县就有过,我当时不能够知道它的原因,

---

① 火闪(四川话):即闪电。

却相信别人眼见的事实。

年纪稍长,我又知道了雷震子的故事。雷公原来有着这样一个相貌:一张尖尖的鸟嘴,两只肉翅,蓝脸赤发,拿着铜锤满天飞。这知识是从小说《封神榜》里得来的。不知道为什么我喜欢这相貌,我倒想见见他。我的畏惧减少了些,因为我在《封神榜》中看出来雷震子毕竟带有人性,还是可以亲近的,虽然他有着那样奇怪的形状。

再后,我的眼睛睁大了。我明白了许多事情。我也看穿了神和鬼的谜。我不再害怕空虚的事物,也不再畏惧自然界的现象。跟着年岁的增长,我的脚跟也站得比较稳了。即使立在天井里,望着一个响雷迎头劈下,我也不会改变脸色,或者惶恐地奔入室内。从此我开始骄傲:我已经到了连巨雷也打不倒的年龄了。

更后,雷声又给我带来一种新的感觉。每次听见那一声巨响,我便感到无比的畅快,仿佛潜伏在我全身的郁闷都给这一个霹雳震得无踪无影似的。等到它的余音消散,我抖抖身子,觉得十分轻松。我常常想,要是没有这样的巨声,我多半已经埋葬在窒息的空气中了。

去年一个昆明的夏夜里,我睡在某友人的宿舍中,两张床对面安放。房间很小,开着一扇窗。我们喝了一点杂果酒,睡下来,觉得屋内闷热,空气停滞,只有蚊虫的嗡嗡声不断地在耳边吵闹。不知过了若干时候,我才昏沉沉地进入梦中。这睡眠是极不安适的,仿佛有一只大手重重地压在我的胸上。我想挣扎,却又无力动弹。忽然一声霹雳(我从未听见过这样的响雷!)把我从梦中抓起来。的确我在床上跳了一下。我看见一股火光,我还没有睡醒,我当时有点惊恐,还以为一颗炸弹在屋顶爆炸了。那朋友也醒起来,他在唤我。我又听见荷拉荷拉的雨声。"好大的一个雷!"朋友惊叹地说。我应了一句,我觉得空气变得十分清凉,心里也非常爽快,我可以自由地呼吸了。

今年在重庆听见一次春雷,是大炮一类的轰隆轰隆声。"春雷一声,蛰虫咸动。"我想起那些冬眠的小生命听见这声音便从长梦中醒起来,又开始一年的活动,觉得很高兴。我甚至想象着:它们中间有的怎样睁开小眼睛,转头四顾,怎样伸一个懒腰,打一个呵欠,然后一跳,就跳到地面上来。于是一下子地面上便布满了生命,就像小说《镜花缘》中的故事:因为女皇武则天的诏令,只有一夜的功夫,在浓冬里宫中百花齐放,锦绣似的装饰了整个园子。这的确是很有趣的。

[1941 年] 7 月 16 日

雨

窗外露台上正摊开一片阳光，我抬起头还可以看见屋瓦上的一段蔚蓝天。好些日子没有见到这样晴朗的天气了。早晨我站在露台上昂头接受最初的阳光，我觉得我的身子一下就变得十分轻快似的。我想起了那个意大利朋友的故事。

路易居·发布里在几年前病逝的时候，不过四十几岁。他是意大利的亡命者，也是独裁者莫索里尼的不能和解的敌人。他想不到他没有看见自由的意大利，在那样轻的年纪，就永闭了眼睛。一九二七年春天在那个多雨的巴黎城里，某一个早上阳光照进了他的房间，他特别高兴地指着阳光说，这是一件了不起的可喜的事。我了解他的心情，他是南欧的人，是从阳光常照的意大利来的。见到在巴黎的春天里少见的日光，他又想起故乡的蓝天了。他为着自由舍弃了蓝天；他为着自由贡献了一生的精力。可是自由和蓝天两样，他都没有能够再见。

我也像发布里那样地热爱阳光。但有时我也酷爱阴雨。十几年来，不打伞在雨下走路，这样的事在我不知有过多少次。就是在一九二七年，当发布里抱怨巴黎缺少阳光的时候，我还时常冒着微雨，在黄昏、在夜晚走到国葬院前面卢骚的像脚下，向那个被称为"十八世纪世界的良心"的巨人吐露一个年轻异邦人的痛苦的胸怀。

我有一个应当说是不健全的性格。我常常吞下许多火种在肚里，我却还想保持心境的和平。有时火种在我的腹内燃烧起来。我受不住熬煎。我预感到一个可怕的爆发。为了浇熄这心火,我常常光着头走入雨湿的街道,让冰凉的雨洗我的烧脸。

水滴从头发间沿着我的脸颊流下来,雨点弄污了我的眼镜片。我的衣服渐渐地湿了。出现在我眼前的只是一片模糊的雨景,模糊……白茫茫的一片……我无目的地在街上走来走去。转弯时我也不注意我走进了什么街。我的脑子在想别的事情。我的脚认识路。走过一条街,又走过一条马路,我不留心街上的人和物,但是我没有被车撞伤,也不曾跌倒在地上。我脸上的眼睛看不见现实世界的时候,我的脚上却睁开了一双更亮的眼睛。我常常走了一个钟点,又走回到自己住的地方。

我回到家里,样子很狼狈。可是心里却爽快多了。仿佛心上积满的尘垢都给一阵大雨洗干净了似的。

我知道俄国人有过"借酒淹愁"的习惯。① 我们的前辈也常说"借酒浇愁"。如今我却在"借雨洗愁"了。

我爱雨不是没有原因的。

[1941年] 7月20日

---

① "俄国人的借酒淹愁的毛病并不像一般人所说的那样坏。昏沉的睡眠究竟比烦恼的失眠好……"(见亚·赫尔岑的回忆录《往事与随想》第五部)

日

为着追求光和热,将身子扑向灯火,终于死在灯下,或者浸在油中,飞蛾是值得赞美的。在最后的一瞬间它得到光,也得到热了。

我怀念上古的夸父,他追赶日影,渴死在旸谷。

为着追求光和热,人宁愿舍弃自己的生命。生命是可爱的。但寒冷的、寂寞的生,却不如轰轰烈烈的死。

没有了光和热,这人间不是会成为黑暗的寒冷世界么?

倘使有一双翅膀,我甘愿做人间的飞蛾。我要飞向火热的日球,让我在眼前一阵光、身内一阵热的当儿,失去知觉,而化作一阵烟、一撮灰。

〔1941年〕7月21日

星

在一本比利时短篇小说集里，我无意间见到这样的句子：

> 星星，美丽的星星，你们是滚在无边的空间中，我也一样，我了解你们……是，我了解你们……我是一个人……一个能感觉的人……一个痛苦的人……星星，美丽的星星……①

我明白这个比利时某车站小雇员的哀诉的心情。好些人都这样地对蓝空的星群讲过话。他们都是人世间的不幸者。星星永远给他们以无上的安慰。

在上海一个小小舞台上，我看见了屠格涅夫笔下的德国音乐家老伦蒙。② 他或者坐在钢琴前面，将最高贵的感情寄托在音乐中，呈献给一个人；或者立在蓝天底下，摇动他那白发飘飘的头，用赞叹的调子说着："你这美丽的星星，你这纯洁的星星。"望着蓝空里眼瞳似的闪烁着的无数星子，他的眼睛润湿了。

我了解这个老音乐家的眼泪，这应该是灌溉灵魂的春雨罢。

在我的房间外面，有一段没有被屋瓦遮掩的蓝天。我抬起头可以望见嵌在天幕上的几颗明星。我常常出神地凝视着那些美丽的星星。它们像一个人的眼睛，带着深深的关心望着我，从不厌倦。这

---

① 引自于尔拜·克安司的《红石竹花》（见戴望舒选译的《比利时短篇小说集》，商务印书馆，一九三四年版）。
② 一九四〇年上海的苏联侨民根据尼·伊·梭包里斯奇科夫—沙马林一九一三年的改编本《贵族之家》演出。

些眼睛每一霎动,就像赐与我一次祝福。

在我的天空里星星是不会坠落的。想到这,我的眼睛也润湿了。

[1941年] 7月22日

龙

我常常做梦。五月无星的黑夜里我的梦最多。有一次我梦见了龙。

我走入深山大泽,仅有一根手杖做我的护身武器,我用它披荆棘,打豺狼,它还帮助我登高山,踏泥沼。我脚穿草鞋,可以走过水面而不沉溺。

在一片大的泥沼中我看见一个怪物,头上有角,唇上有髭,两眼圆睁,红亮亮像两个灯笼。身子完全陷在泥中,只有这个比人头大过两三倍的头颅浮出污泥之上。

我走近泥沼,用惊奇的眼光看这个怪物。它忽然口吐人言,阻止我前进:

"你是什么?要去什么地方?为什么来到这里?"

"我是一个无名者。我寻求一样东西。我只知道披开荆棘,找寻我的道路,"我昂然回答,对着怪物我不需要礼貌。

"你不能前进,前面有火焰山,喷火数十里,伤人无算。"

"我不怕火。为了得到我所追求的东西,我甘愿在火中走过。"

"你仍不能前进,前面有大海,没有船只载你渡过白茫茫一片海水。"

"我不怕水,我有草鞋可以走过水面。为了得到我所追求的东西,甚至溺死,我也毫无怨言。"

"你仍不能前进,前面有猛兽食人。"

"我有手杖可以打击猛兽。为了得到我所追求的东西,我愿与猛兽搏斗。"

怪物的两只灯笼眼射出火光，从鼻孔中突然伸出两根长的触须，口大张开，露出一嘴钢似的亮牙。它大叫一声，使得附近的树木马上落下大堆绿叶，泥水也立刻沸腾起泡。

"你这顽固的人，你究竟追求什么东西？"它厉声问道。

"我追求生命。"

"生命？你不是已经有了生命？"

"我要的是丰富的、充实的生命。"

"我不明白你的意思，"它摇摇头。

"我活着不能够做一件有益的事情。我成天空谈理想，却束手看着别人受苦。我不能给饥饿的人一点饮食，给受冻的人一件衣服；我不能揩干哭泣的人脸上的眼泪。我吃着，谈着，睡着，在无聊的空闲中浪费我的光阴——像这样的一个人怎么能说是有生命？在我，若得不到丰富的、充实的生命，那么活着与死亡又有什么区别？"

怪物想了想，仍然摇头说："我怕你会永远得不到你所追求的东西。或许世界上根本就没有这样的东西。"

我在它那张难看的脸上见到一丝同情了。我说：

"不会没有，我在书上见过。"

"你这傻子，你居然相信书？"

"我相信，因为书上写得明白，讲得有道理。"

怪物叹息地摇摆着头："你这顽强的人，我劝你立刻回头走。你不知道前面路上还有些什么东西等着你。"

"我知道，但是我还要往前走。"

"你应该仔细想一下。"

"你为什么这样不惮烦地阻止我？我同你并不相识，我甚至不知道你的名字。告诉我，你究竟叫什么名字！"

"已经有很久没有人提起我的名字了，我自己也差不多忘记了它。现在我告诉你：我是龙，我就是龙。"

我吃了一惊。我望着那张古怪的脸。

"你是龙，怎么会躺在泥沼中？据我所知，龙是水中之王，应该住在大海里。你为什么而且不能乘雷上天？"我疑惑地问道。这时天空响起一声巨雷，因此我才有后一句话。我看看它的身子，黄黑色的污泥盖住了它的胸腹和尾巴。泥水沸腾似地在发泡，从水面不断地冒起来难闻的臭气。

龙沉默着，它似乎努力在移动身子。但是身子被污泥粘着，盖着，压着，不能够动弹。它张开嘴哀叫一声，两颗大的泪珠从眼里掉下来。

它哭了！我惶恐地望着它的头，我想，这和我在图画上看见的龙头完全不像，它一定对我说了假话。它不是龙。

"我也是为了追求丰富的生命才到这里来的，"它止了泪开始叙述它的故事。它的话是我完全料不到的。这对我是多大的惊奇！

"我和你一样，也不愿意在无聊的空闲中浪费我的光阴。我不愿意在别的水族的痛苦上面安放我的幸福宝座，我才抛弃龙宫，离开大海，去追求你所说的那个丰富的、充实的生命。我不愿意活着只为自己，我立志要做一些帮助同类的事情。我飞上天空，我又不愿终日与那些飘浮变化的云彩为伍，也不愿高居在别的水族之上。我便落下地来。我要访遍深山大泽，去追寻我在梦里见到的东西。在梦中我的确见过充实的、有光彩的生命。结果我却落在污泥里，不能自拔。"它闭了嘴，从灯笼眼里流出几滴泪珠，颜色鲜红，跟血一样。

"你看,现在污泥粘住了我的身子,我要动一下也不能够。我过不了这种日子,我宁愿死!"它回过头去看它的身子,但是眼前仍然只是那一片污泥。它痛苦地哀叫一声,血一样的眼泪又流了下来。它说:"可是我不能死,而且我也不应该死。我躺在这里已经过了多少万年了。"

我的心因同情而痛苦,因恐惧而猛跳。多少万年!这样长的岁月!它怎么能够熬过这么些日子?我打了一个冷噤。但是我还能够勉强地再问它一句:"你是怎样陷到污泥里来的?"

"你不用问我这个。你自己不久就会知道,你这顽固的年轻人。"它忽然用怜悯的眼光望我,好像它已经预料着,不幸的遭遇就会降临到我身上来似的。

我没有回答。它又说:"我想打破上帝定下的秩序,我想改变上帝的安排,我去追求上帝不给我们的东西,我要创造一个新的条件。所以我受到上帝的惩罚。为了追求充实的生命,我飞过火焰山,我斗过猛兽,我抛弃了水中之王的尊荣,历尽了千辛万难。但是我终于逃不掉上帝的掌握,被打落在污泥里,受着日晒、雨淋、风吹、雷打。我的头、我的脸都变了模样,我成了一个怪物。只是我的心还是从前的那一颗,并没有丝毫的改变。"

"那么,你为什么阻止我前进,不让我去追寻生命?"

"顽固的人,我不愿意你也得着恶运。你是人,你不能活到万年。你会死,你会很快地死去,你甚至会毫无所获而失掉你现在有的一切。"

"我不怕死。得不到丰富的生命我宁愿死去。我不能够像你这样,居然在污泥中熬了多少万年。我奇怪像你这样的生活还有什么值得留恋?"

"年轻人,你不明白。我要活,我要长久活下去。我还盼望着总有那么一天,我可以从污泥中拔出我的身子,我要乘雷飞上天空。然后我要继续追寻丰富的、充实的生命。我的心在跳动,我的意志就不会消灭。我的追求也将继续下去,直到我的志愿完成。"

它说着,泪水早已干了,脸上也没有了痛苦的表情,如今有的却是勇敢和兴奋。它还带着信心似的问我一句:"你现在还要往前面走?"

"我要走,就是火山、大海、猛兽在前面等我,我也要去!"我坚决地甚至热情地回答。

龙忽然哈哈地笑起来。它的笑声还未停止,一个晴空霹雳突然降下,把四周变成漆黑。我伸出手也看不见五根指头。就在这样的黑暗中,我听见一声巨响自下冲上天空。泥水跟着响声四溅。我觉得我站的土地在摇动了。我的头发昏。

天渐渐地亮开来。我的眼前异常明亮。泥沼没有了。我前面横着一片草原,新绿中点缀了红白色的花朵。我仰头望天,蔚蓝色的天幕上隐约地现出淡墨色的龙影,一身鳞甲还是乌亮乌亮的。

[1941年] 7月28日

废园外

晚饭后出去散步，走着走着我又到了这里来了。

从墙的缺口望见园内的景物，还是一大片欣欣向荣的绿叶。在一个角落里，一簇深红色的花盛开，旁边是一座毁了的楼房的空架子。屋瓦全震落了，但是楼前一排绿栏杆还摇摇晃晃地悬在架子上。

我看看花，花开得正好，大的花瓣，长的绿叶。这些花原先一定是种在窗前的。我想，一个星期前，有人从精致的屋子里推开小窗眺望园景，赞美的眼光便会落在这一簇花上。也许还有人整天倚窗望着园中的花树，把年轻人的渴望从眼里倾注在红花绿叶上面。

但是现在窗没有了，楼房快要倾塌了。只有园子里还盖满绿色。花还在盛开。倘使花能够讲话，它们会告诉我，它们所看见的窗内的面颜，年轻的、中年的。是的，年轻的面颜，可是，如今永远消失了。花要告诉我的还不止这个，它们一定要说出八月十四日的惨剧。精致的楼房就是在那天毁了的。不到一刻钟的功夫，一座花园便成了废墟了。

我望着园子，绿色使我的眼睛舒畅。废墟么？不，园子已经从敌人的炸弹下复活了。在那些带着旺盛生命的绿叶红花上，我看不出一点被人践踏的痕迹。但是耳边忽然响起一个女人的声音："陈家三小姐，刚才挖出来。"我回头看，没有人。这句话还是几天前，就是在惨剧发生后的第二天听到的。

那天中午我也走过这个园子，不过不是在这里，是在另一面，就是在楼房的后边。在那个中了弹的防空洞旁边,在地上或者在土坡上,我记不起了,躺着三具尸首,是用草席盖着的。中间一张草席下面露出一只瘦小的腿,腿上全是泥土,随便一看,谁也不会想到这是人腿。人们还在那里挖掘。远远地在一个新堆成的土坡上,也是从炸塌了的围墙缺口看进去,七八个人带着悲戚的面容,对着那具尸体发愣。这些人一定是和死者相识的罢。那个中年妇人指着露腿的死尸说:"陈家三小姐,刚才挖出来。"以后从另一个人的口里我知道了这个防空洞的悲惨故事。

　　一只带泥的腿,一个少女的生命。我不认识这位小姐,我甚至没有见过她的面颜。但是望着一园花树,想到关闭在这个园子里的寂寞的青春,我觉得心里被什么东西搔着似的痛起来。连这个安静的地方,连这个渺小的生命,也不为那些太阳旗的空中武士所宽容。两三颗炸弹带走了年轻人的渴望。炸弹毁坏了一切,甚至这个寂寞的生存中的微弱的希望。这样地逃出囚笼,这个少女是永远见不到园外的广大世界了。

　　花随着风摇头,好像在叹息。它们看不见那个熟习的窗前的面庞,一定感到寂寞而悲戚罢。

　　但是一座楼隔在它们和防空洞的中间,使它们看不见一个少女被窒息的惨剧,使它们看不见带泥的腿。这我却是看见了的。关于这我将怎样向人们诉说呢?

　　夜色降下来,园子渐渐地隐没在黑暗里。我的眼前只有一片黑暗。但是花摇头的姿态还是看得见的。周围没有别的人,寂寞的感觉突然侵袭到我的身上来。为什么这样静?为什么不出现一个人来听我愤慨地讲述那个少女的故事?难道我是在梦里?

　　脸颊上一点冷,一滴湿。我仰头看,落雨了。这不是梦。我不能长久立在大雨中。我应该回家了。那是刚刚被震坏的家,屋里到处漏雨。

1941 年 8 月 16 日在昆明

火

　　船上只有轻微的鼾声，挂在船篷里的小方灯突然灭了。我坐起来，推开旁边的小窗，看见一线灰白色的光。我不知道现在是什么时候，船停在什么地方。我似乎还在梦中，那噩梦重重地压住我的头，一片红色在我的眼前。我把头伸到窗外，窗外静静地横着一江淡青色的水，远远地耸起一座一座墨汁绘就似的山影。我呆呆地望着水面。我的头在水中浮现了。起初是个黑影，后来又是一片亮红色掩盖了它。我擦了擦眼睛，我的头黑黑地映在水上。没有亮，似乎一切都睡熟了。天空显得很低。有几颗星特别明亮。水轻轻地在船底下流过去。我伸了一只手进水里，水是相当地凉。我把这周围望了许久。这些时候，眼前的景物仿佛连动也没有动过一下；只有空气逐渐变凉，只有偶尔亮起一股红光，但是等我定睛去捕捉红光时，我却只看到一堆沉睡的山影。

　　我把头伸回舱里，舱内是阴暗的，一阵一阵人的气息扑进鼻孔来。这气味像一只手在搔着我的胸膛。我向窗外吐了一口气，便把小窗关上。忽然我旁边那个朋友大声说起话来："你看，那样大的火！"我吃惊地看那个朋友，我看不见什么。朋友仍然沉睡着，刚才动过一下，似乎在翻身，这时连一点声音也没有。

　　舱内是阴暗世界，没有亮，没有火。但是为什么朋友也嚷着"看火"呢？难道他也做了和我同样的梦？我想叫醒他问个明白，我把他的膀子推一下。他只哼一声却翻身向另一面睡了。睡在他旁边的友人不住地发出鼾声，鼾声不高，不急，仿佛睡得很好。

我觉得眼睛不舒服，眼皮似乎变重了，老是睁着眼也有点吃力，便向舱板倒下，打算阖眼睡去。我刚闭上眼睛，忽然听见那个朋友嚷出一个字："火!"我又吃一惊，屏住气息再往下听。他的嘴却又闭紧了。

我动着放在枕上的头向舱内各处细看，我的眼睛渐渐地和黑暗熟习了。我看出了几个影子，也分辨出铺盖和线毯的颜色。船尾悬挂的篮子在半空中随着船身微微晃动，仿佛一个穿白衣的人在那里窥探。舱里闷得很。鼾声渐渐地增高，被船篷罩住，冲不出去，好像全堆在舱里，把整个舱都塞满了，它们带着难闻的气味向着我压下，压得我透不过气来。我无法闭眼，也不能使自己的心安静。我要挣扎。我开始翻动身子，我不住地向左右翻身。没有用。我感到更难堪的窒息。

于是耳边又响起那个同样的声音："火!"我的眼前又亮起一片红光。那个朋友睡得沉沉的，并没有张嘴。这是我自己的声音。梦里的火光还在追逼我。我受不了。我马上推开被，逃到舱外去。

舱外睡着一个伙计，他似乎落在安静的睡眠中，我的脚声并不曾踏破他的梦。船浮在平静的水面上，水青白地发着微光，四周都是淡墨色的山，像屏风一般护着这一江水和两三只睡着的木船。

我靠了舱门站着。江水碰着船底，一直在低声私语。一阵一阵的风迎面吹过，船篷也轻轻地叫起来。我觉得呼吸畅快一点。但是跟着鼾声从舱里又送出来一个"火"字。

我打了一个冷噤，这又是我自己的声音，我自己梦中的"火!"。

四年了，它追逼我四年了!

四年前上海沦陷的那一天，我曾经隔着河望过对岸的火景，我像在看燃烧的罗马城。房屋成了灰烬,生命遭受摧残,土地遭着蹂躏。在我的眼前沸腾着一片火海,我从没有见过这样大的火,火烧毁了一切:生命、心血、财富和希望。但这和我并不是漠不相关的。燃烧着的土地是我居住的地方;受难的人们是我的同胞、我的弟兄;被摧毁的是我的希望、我的理想。这一个民族的理想正受着熬煎。我望着漫天的红光,我觉得有一把刀割着我的心,我想起一位西方哲人的名言:"这样的几分钟会激起十年的憎恨,一生的复仇。"① 我咬紧牙齿在心里发誓:我们有一天一定要昂着头回到这个地方来。我们要在火场上辟出美丽的花园。我离开河岸时,一面在吞眼泪,我仿佛看见了火中新生的凤凰。

四年了。今晚在从阳朔回来的木船上我又做了那可怕的火的梦,在平静的江上重见了四年前上海的火景。四年来我没有一个时候忘记过那样的一天,也没有一个时候不想到昂头回来的日子。难道胜利的日子逼近了么?或者是我的热情开始消退,需要烈火来帮助它燃烧?朋友睡梦里念出的"火"字对我是一个警告,还是一个预言?……

我惶恐地回头看舱内,朋友们都在酣睡中,没有人给我一个答复。我刚把头掉转,忽然瞥见一个亮影子从我的头上飞过,向着前面那座马鞍似的山头飞走了。这正是火中的凤凰!

我的眼光追随着我脑中的幻影。我想着,我想到我们的苦难中的土地和人民,我不觉含着眼泪笑了。在这一瞬间似乎全个江、全个天空,和那无数的山头都亮了起来。

1941 年 9 月 22 日从阳朔回来,在桂林写成

---

① 见亚·赫尔岑(А. И. герцен,1812—1870)的《从彼岸来》第二篇《暴风雨后》。

长　夜

　　我对着一盏植物油灯和一本摊开的书，在书桌前坐了若干时候。我说若干时候，因为我手边没有一样可以计算时间的东西。我只知道我坐下来时，夜色刚刚落到窗外马路上；我只知道我坐下来时，门前还有人力车的铃声，还有竹竿被人拖着在路上磨擦的声音，还有过路人的谈笑声。我坐着，我一直坐着，我的心给书本吸引了去。我跟着书本生活了那么长的时间。我的心仿佛落在一个波涛汹涌的海上受着颠簸。于是我抬起头，我发见我仍然坐在书桌前面，这许久我就没有移动一下。

　　火在灯罩里寂寞地燃着，光似乎黯淡了些。我把头动了动，忽然发觉一堆一堆的黑影从四面八方向着我压下来，围过来。但是灯火发出一圈亮光，把它们阻挡了。我看见黑暗在周围移动，它们好像在准备第二次的进攻。

　　四周没有声息。我不知道马路是在什么时候静下来的。我注意地倾听，我很想听见人声，哪怕是一声咳嗽、一句笑语。在平日甚至夜深也还有人讲话，或者笑着、哼着歌走过马路。我听了片刻，仍旧没有声息。我奇怪，难道这时候醒着的就只有我一个人？为什么我四周会是死一般的静寂？

　　我觉得好像有什么东西在我的心里搅动，又仿佛有一股一股的水像浪涛似的在往上翻腾。我用力镇定了我的心，我把头再埋到书本上去。一条一条的蚯蚓在我的眼前蠕动。我抓不到一个字义。为什么？难道是黑暗伤害了我的眼睛，或者是静寂损坏了我的脑子？

我把灯芯转亮，我再看看四周，黑暗似乎略为往后退了，它们全躲在屋角，做出难看的鬼脸，无可如何地望着灯光。

我又埋下头，而且睁大眼睛，把注意力完全放在书本上。这一次蚯蚓停住不动了，它们变成了一行一行的字。……

我进到了另一个时代里去经历另一些事情。

我觉得我自己站在一群叫嚣的人中间，高耸的断头机的轮廓贴在淡蓝色的天幕上，一个脸色惨白的年轻人带着悲痛立在台口，他用眼光激动地在人群中找寻什么东西，他的嘴颤抖地动了一下。一个少妇带着一声尖锐的哀叫向着台口扑过去，她仰起那张美丽的脸去承受从台上投下的眼光。泪珠沿着年轻人的脸颊滚下来。一只粗壮的膀子伸过来拉他，他再投下一瞥依恋的眼光，于是断念似的睡倒在木板上面。少妇伏在台阶上伤心地哭着。

悬在架上的大刀猛然落下。我的心一跳。应该听见那可怕的声音。鲜红的血溅起来。又一个头落在篮子里。那只粗壮的手拿着头发把这个头高高举起给台下的人看。惨白色面颜显得更惨白了。眼睛微微睁开，嘴半闭着。

我的心发痛。"为什么会有这样的事？"我似乎听见这一句痛苦的问话。

我吃惊地举起头，房里仍然只有我一个人。黄色的灯火孤寂地在玻璃灯罩里摆动，任是怎样摇晃，也发不出一点声音。背后墙壁上贴着我自己的影子，它也是不会发声。窗外、门外，夜悄悄地溜过去。没有人从门缝里送进一句不等回答的问话来。那么又是我的心在说话了。但是会有人来给我一个回答么？

我等待着。这次我听见声音了。皮鞋的声音，一个男人的脚步。脚声渐渐地近了。是一个朋友么？他在这深夜来找我谈什么事情？或者他真的来给我回答那个问题。

我激动地等待着叩门声。我几乎要站起来出去开门。但是声音寂然了。马路上静得好像刚才并没有人走过似的。我屏住气息倾听，没有风声，甚至没有狗叫。世界绝不能够是这么静。难道我是在做梦？我咳一声嗽，我听见我自己的声音，多么空虚，仿佛响在一个荒凉的空场上。未必我已经不活在这个世界上了？我摸摸自己的手、自己的脸颊，它们还是温暖的。我把手在桌上一击，响声立刻传到我的耳里。我可以相信自己还是一个活人。

灯光又开始暗起来。黑影也跟着在活动了。它们恢复了原先的阵地，而且进攻。灯用它的亮光抵抗，显得很吃力。我知道油快完了。我动动脚，想走去拿油瓶。但是一阵麻木抓住我的腿。这时我才注意到我的一双腿快冻僵了。我需要活动。我要表示我的存在。我还需要亮光。我跟麻木的感觉挣扎了一会，才缩回两只伸了好久的腿。我终于站起来了。

我打了一个冷噤。寒气似乎穿过衣服，贴到皮肤上来了。我的脚尖和腿弯微微发痛。手指也有一点麻木的感觉。夜一定深了。我应该上楼去睡。但是我不想在这个时候躺下来，我更不愿意闭上眼睛。我的脑子还是清醒的，我不愿让梦给它罩上一层糊涂。

我穿过包围着我的寒气和黑暗，走到厨房去拿了油瓶来给灯加了油。于是灯光又亮起来。这灯光给我驱散了黑暗和寒气。我听听四周，这是坟场上似的静寂，没有人在马路上走过。我失望地在书桌前面坐下，又坐在原来的地方。

我的头又埋在书上。慢慢地、慢慢地一幅图画在我的眼前出现了。仍旧是那个断头台。两个少妇坐在阶上，身子挨得很近。一个埋着头低声在哭，另一个更年轻的却用柔和的声音安慰她。

"露西·德木南，"我听见一个粗暴的声音叫起来。那个年轻的少妇慢慢地站起，安静地把脸朝着人群。怎么？还是先前那张美丽的脸，还是先前扑倒在台阶上哀哭的女人。现在她神色自若地走上断头台去。她对自己的生命似乎没有爱惜，上断头台就像去赴宴会。平静的，甚至带着安慰表情的面颜是那么年轻，那么纯洁。一对美丽的蓝眼望着天空。巴黎的天还没有她的眼睛这么美！我想起一个人的话："为了使你美丽的眼睛不掉泪，我愿意尽一切力量。"① 但是她也在木板上躺下了。

铛的一声，架上的大刀又落了下来。我不由自主地叫出一声"呀！"，仿佛一滴血溅到了我的眼镜片上，模糊中我看见一个被金丝发盖着的人头滚进篮子里。

露西·德木南终于跟着她的丈夫死去了。那个篮子里一定还留着她的丈夫颈项上淌出来的血罢。

我想起了德热沙尔的诗：

  有着温柔的爱情的女人
  小孩儿，小鸟儿，
  母亲的心，芦苇的身，
  露西，一个优美的女人
  …………
  …………
  啊，你可爱的小女人，
  为了追随你所崇敬的爱人

---

① 见阿·托尔斯泰(1883—1945)的剧本《丹东之死》(一九二三年)第四幕。

> 你在断头台上做了自愿的牺牲,
> 献出了你年轻的生命。
> 啊,想起你不由我眼泪纵横!
> ············①

诗人的语言在我的耳边反复响着。那个披着金发的美丽的头又在黑暗中出现了。眼睛紧闭,嘴唇像要发出哀诉似的微微张开,鲜红的血从雪白的颈项下不断地滴落。……

我把眼睛闭上。我的眼睛已经受到伤害了,我觉得眼珠像被针刺似的痛起来。我取下眼镜,伸手慢慢地揉眼皮。那个金发覆额的法国少妇的头还在我的眼前摇晃。我取开手,睁大眼睛。仍然只有一盏灯和一本书。一百五十年前的悲剧是无可挽回的了。为什么今天还会轮着我站到协和广场上,让我的心受一番熬煎?

我抬起头凝神地望着那一圈跳荡似的金黄色的灯火。我想忘记一百五十年前的事,但是我的思想固执地偏偏粘在那件事情上面。砍去露西·德木南的头的断头机也砍去了罗伯斯庇尔的头。血不能填塞人的饥饿。为什么当时没有人伸出一只手把那只粗壮的膀子拉住?为什么从那些昂着头在台阶上观看的人中间不发出一声"够了"的叫喊?

迟了!断头机终于杀死了革命,让反动势力得到了胜利!

迟了,一百五十年已经很快地过去了。难道我还有什么办法来改写历史,把砍去的头接在早已腐烂的身上?对一百五十年前的悲剧我不能够做任何事情。我纵然怀着满腔的悲愤,也无从发泄。

---

① 见 E. 德热沙尔的诗集《大革命的诗》(一八七九年巴黎版)。

但是悲愤也会燃烧，和眼前的灯火一样，它在我的胸膛里燃起来。我的身体应该是个奇怪的东西，先前那里面有的是狂涛巨浪，现在却是一阵炙骨熬心的烈火。我绝望地挣扎着。

我又凝神倾听，我希望在静寂中听出一下脚声，我希望听出一两声表示这个世界还醒着的响动。我希望一个熟人起来叩门。我甚至想，只要有一个人，哪怕是不认识的人也好，只要他走进来，坐在我对面，我就把我的悲愤全倾吐给他。这时候我多么希望能够找到一个醒着的人。

我听了许久，坐了许久，希望了许久。

于是像回答我的希望似的在外面起了一种声音。什么东西在沙沙地响？难道谁在门外私语，等着我去开门？或者我又在做梦，不然就是我的听觉失了效用？

我坐着，听着。我只觉得一股一股的冷气从脚下沿着腿升上来。我终于听出来了：雨声。声音越来越密，越响。后来连屋檐水滴下的声音也听得见了。雨声淹没了一切，甚至扫去了我的希望。

我还是坐着，我还是听着。我要坐到什么时候？听到什么时候？难道我必须等到天明？或者我还能够怀着满腹烈火进入梦中？

我不想闭上眼睛。即使我能进到梦中，我也不会得着安宁。火热的心在梦里也会受到熬煎的。那么我就应该在书桌前面坐到天明么？

夜更加冷了。这么长的夜。还不见一线白日的亮光。不晓得要到什么时候才是夜的尽头。枯坐地等待是没有用的，不会有人来叩门。我应该开门出去看看天空的颜色。我应该出去找寻晨光的征象。

我移动我的腿，又是一阵麻木，仿佛谁把冰绑了在我的腿上似的。我挣扎了片刻,终于直立起来了。

灯火开始在褪色。黑暗从埋伏处出来向我围攻。但是我用坚定的脚步穿过黑暗走到外面,打开了大门。

一股冷风迎面扑上来。暗灰色的空中飘着蒙蒙的细雨。天空低低罩在我的头上,看不见一小片云彩。我的眼前只是一片暗雾。

"难道真的不会有天明么?"我绝望地问道。

但是从什么地方飘过来一声竹笛似的鸡叫。这意外的声音使我疑心自己的耳朵听错了。我屏住气向这广阔的空间听去。

欢呼似的鸡声又响起来。

我吐了一口气。我的寂寞的心得到安慰了;我的燃烧的心得到宁静了。

这是光明的呼声,它会把白昼给我们唤醒起来。

漫漫的长夜终于逼近它的尽头了。

1941年冬在桂林

寻 梦

　　我失去一个梦,半夜里我披衣起来四处找寻。

　　天昏昏,道路泥泞,我不知道应该走向什么地方。

　　前面是茫茫一片白雾,无边无际,我看不见路,也找不到脚迹。

　　后面也是茫茫一片白雾,雪似的埋葬了一切,我见不到一个人影。

　　没有路。那么,梦会逃到什么地方去?

　　我仍然往前面走。我小心下着脚步,我担心会失脚跌进沟里。

　　我走到一家小店门前。柜台上一盏油灯,后面坐着一个白发老人。我向他打个招呼,问他是否见到我遗失的东西。

　　"你找寻什么,年轻人?"

　　"我找寻一个梦。"

　　"梦?我这里多得很,"老人咧嘴笑起来;"我这里有的是梦,却不知道你要的是哪一种?"

　　"我失去的是一个能飞的梦。"

　　"我不知梦能飞不能飞,不过你看它们五颜六色,光彩夺目。你可以从里面挑选任何一个,并不要付多大的代价。"他给我打开了橱窗。

　　无数的梦商品似的摆在那里。的确是各种各类的梦:有的样子威严,有的颜色艳丽,有的笑得叫人心醉,有的形状凄惨使人同情。这里面却没有一个能飞的梦。

我失望地摇头，我找不到我失去的东西。

"随便挑一个拿去罢，难道里面就没有一个你中意的?"老人殷勤地问。

"没有。我只找寻我失去的那一个。别的我全不要!"

"但是茫茫天地间，你往哪里去找寻你那个梦?年轻人，我应该给你一个忠告，失去的梦是找不回来的。"

"我一定要找!从我身边失去的东西，我一定要找回来!"

"傻瓜，为什么这样固执?"老人哂笑道，"多少人追寻过失去的梦，你可曾见到什么人把梦追了回来?听我的话，转回去好好地睡觉。"

我却继续往前走。

雾渐渐变为稀薄，我看见江水横在我的面前。

我踌躇起来，没有舟楫，我怎么能达到彼岸?

忽然一只小木船靠近岸边，一个十七八岁的少年撑着篙竿高呼"过渡"。

我立刻跳到船中，连声催促船夫火速前进。

"老先生，为什么这样着急?半夜里还有什么要紧事情?"

这个少年怎么称我做"老先生"?刚才在小店里，我还被唤做"年轻人"，难道在这么短的时间里我会增加了许多年纪?

我没有功夫同他争论，我只问他：

"喂，你有没有见到我那个失去的梦，那个能飞的梦?"

少年不在意地回答："我在这里见到的梦太多了，不知道哪一个是你的?若说能飞，它们都是从这江上飞过去的，没有一个梦会半路落在江里。"

"我那个梦特别亮，比什么都亮。"

1979年11月在第四次全国文代会上

与茅盾晤谈(1979)

"除了星星，我没有见到更亮的东西。那么你的梦并没有飞过这里，因为我见到的全是无光的影子。"

"你能不能告诉我它飞往什么地方？"

"我不能。不过我知道它一定不在对岸，我劝你不要过去。"

"我一定要过去。请你把我快送过去，我愿出任何的代价。"

少年把我送到了对岸。

没有雾。天落着小雨。我走的全是滑脚的泥路。我好几次跌倒在途中，又默默地爬起来，揉着伤，然后更小心地前进。

一座高山立在我面前。没有土，没有树，这是一座不可攀登的石山。

"难道我应该空手转身回去？"我迟疑起来。

"不能，不能！"我听见了自己的心声。

"年轻人不能走回头路，"我的心这样说。

我鼓起勇气攀登岩石，一个继续一个，直到我两手出血，两脚肿痛，两腿发软，我还在往上爬行。

我几次失掉勇气，又恢复决心；几次停止，又继续上升；几次几乎跌落，又连忙抓紧岩石的边沿。最后我像一个病人，一个乞丐，拖着疲倦的身子和破烂的衣服立在山顶。我仍然看不到我那个失去的梦。

上面是一望无垠的青天，下面是一片云海、雾海。在这么大的空间里只有一只苍鹰在我的头顶上盘旋。

我的眼光跟着鹰翼在空中打转。我羡慕它能够那么自由自在地在无边的天海里上下飞翔。它一会儿飞得高高的，变成了一个黑点，一会儿又突然凌空下降，飞得那么低，两只翅膀正掠过我的头。我看见它那只锋利的尖嘴张开，发出一声嘲笑似的长啸。

寻　梦

它一定在笑我立在山顶束手无策,也许就是它攫去了我的梦。所以它第二次掠过我的头上,我愤然伸出手去捉它的脚爪。我捉住了鹰,但是一个筋斗把我从山顶跌下去了……

我睁开眼,我还是在自己的家里。原来我又失去了一个梦。

1941 年 11 月在桂林

灯

　　我半夜从噩梦中惊醒，感觉到窒闷，便起来到廊上去呼吸寒夜的空气。

　　夜是漆黑的一片，在我的脚下仿佛横着沉睡的大海，但是渐渐地像浪花似的浮起来灰白色的马路。然后夜的黑色逐渐减淡。哪里是山，哪里是房屋，哪里是菜园，我终于分辨出来了。

　　在右边，傍山建筑的几处平房里射出来几点灯光，它们给我扫淡了黑暗的颜色。

　　我望着这些灯，灯光带着昏黄色，似乎还在寒气的袭击中微微颤抖。有一两次我以为灯会灭了。但是一转眼昏黄色的光又在前面亮起来。这些深夜还燃着的灯，它们（似乎只有它们）默默地在散布一点点的光和热，不仅给我，而且还给那些寒夜里不能睡眠的人，和那些这时候还在黑暗中摸索的行路人。是的，那边不是起了一阵急促的脚步声吗？谁从城里走回乡下来了？过了一会儿，一个黑影在我眼前晃一下。影子走得极快，好像在跑，又像在溜，我了解这个人急忙赶回家去的心情。那么，我想，在这个人的眼里、心上，前面那些灯光会显得是更明亮、更温暖罢。

　　我自己也有过这样的经验。只有一点微弱的灯光，就是那一点仿佛随时都会被黑暗扑灭的灯光也可以鼓舞我多走一段长长的路。大片的飞雪飘打在我的脸上，我的皮鞋不时陷在泥泞的土路中，风几次要把我摔倒在污泥里。我似乎走进了一个迷阵，永远找不到出口，看不见路的尽头。但是我始终挺起身子向前迈步，因为我看见了一点豆大的灯光。灯光，不管是哪个人家的灯光，都可以给行人——甚至像我这样的一个异乡人——指路。

这已经是许多年前的事了。我的生活中有过了好些大的变化。现在我站在廊上望山脚的灯光，那灯光跟好些年前的灯光不是同样的么？我看不出一点分别！为什么？我现在不是安安静静地站在自己楼房前面的廊上么？我并没有在雨中摸夜路。但是看见灯光，我却忽然感到安慰，得到鼓舞。难道是我的心在黑夜里徘徊，它被噩梦引入了迷阵，到这时才找到归路？

我对自己的这个疑问不能够给一个确定的回答。但是我知道我的心渐渐地安定了，呼吸也畅快了许多。我应该感谢这些我不知道姓名的人家的灯光。

他们点灯不是为我，在他们的梦寐中也不会出现我的影子。但是我的心仍然得到了益处。我爱这样的灯光。几盏灯甚或一盏灯的微光固然不能照彻黑暗，可是它也会给寒夜里一些不眠的人带来一点勇气，一点温暖。

孤寂的海上的灯塔挽救了许多船只的沉没，任何航行的船只都可以得到那灯光的指引。哈里希岛上的姐姐为着弟弟点在窗前的长夜孤灯，虽然不曾唤回那个航海远去的弟弟，可是不少捕鱼归来的邻人都得到了它的帮助。

再回溯到远古的年代去。古希腊女教士希洛点燃的火炬照亮了每夜泅过海峡来的利安得尔的眼睛。有一个夜晚暴风雨把火炬弄灭了，让那个勇敢的情人溺死在海里。但是熊熊的火光至今还隐约地亮在我们的眼前，似乎那火炬并没有跟着殉情的古美人永沉海底。

这些光都不是为我燃着的，可是连我也分到了它们的一点点恩泽——一点光，一点热。光驱散了我心灵里的黑暗，热促成我心灵的发育。一个朋友说："我们不是单靠吃米活着，"我自然也是如此。我的心常常在黑暗的海上飘浮，要不是得着灯光的指引，它有一天也会永沉海底。

我想起了另一位友人的故事：他怀着满心难治的伤痛和必死之心，投到江南的一条河里。到了水中，他听见一声叫喊（"救人啊！"），看见一点灯光，模糊中他还听见一阵喧闹，以后便失去知觉。醒过来时他发觉自己躺在一个陌生人的家中，桌上一盏油灯，眼前几张诚恳、亲切的脸。"这人间毕竟还有温暖，"他感激地想着，从此他改变了生活态度。"绝望"没有了，"悲观"消失了，他成了一个热爱生命的积极的人。这已经是二三十年前的事了。我最近还见到这位朋友。那一点灯光居然鼓舞一个出门求死的人多活了这许多年，而且使他到现在还活得健壮。我没有跟他重谈灯光的话。但是我想，那一点微光一定还在他的心灵中摇晃。

在这人间，灯光是不会灭的——我想着，想着，不觉对着山那边微笑了。

1942年2月在桂林

愿化泥土

最近听到一首歌,我听见人唱了两次:《那就是我》。歌声像湖上的微风吹过我的心上,我的心随着它回到了我的童年,回到了我的家乡。近年来我非常想念家乡,大概是到了叶落归根的时候吧。有一件事深深地印在我的脑子里,三年半了。我访问巴黎,在一位新认识的朋友家中吃晚饭。朋友是法籍华人,同法国小姐结了婚,家庭生活很幸福。他本人有成就,有名望,也有很高的地位。我们在他家谈得畅快,过得愉快。可是告辞出门,坐在车上,我却摆脱不了这样一种想法:长期住在国外是不幸的事。一直到今天我还是这样想。我也知道这种想法不一定对,甚至不对。但这是我的真实思想。几十年来有一根绳子牢牢地拴住我的心。一九二七年一月在上海上船去法国的时候,我在《海行杂记》中写道:"再见吧,我不幸的乡土哟!"一九七九年四月再访巴黎,住在凯旋门附近一家四星旅馆的四楼,早饭前我静静地坐在窗前扶手椅上,透过白纱窗帷看窗下安静的小巷,在这里我看到的不是巴黎的街景,却是北京的长安街和上海的淮海路、杭州的西湖和广东的乡村,还有成都的街口有双眼井的那条小街……到八点钟有人来敲门,我站起来,我又离开了"亲爱的祖国和人民"。每天早晨都是这样,好像我每天回国一次去寻求养料。这是很自然的事,我仿佛仍然生活在我的同胞中间,在想象中我重见那些景象,我觉得有一种力量在支持我。于是我感到精神充实,心情舒畅,全身暖和。

我经常提到人民,他们是我所熟悉的数不清的平凡而善良的人。我就是在这些人中间成长的。我的正义、公道、平等的观念也是在门房和马房里培养起来的。我从许多被生活亏待了的人那里学到热爱生活、懂得生命的意义。越是不宽裕的人越慷慨，越是富足的人越吝啬。然而人类正是靠这种连续不断的慷慨的贡献而存在、而发展的。

近来我常常怀念六七十年前的往事。成都老公馆里马房和门房的景象，时时在我眼前出现。一盏烟灯，一床破席，讲不完的被损害、受侮辱的生活故事，忘不了的永远不变的结论："人要忠心"。住在马房里的轿夫向着我这个地主的少爷打开了他们的心。老周感慨地说过："我不光是抬轿子。只要对人有好处，就让大家踏着我走过去。"我躲在这个阴湿的没有马的马房里度过多少个夏日的夜晚和秋天的黄昏。

门房里听差的生活可能比轿夫的好一些，但好得也有限。在他们中间我感到舒畅、自然。后来回想，我接触到通过受苦而净化了的心灵就是从门房和马房里开始的。只有在十年动乱的"文革"期间，我才懂得了通过受苦净化心灵的意义。我的心常常回到门房里爱"清水"恨"浑水"的赵大爷和老文、马房里轿夫老周和老任的身边。人已经不存在了，房屋也拆干净了。可是过去的发过光的东西，仍然在我心里发光。我看见人们受苦，看见人们怎样通过受苦来消除私心杂念。在"文革"期间我想得多，回忆得多。有个时期我也想用受苦来"赎罪"，努力干活。我只是为了自己，盼望早日得到解放。私心杂念不曾消除，因此心灵没有得到净化。

现在我明白了。受苦是考验，是磨炼，是咬紧牙关挖掉自己心灵上的污点。它不是形式，不是装模作样。主要的是严肃地、认真地接受痛苦。"让一切都来吧，我能够忍受。"

我没有想到自己还要经受一次考验。我摔断了左腿，又受到所谓"最保守、最保险"方法的治疗。考验并未结束，我也没有能好好地过关。在病床上，在噩梦中，我一直为私心杂念所苦恼。以后怎样活下去？我不能回答这个问题。

漫长的不眠之夜仿佛一片茫茫的雾海，我多么想抓住一块木板浮到岸边。忽然我看见了透过浓雾射出来的亮光：那就是我回到了老公馆的马房和门房，我又看到了老周的黄瘦脸和赵大爷的大胡子。我发觉自己是在私心杂念的包围中，无法净化我的心灵。门房里的瓦油灯和马房里的烟灯救了我，使我的心没有在雾海中沉下去。我终于记起来，那些"老师"教我的正是去掉私心和忘掉自己。被生活薄待的人会那样地热爱生活，跟他们比起来，我算得什么呢？我几百万字的著作还不及轿夫老周的四个字"人要忠心"。（有一次他们煮饭做菜，我帮忙烧火，火不旺，他教我"人要忠心，火要空心"。）想到在马房里过的那些黄昏，想到在门房里过的那些夜晚，我仿佛回到了自己的童年。

我多么想再见到我童年时期的脚迹！我多么想回到我出生的故乡，摸一下我念念不忘的马房的泥土。可是我像一只给剪掉了翅膀的鸟，失去了飞翔的希望。我的脚不能动，我的心不能飞。我的思想……但是我的思想会冲破一切的阻碍，会闯过一切难关，会到我怀念的一切地方，它们会像一股烈火把我的心烧成灰，使我的私心杂念化成灰烬。

我家乡的泥土，我祖国的土地，我永远同你们在一起接受阳光雨露，与花树、禾苗一同生长。

我惟一的心愿是：化做泥土，留在人们温暖的脚印里。

1983年6月29日

《灭亡》序

我是一个有了信仰的人。我又是一个孤儿。

我有一个哥哥,他爱我,我也爱他,然而为了我底信仰,我不得不与他分离,而去做他所不愿意我做的事情。但是我不能忘记他,他也不能忘记我。

我有一个"先生"①,他教我爱,他教我宽恕。然而由于人间的憎恨,他,一个无罪的人,终于被烧死在波士顿,查理斯顿监狱的电椅上。就在电椅上他还说他愿意宽恕那个烧死他的人。我没有见过他,但我爱他,他也爱我。

我常常犯罪了!(I have always sinned!)②因为我不能爱人,不能宽恕人。为了爱我底哥哥,我反而不得不使他痛苦;为了爱我底"先生",我反而不得不背弃了他所教给我的爱和宽恕,去宣传憎恨,宣传复仇。我常常在犯罪了。

我时时觉得哥哥在责备我,我时时觉得"先生"在责备我。亲爱的哥哥和"先生"啊,你们底责备,我这个年青的孩子实在受不下去了!我不敢再要求你们底爱、你们底宽恕了,虽然我知道你们还会爱我,宽恕我。我现在所希望于你们的,只是你们底了解,因为我一生中没有得到一个了解我的人!

我底"先生"已经死了,而且他也不懂中文,这本书当然没

---

① 指"萨柯与樊塞蒂案件"中被处死刑的意大利工人巴尔托罗美·樊塞蒂。我在巴黎的时候写过两封信给他,也得到他从监牢中寄出来的回信。

② 这是樊塞蒂上电椅前说的话(1927年8月22日夜半)。

有人他底眼帘的机会。不过我底哥哥是看得见这本书的，我为他写这本书，我愿意跪在他底面前，把这本书呈献给他。如果他读完以后能够抚着我底头说："孩子，我懂得你了。去罢，从今以后，你无论走到什么地方，你哥哥底爱总是跟着你的！"那么，在我是满足，十分满足了！

这本书里所叙述的并没有一件是我自己底事（虽然有许多事都是我看见过，或者听说过的），然而横贯全书的悲哀却是我自己底悲哀。固然我是流了眼泪来写这本书的，但为了不使我底哥哥流眼泪起见，我也曾用了曲笔，添加一点爱情的故事，而且还编造了杜大心与李静淑底恋爱。

自然杜大心不是我自己[①]，我写其余的人也并没有影射谁的心思。但是我确实在中国见过这一类的人。至于我呢，我爱张为群。

1928 年 8 月

[①] 只有第十二章内 5 月 28 日的日记是从我自己底日记中摘录下来的。

《骷髅的跳舞》译者序

虽然我还不配算在那般"天天在巴黎圣密雪尔大街上散步的面部毫无表情的中国人"（借用法国某女记者的话）之列，但赛纳河畔一带的旧书摊却是我常到的地方。一个星期中我至少要去两次，每次回来，两只手总是满满的。

然而有一次我冒着春天的微雨，沿着赛纳河岸，望着圣母院两个高耸的钟楼，踏着回家的路，手里却只有一本薄薄的世界语的小书《骷髅的跳舞》，是花了两个半法郎买来的。

几天又过去了。有一天大清早我拿了这本小书到卢森堡公园去。早晨，公园里游人不多。我坐在大树下一把长椅上，在安静而闲适的气氛中，读这本小书。阳光射在碧绿的草地上；中间圆圆的地方种着各样颜色的花；喷水机不住地喷出丝丝的雨点，在阳光中闪耀着如颗颗的明珠。这时候我读完了《骷髅的跳舞》。在这样和平的空气中，我的紧张的心情突然宽松了。"骷髅"在我的眼前不见了。我只记得首陀罗①的喷泉和草原。我似乎已经看见这一切了。我知道那样的日子快要到来。为着全人类的喷泉和草原，是到底会有的，而且不久我们就会看见的。

作者秋田雨雀在爱罗先珂的童话剧《桃色的云》序中说过："你叫喊说，'不要失望罢，因为春天是决不会灭亡的东西。'是的，的确春天是决不会灭亡的。"这时候我的感觉也是如此。不错，春

---

① 首陀罗：印度社会中四个种姓之一，他们是社会地位最低下的人。

天是决不会灭亡的。

  我在卢森堡的春天里读完了这本小书,心里确实充满了希望。现在我把它译了出来,又恰逢着上海的春天。

1930 年 3 月

《夜未央》小引

　　大约在十年前罢,一个十五岁的孩子,读到了一本小书。那时候他刚刚有了爱人类爱世界的理想,有一个孩子的幻梦,以为万人享乐的新社会就会与明天的太阳一同升起来,一切的罪恶就会立刻消灭。他怀着这样的心情来读那一本小书,他的感动真是不能用言语形容出来的。那本书给他打开了一个新的眼界,使他看见了在另一个国度里一代青年为人民争自由谋幸福的奋斗的大悲剧。在那本书里面这个十五岁的孩子第一次找到了他梦景中的英雄,他又找到了他的终身事业。他把那本书当作宝贝似的介绍给他的朋友们。他们甚至把它一字一字地抄录下来;因为那是剧本,他们还排演了几次。

　　这个孩子便是我,那本书便是中译本《夜未央》。

　　十年又匆匆过去了。现在回想起来,十年前的事还和在昨天发生的差不多。这十年中我的思想并没有改变,社会科学的研究反而巩固了它,但是我的小孩的幻梦却消失了。这一本小小的书还保留着我的一段美妙的梦景,不,它还保留着与我同时代的青年的梦景。我将永远珍爱它。所以我很高兴地把它介绍给我同时代的姊妹兄弟们。

1930 年 2 月

《幸福的船》序

吴去厦门的前一夜邀我去逛"新世界"①,他说:"那个地方我几年前去过一次,是和爱罗先珂②同去的。"他提到爱罗先珂就露出了无限的温情。我知道他在想念那个人,他希望能够在那个地方找出当年的遗迹。

爱罗先珂是我们大家所敬爱的友人。他的垂到肩头的起波纹的亚麻色头发,妇女似的面庞,紧闭的两只眼睛,这一切好像还深印在我们的心上。这个俄罗斯的盲诗人,他以人类的悲哀为自己的悲哀。他爱人类更甚于爱自身。他像一个琴师,他把他的对于人类的爱和对于现社会制度的恨谱入了琴弦,加上一个美妙而凄哀的形式,弹奏出来,打动了人们的心坎。所以就是在中国的短期勾留中,他也已经在中国青年的心上留下一个不灭的印象了。

是的,他确实给了我们许多礼物。如像他给了日本青年以《虹的国》、《雕的心》、《桃色的云》、《幸福的船》③那样,他也给了我们以《红的花》、《爱字的疮》④和《一个寂寞的灵魂的呻吟》⑤。他去了。因为这个寂寞的沙漠挽留不住他的那一颗热烈的无所不爱的

---

① "新世界":指当时的"新世界"游乐场,在上海南京路西藏路口。
② 爱罗先珂是俄罗斯的盲诗人,曾经到过印度、缅甸等国家,后来又到日本,用日文写了好些童话,收在《天明前的歌》和《最后的叹息》两个集子内。一九二一年被日本政府驱逐出境,到中国来住了一个时期,发表了一些用世界语和日文写的童话和散文。一九二二年他经过满洲回到苏联,担任盲人教育工作。一九五二年逝世。
③ 这些都是爱罗先珂写的童话(《桃色的云》是童话剧)。
④ 这两篇是他在中国写成的童话。
⑤ 这是他的一本世界语散文集(在上海出版)。

心。他终于回到了他所眷恋的故乡①,在广阔的草原上去呼吸五月的空气,在浓密的树林里去倾听夜莺的歌声。但是他也曾从我们这里带走了一些东西。我们像报酬似的把《人马》、《小脚女子》、《驼背女孩》和《一个小女孩子的秘密》②等等全给了他,在他的苦人类之所苦、憎人类之所憎的心上,永远刻印了一条悲哀的伤痕。这件事至今还令人痛心。更可悲的是这几年来我们的青年也曾许多次多少表现过他们的活力。但是他已经看不见了。

然而我们也不是完全忘恩的。我们爱他,我们也了解他。是的,我们的青年确实是了解他的。记得去年吴给了我一张盲诗人的照像,面庞上多了一双眼睛。吴告诉我说这是一个小孩画上去的。要消灭一切自然的和人为的缺陷,使世间再没有一个会感到不足的人——这样的纯洁的孩子的心也正是我们的盲诗人的心。我们的小孩不忍见这个异邦的盲人的痛苦,想使他双目重明可以和其余的人一样欣赏自然的美景,正如盲诗人不忍见人类的痛苦,想造一只为全人类乘坐的"幸福的船"来普救众生。所以在美的童话般的世界里,我们的孩子的心是和盲诗人的心共鸣的。在中国,盲诗人的作品之受人欢迎,大约也就是因为这个缘故罢。

为全人类乘坐的船几时才会来呢? 有些人以为这永远是不能实现的梦想,但我的意思却不是这样。

我现在住在一个僻静的南国的古城里。夜间有一个朋友教我认识天空的星群;日里我便观察显微镜下面的小生物如草履虫、阿米巴之类的生活。我看见在我们的周围存在着一个那么大的世界和一

---

① 故乡:指苏联。
② 均见爱罗先珂的《枯叶杂记》(小标题:《上海生活的寓言小品》),胡愈之从世界语译出,收在《幸福的船》内。

个那么小的世界。生命真是无处不在。孤立的个人在这世界中并不算什么。我觉得我的个人生命的发展是与群体生命的发展有连带关系、永远分不开的。所以把个人的生命拿来为他人而放散,甚至为他人而牺牲,并不是不可能的事,反而正如法国天才哲学家居友所说:"这个扩散性乃是真实的生命之第一条件。"何况我们的心中有着更多的同情,更多的爱,更多的欢乐,更多的眼泪,比我们的自己保存所需要的不知多过若干倍。我们拿它们来分给他人,也是很自然的事情。所以为万人乘坐的船是有的,而且会来的。只要人类如今不是正向着灭亡之路走去,那么我们终有一天会见到那样的幸福的船航行在人间之海里。

因为这个缘故,我才替上海世界语学会编辑了这一本《幸福的船》,我愿意把它献给我的同时代的兄弟姊妹们。

1930年9月在泉州

附记 这本集子正要付印的时候,一位朋友从苏联回来,给我们带来关于爱罗先珂的消息。据说他健康地活着,在他的祖国一所盲人学校里教书,有兴致的时候还常常去北冰洋一带探险呢。这个消息当然是读者所乐闻的。

1931年3月在上海

与艾青晤谈,后为作者女儿李小林(1979)

与罗苏在巴黎卢梭像前(1979)

《激流》总序

几年前我流着眼泪读完托尔斯泰的小说《复活》[1],曾经在扉页上写了一句话:"生活本身就是一个悲剧"。

事实并不是这样。生活并不是悲剧。它是一场"搏斗"。我们生活来做什么?或者说我们为什么要有这生命?罗曼·罗兰的回答是"为的是来征服它"[2]。我认为他说得不错。

我有了生命以来,在这个世界上虽然仅仅经历了二十几个寒暑,但是这短短的时期也并不是白白度过的。这其间我也曾看见了不少的东西,知道了不少的事情。我的周围是无边的黑暗生活的激流在动荡,在创造它自己的道路,通过乱山碎石中间。

这激流永远动荡着,并不曾有一个时候停止过,而且它也不能够停止;没有什么东西可以阻止它。在它的途中,它也曾发射出种种的水花,这里面有爱,有恨,有欢乐,也有痛苦。这一切造成了一股奔腾的激流,具有排山之势,向着唯一的海流去。这唯一的海是什么,而且什么时候它才可以流到这海里,就没有人能够确定地知道了。

我跟所有其余的人一样,生活在这世界上,是为着来征服生活。我也曾参加在这个"搏斗"里面。我有我的爱,有我的恨,有我的欢乐,也有我的痛苦。但是我并没有失去我的信仰:对于生活的信仰。我的生活还不会结束,我也不知道在前面还有什么东西

---

[1] 指 Louise Maude 的英译本。
[2] 见罗曼·罗兰(1866—1944)的关于法国大革命的剧本《爱与死的搏斗》。

等着我。然而我对于将来却也有一点概念。因为过去并不是一个沉默的哑子，它会告诉我们一些事情。

在这里我所要展开给读者看的乃是过去十多年生活的一幅图画。自然这里只有生活的一部分，但我们已经可以看见那一股由爱与恨、欢乐与受苦所构成了生活的激流是如何地在动荡了。我不是一个说教者，我不能够明确地指出一条路来，但是读者自己可以在里面去找它。

有人说过，路本没有，因为走的人多了，便成了一条路。又有人说路是有的，正因为有了路才有许多人走。谁是谁非，我不想判断。我还年轻，我还要活下去，我还要征服生活。我知道生活的激流是不会停止的，且看它把我载到什么地方去！

              1931年4月

呈献给一个人

——《家》初版代序

大前年冬天我曾经写信告诉你，我打算为你写一部长篇小说，可是我有种种的顾虑。你却写了鼓舞的信来，你希望我早日把它写成，你说你不能忍耐地等着读它。你并且还提到狄更司写《块肉余生述》[①]的事，因为那是你最爱的一部作品。

你的信在我的抽屉里整整放了一年多，我的小说还不曾动笔。我知道你是怎样焦急地在等待着。直到去年四月我答应了时报馆的要求，才下了决心开始写它。我想这一次不会使你久待了。我还打算把报纸为你保留一份集起来寄给你。然而出乎我的意料之外，我的小说星期六开始在报上发表，而报告你的死讯的电报星期日就到了。你连读我的小说的机会也没有！

你的那个结局我也曾料到，但是我万想不到会来得这样快，而且更想不到你果然用毒药结束了你的生命，虽然在八九年前我曾经听见你说过要自杀。

你不过活了三十多岁，你到死还是一个青年，可是你果然有过青春么？你的三十多年的生活，那是一部多么惨痛的历史啊。你完全成为不必要的牺牲品而死了。这是你一直到死都不明白的。

你有一个美妙的幻梦，你自己把它打破了；你有一个光荣的前途，你自己把它毁灭了。你在一个短时期内也曾为自己创造了一个

[①] 即英国小说家狄更斯（1812—1870）的长篇小说《大卫·科波菲尔》。

新的理想，你又拿"作揖主义"和"无抵抗主义"把自己的头脑麻醉了。你曾经爱过一个少女，而又让父亲用拈阄的办法决定了你的命运，去跟另一个少女结婚；你爱你的妻，却又因为别人的鬼话把你的待产的孕妇送到城外荒凉的地方去。你含着眼泪忍受了一切不义的行为，你从来不曾说过一句反抗的话。你活着完全是为了敷衍别人，任人播弄。自己知道已经逼近深渊了，不去走新的路，却只顾向着深渊走去，终于到了落下去的一天，便不得不拿毒药来做你的唯一的拯救了。你或者是为着顾全绅士的面子死了；或者是不能忍受未来的更痛苦的生活死了：这一层，我虽然熟读了你的遗书，也不明白。然而你终于丧失了绅士的面子，而且把更痛苦的生活留给你所爱的妻和儿女，或者还留给另一个女人（我相信这个女人是一定有的，你曾经向我谈到你对她的灵的爱，然而连这样的爱情也不能够拯救你，可见爱情这东西在生活里究竟占着怎样次要的地位了）。

倘使你能够活起来，读到我的小说，或者看到你死后你所爱的人的遭遇，你也许会觉悟吧，你也许会毅然地去走新的路吧。但是如今太迟了，你的骨头已经腐烂了。

然而因为你做过这一切，因为你是一个懦弱的人，我就憎恨你吗？不，决不。你究竟是我所爱而又爱过我的哥哥，虽然我们这七八年来因为思想上的分歧和别的关系一天一天地离远了。就在这个时候我还是爱你的。可是你想不到这样的爱究竟给了我什么样的影响！它将使许多痛苦的回忆永远刻印在我的脑子里。

我还记得三年前你到上海来看我。你回四川的那一天，我把你送到船上。那样小的房舱，那样热的天气，把我和三个送行者赶上了岸。我们不曾说什么话，因为你早已是泪痕满面了。我跟你握了手说一声"路上保重",正要走上岸去,你却叫住了我。我问你什么事,你不答话,却走进舱去打开箱子。我以为你一定带了什么东西来要交给某某人,却忘记当面交了,现在要我代你送去。我正在怪你健忘。谁知你却拿出一张唱片给我,一面抽泣地说:"你拿去唱。"我接到手看,原来是 Gracie Fields 唱的 *Sonny Boy*。你知道我喜欢听它,所以把唱片送给我。然而我知道你也是同样喜欢听它的。在平日我一定很高兴接受这张唱片,可是这时候,我却不愿意把它从你的手里夺去。然而我又一想,我已经好多次违抗过你的劝告了,这一次在分别的时候不愿意再不听你的话使你更加伤心。接过了唱片,我并不曾说一句话,我那时的心情是不能够用语言来表达的。我坐上了划子,黄浦江上的风浪颠簸着我,我看着外滩一带的灯光,我记起了我是怎样地送别了那一个人,我的心开始痛着,我的不常哭泣的眼睛里流下泪水来。我当时何尝知道这就是我们弟兄的最后一面!如今,唱片在我的书斋里孤寂地躺了三年以后已经成了"一·二八"的侵略战争的牺牲品,那一双曾经摸过它的手也早已变为肥料了。

从你的遗书里我知道你是怎样地不愿意死,你是怎样地踌躇着。你三次写了遗书,你又三次毁了它。你是怎样地留恋着生活,留恋着你所爱的人啊!然而你终于写了第四次的遗书。从这个也可以知道你的最后的一刹那一定是一场怎样可怕的生与死的搏斗。但是你终于死了。

你不愿意死,你留恋生活,甚至在第四次的遗书里,字里行间也处处透露出来生命的呼声,就在那个时候你还不自觉地喊着:"我不愿意死!"但是你毕竟死了,做了一个完全不必要的牺牲品而死了。你已经是过去的人物了。

然而我是不会死的。我要活下去。我要写，我要用我的这管笔写尽我所要写的。这管笔，你大前年在上海时买来送给我的这管自来水笔，我用它写了我的《灭亡》以外的那些小说。它会使我时时刻刻都记着你，而且它会使你复活起来，复活起来看我怎样踏过那一切骸骨前进！

1932年4月

《春天里的秋天》序

　　春天。枯黄的原野变绿了。新绿的叶子在枯枝上长出来。阳光温柔地对着每个人微笑，鸟儿在歌唱飞翔，花开放着，红的花，白的花，紫的花。星闪耀着，红的星，黄的星，白的星。蔚蓝的天，自由的风，梦一般美丽的爱情。

　　每个人都有春天。无论是你，或者是我，每个人在春天里都可以有欢笑，有爱情，有陶醉。

　　然而秋天在春天里哭泣了。

　　这一个春天，在迷人的南国的古城里，我送走了我的一段光阴。

　　秋天的雨落了，但是又给春天的风扫尽了。

　　在雨后的一个晴天里，我同两个朋友走过泥泞的道路，走过石板的桥，走过田畔的小径，去访问一个南国的女性，一个我不曾会过面的疯狂的女郎。

　　在一个并不很小的庄院的门前，我们站住了。一个说着我不懂的语言的小女孩给我们开了黑色的木栅门，这木栅门和我的小说里的完全不同。这里是本地有钱人的住家。

　　在一个阴暗的房间里，我看见了我们的主人。宽大的架子床，宽大的凉席，薄薄的被。她坐起来，我看见了她的上半身。是一个正在开花的年纪的女郎。

　　我们三个坐在她对面一张长凳上。一个朋友说明了来意。她只是默默地笑，笑得和哭一样。我默默地看了她几眼。我就明白我那个朋友所告诉我的一切了。留在那里的半个多小时里,我们谈了不到十句以上的话,看见了她十多次秋天的笑。

别了她出来,我怀着一颗秋天的痛苦的心。我想起我的来意,我那想帮助她的来意,我差不多要哭了。

一个女郎,一个正在开花的年纪的女郎……我一生里第一次懂得疯狂的意义了。

我的许多年来的努力,我的用血和泪写成的书,我的生活的目标无一不是在:帮助人,使每个人都得着春天,每颗心都得着光明,每个人的生活都得着幸福,每个人的发展都得着自由。我给人唤起了渴望,对于光明的渴望;我在人的前面安放了一个事业,值得献身的事业。然而我的一切努力都给另一种势力摧残了。在唤起了一个年轻的灵魂以后,只让他或她去受更难堪的蹂躏和折磨。

于是那个女郎疯狂了。不合理的社会制度,不自由的婚姻,传统观念的束缚,家庭的专制,不知道摧残了多少正在开花的年轻的灵魂,我的二十八年的岁月里,已经堆积了那么多、那么多的阴影了。在那秋天的笑,像哭一样的笑里,我看见了过去整整一代的青年的尸体。我仿佛听见一个痛苦的声音说:"这应该终止了。"

《春天里的秋天》不止是一个温和地哭泣的故事,它还是整整一代的青年的呼吁。我要拿起我的笔做武器,为他们冲锋,向着这垂死的社会发出我的坚决的呼声"J'accuse"(我控诉)。

1932 年 5 月

《点滴》序

在一个城市里住了三个月,现在要搬到另一个更热闹的城市[①]去了。不凑巧搬家的前一天落起雨来。这雨是从正午开始落的,早晨太阳还从云缝里露过面。但是报纸上"天气预报"栏里就载了落雨的事情。

一落雨,就显得凄凉了。虽说这地方是一个大港,每天船舶往来不绝,但是我住在僻静的山上,跟热闹的街市和码头都隔得很远。山上十分清静。在我的房里只听得见下面滨海街道的电车声,和偶尔响起来的小贩车上的铃声。电车声也并不显得吵闹,而且不多。

我的房里有两面窗。打开正面的窗望出去,望得见海。推开侧面的窗,下面就是下山的石级路。每天经过这石级路的人,除了几个男女学生外,就少到几乎没有。而且学生是按照一定的时间走过的。有时我早晨起得较晚,就可以在被窝里听见女学生的清脆的笑声。

山下的房屋大半是平房,就是楼房也只有那么低低的两层。日本的房子矮得叫人发笑。但是因此我每天可以在房里望见海上的景象,没有高耸的房顶遮住我的眼光。轮船开出去,就似乎要经过我的窗下。而帆船却像一张一张的白纸在我的眼前飘动。其实说飘动,并不恰当,因为帆船在海上动,我的眼睛不会看得清楚。在那

[①] 指日本东京。

些时候海的颜色总是浅蓝的。海水的颜色常常在变换，有时是白色，有时深蓝得和黑夜的天空差不多。在清朗的月夜里，海横在天边就像一根光亮的白带，或者像一片发亮的浅色云彩。初看，绝不会想到是海。然而这时的海却是最美丽的。我只看见过一次，还是在昨天晚上。恐怕一时不会再看见了。本来以为今晚还可以看一回，但料不到今晚却下了雨。

雨一下，海就完全看不见了。我灭了房里的电灯，推开窗户去看外面。只有星星似的灯光嵌在天空一般的背景里。灯光因为雨的缘故也显得模糊了。别的更不用说。

外面风震撼着房屋，雨在洋铁板的屋顶上像滚珠子一般地响。今晚不会安静了。但这些声音却使我的心更加寂寞。我最不喜欢这种好像把一切都埋葬了的环境。一遇到这个我就不舒服。这时我的确有点悲哀。但并非怀恋过去，也不是忧虑将来，只是因现在的环境引起的悲愤。这意思很容易明白。我并不是看见花残月缺就会落泪的人。虽然明天便要跟一些人，尤其是三个月来和我玩熟了的几个小孩分别，而且以后恐怕不会再来到这个地方，但我也没有多大的留恋。因为我的心里已经装满了许多、许多的事情，似乎再没有空隙容纳个人的哀愁。

因这风雨而起的心的寂寞，我是有方法排遣的。一个朋友最近来信说我"最会排遣寂寞"。他似乎只知道我会拿文章来排遣寂寞。其实这只是方法的一种而已。不过这三个月来我就只用了这个方法。因此才有在《点滴》的总名称下面写出来的十几篇短文。

明天我就要离开这里。今天上午我的叫做《点滴》的小书也编成寄回上海去了。这本小书是我三个月来的一点一滴的血。血这样流出，是被贱卖了。另一个朋友常常责备我"糟蹋"时间，他自然很有理。我编好这个集子，就这样平淡地结束了我这三个月来的平淡的生活。这里面也附了几篇从前的北平或者上海写下的补白之类的东西。这些文章和明朝人的作品不同，句句是一个活着的现代青年的话，所以我喜欢它们。

  我正要放下笔，侧面的窗外响起了木屐的声音。从那细小迟缓的脚步声，我知道是一个女人从下面上来走过石级路往山后去了。在这样的雨夜，还去什么地方呢？我这样想。过路人自然不会知道。脚步声寂寞地响了一会儿，仿佛连那个女人的喘息也送到了我的耳边。于是声音消失了。接着是一阵狂风在屋后的山茶树和松林间怒吼，雨不住地像珠子一般落在屋顶上面。

1935 年 2 月在日本横滨

《春》序

我居然在"孤岛"上强为欢笑地度过了这些苦闷的日子。我想不到我还有勇气压下一切阴郁的思想续写我这部小说。我好几次烦躁地丢开笔,想马上到别处去。我好几次坐在书桌前面,脑子里却是空无一物,我坐了一点钟还写不出一个字。但是我还不曾完全失去控制自己的力量。我说我要写完我的小说。我终于把它写完了。

"我的血已经冷了吗?"我有时这样地问自己,这样地责备自己,因为我为了这部小说耽误了一些事情。

然而我还有眼泪,还有愤怒,还有希望,还有信仰。我还能够看,我还能够听,我还能够说话,我还能够跟这里的三百万人同样地感受一切。

我在阴郁沉闷的空气中做过不少的噩梦。这小说里也有那些噩梦的影子。我说过我在写历史。时代的确前进了。但年轻儿女的挣扎还是存在的。我为那些男女青年写下这部小说。

我写完《春》,最后一次放下我的自来水笔,稍微感到疲倦地掉头回顾,春风从窗外进来,轻轻拂拭我的脸颊。倦意立刻消失了。我知道春天已经来了。我又记起淑英的话:春天是我们的。

这本小说出版的时候我大概不在上海了。我一定是怀着离愁而去的。因为在这个地方还有成千成万的男女青年。他们并不认识我,恐怕还不知道我的名字。但是我关心他们。

我常常想念那无数纯洁的年轻的心灵,以后我也不能把他们忘记。我不配做他们的朋友,我却愿意将这本书作为小小的礼物献给他们。这是临别的纪念品。我没有权利请求他们将全书仔细翻阅。我只希望他们看到"尾声"里面的一句话:"春天是我们的。"

不错,春天的确是他们的!

1938 年 2 月 28 日

《秋》序

两年前在广州的轰炸中,我和几个朋友蹲在四层洋房的骑楼下,听见炸弹的爆炸,听见机关枪的扫射,听见飞机的俯冲。在等死的时候还想到几件未了的事,我感到遗憾。《秋》的写作便是这些事情中的一件。

因此,过了一年多,我又回到上海来,再拿起我的笔。我居然咬紧牙关写完了这本将近四十万字的小说。这次我终于把《家》的三部曲完成了。读者可以想到我是怎样激动地对着这八百多页原稿纸微笑,又对着它们流泪。

这几个月是我的心情最坏的时期,《秋》的写作也不是愉快的事(我给一个朋友写信说:"我昨晚写《秋》写哭了……这本书把我苦够了,我至少会因此少活一两岁。")。我说我是在"掘发人心"(恕我狂妄地用这四个字)。我使死人活起来,又把活人送到坟墓中去。我使自己活在另一个世界里,看见那里的男男女女怎样欢笑、哭泣。我是在用刀子割自己的心。我的夜晚的时间就是如此可怕的。每夜我伏在书桌上常常写到三四点钟,然后带着满眼鬼魂似的影子上床。有时在床上我也不能够闭眼。那又是亨利希·海涅所说的"渴慕与热望"来折磨我了。我也有过海涅的"深夜之思",我也像他那样反复地念着:

我不能再闭上我的眼睛,
我只有让我的热泪畅流。

在睡梦中，我想，我的眼睛也是向着西南方的。

在这时候幸好有一个信念安慰我的疲劳的心，那就是诗人所说的：Das Vaterland wird nie verderben. ①

此外便是温暖的友情。

我说友情，这不是空泛的字眼。我想起了写《第八交响乐》的乐圣贝多芬。一百二十几年前（一八一二）他在林次的不愉快的环境中写出了那个表现快乐和精神焕发的《F调小交响乐》。据说他的"灵感"是从他去林次之前和几个好友在一起过的快乐日子里来的。我不敢比拟伟大的心灵，不过我也有过友情的鼓舞。而且在我的郁闷和痛苦中，正是友情洗去了这本小说的阴郁的颜色。是那些朋友的面影使我隐约地听见快乐的笑声。我应该特别提出四个人：远在成都的WL，在石屏的CT，在昆明的LP，和我的哥哥。② 没有他们，我的《秋》不会有这样的结尾，我不会让觉新活下去，也不会让觉民和琴订婚、结婚（我本来给《秋》预定了一个灰色的结局，想用觉新的自杀和觉民的被捕收场）。我现在把这本书献给他们，请他们接受我这个不像样的礼物。

这本书出版的时候，我大概不在上海了。我应该高兴，因为我可以见到那些朋友，和他们在一起过一些愉快的日子。不过我仍然说着我两年前说过的话，我是怀着离愁而去的。牵系住我的渺小的心的仍是留在这里的无数纯洁的年轻心灵。我祝福他们。我请他们记住琴的话：

---

① "祖国永不会灭亡，"是德国诗人亨·海涅（1797—1856）的诗句，引自他的《深夜之思》(*Nachtgedanken*,《德国，一个冬天的童话》的序曲）。前面的两句译诗和我提到的"渴恭与热望"都是从《深夜之思》中引来的。

② WL是1927年1月和我同去法国的朋友卫惠林；CT是散文家缪崇群，1945年1月病死在重庆；CP即萧珊，当时是我的未婚妻，后来做了我的妻子；我的哥哥李尧林1945年11月在上海病故。

"并没有一个永久的秋天。秋天过了,春天就会来的。"
现在我已经嗅到春天的最初的气息了。

巴金

1940 年 5 月

《憩园》后记

我开始写这本小说的时候,贵阳一家报纸上正在宣传我已经弃文从商。我本来应当遵照那些先生的指示,但是我没有这样做,这并非因为我认为文人比商人清高,唯一的原因是我不爱钱。钱并不会给我增加什么。使我能够活得更好的还是理想。并且钱就跟冬天的雪一样,积起来慢,化起来快。像这本小说里写的那样,高大房屋和漂亮花园的确常常更换主人。谁见过保持到百年、几百年的私人财产!保得住的倒是在某些人看来是极渺茫、极空虚的东西——理想同信仰。

这本小说是我的创作。可是在这里并没有什么新奇的东西。我那些主人公说的全是别人说过的话。

"给人间多一点温暖,揩干每只流泪的眼睛,让每个人欢笑。"

"我的心跟别人的心挨在一起,别人笑,我也快乐,别人哭,我心里也难过。我在这个人间看见那么多的痛苦和不幸,可是我又看见更多的爱。我仿佛在书里听到了感激的、满足的笑声。我的心常常暖和得像在春天一样。活着究竟是一件美丽的事,……"

像这样的话不知道已经有若干人讲过若干次了。我高兴我能在这本小说里重复一次,让前面提到的那些人知道,人不是嚼着钞票活下去的,除了找钱以外,他还有更重要、更重要的事情做。

1944 年 7 月

《寒夜》再版后记

一九四四年冬天桂林沦陷的时候,我住在重庆民国路文化生活出版社楼下一间小得不可再小的屋子里,晚上常常要准备蜡烛来照亮书桌,午夜还得拿热水瓶向叫卖"炒米糖开水"的老人买开水解渴。我睡得迟,可是老鼠整夜不停地在三合土的地下打洞,妨碍着我的睡眠。白天整个屋子都是叫卖声,吵架声,谈话声,戏院里的锣鼓声。好像四面八方都有声音传来,甚至关在小屋子里我也得不到安静。那时候,我正在校对一部朋友翻译的高尔基的长篇小说。有时也为着几位从桂林逃难出来的朋友做一点小事情。有一天赵家璧兄突然来到文化生活出版社找我,他是空手来的。他在桂林创办的事业已经被敌人的炮火打光了。他抢救出来的一小部分图书也已在金城江的大火中化为灰烬。那损失使他痛苦,但是他并不灰心。他决心要在重庆建立一个新的据点,我答应帮忙。

于是在一个寒冷的冬夜里我开始写了长篇小说《寒夜》。我从来不是一个伟大的作家,我连做梦也不敢妄想写史诗。诚如一个"从生活的洞口……"的"批评家"所说,我"不敢面对鲜血淋漓的现实",所以我只写了一些耳闻目睹的小事,我只写一个肺病患者的血痰,我只写了一个渺小的读书人的生与死。但是我并没有撒谎。我亲眼看见那些血痰,它们至今还深深印在我的脑际,它们逼着我拿起笔替那些吐尽了血痰死去的人和那些还没有吐尽血痰的人讲话。这小说我时写时辍,两年后才写完了它,可是家璧兄服务的那个书店已经停业了(晨光出版社公司还是最近成立的)。而且在这中间我还失去了一个好友和一个哥哥,他们都是吐尽血痰后寂寞地死去的;在这中间"胜利"给我们带来希望,又把希望逐渐给我们拿走。我没有在小说的最后照"批评家"的吩咐加一句"哎哟哟,黎明!"并不是害怕说了就会被人"捉来吊死",唯一的原因是:那些被不合理的制度摧毁、被生活拖死的人断气时已经没有力气呼叫"黎明"了。

但有时我自己却也会呼叫一两声,譬如六年前我在桂林写的一篇散文《长夜》里,就说过"这是光明的呼声,它会把白昼给我们唤醒。漫漫的长夜逼近它的终点了"。那文章的确是在寒冷的深夜里写的,我真实地写下了我当时的感觉和感想。

上面的话是我在一年前写的。现在《寒夜》再版本要发印了,我不想为它另写后记,因为要说的话太多,假使全写出来,应该是另一部更长的《寒夜》。今天天气的确冷得可怕,我左手边摊开的一张《大公报》上就有着"全天在零度以下,两天来收路尸一百多具"的标题。窗外冷风呼呼地吹着,没有关紧的门不时发出咿呀的声音,我那两只躲在皮鞋里的脚已经快冻僵了。一年前,两年前都不曾有过这样的"寒夜"。我还活着,我没有患肺病死去,也没有冻死,这是我的幸运。书销去五千册,并不是什么值得高兴的事。我知道许多写得更坏的书都有更畅的销场。

1948 年 1 月下旬在上海

谈《灭亡》

每一个作家走向文学，都有他自己的道路。在发表《灭亡》之前，我做梦也想不到我会成为"作家"。《灭亡》是我的第一本小说。我开始写它的时候，我并没有写小说的心思。当时我不是一个文科学生。我的大哥希望我做工程师，我自己打算在巴黎研究经济学。结果我什么也没有学，连法文也不曾念好，只是毫无系统地读了一大堆书，写了一本《灭亡》。

我动身去法国的时候，的确抱着闭户读书的决心，准备在课堂上和图书馆里度过几年的光阴。可是我刚刚在巴黎的旅馆里住下来，白天翻看几本破书，晚上到夜校去补习法文，我的年轻的心就反抗起来了：它受不了这种隐士的生活。在这人地生疏的巴黎，在这忧郁、寂寞的环境，过去的回忆折磨我，我想念我的祖国，我想念我的两个哥哥，我想念国内的朋友，我想到过去的爱和恨，悲哀和欢乐，受苦和同情，斗争和希望，我的心就像被刀子割着一样，那股不能扑灭的火又在我的心里燃烧起来。每天晚上十一点以后，我从夜校出来，走在小雨打湿了的清静的街上，望着巴黎的燃烧一般的杏红色天空，望着两块墓碑似的高耸在天空中的巴黎圣母院的钟楼，想起了许多关于这个"圣母院"的传说。我回到旅馆里，在煤气灶上煮好了茶，刚把茶喝完，巴黎圣母院的悲哀的钟声又响了，一声一声沉重地打在我的心上。

在这种时候，我实在没法静下心来上床睡觉。我有感情必须发泄，有爱憎必须倾吐，否则我这颗年轻的心就会枯死。所以我拿起笔来，在一个练习本上写下一些东西来发泄我的感情，倾吐我的爱憎。每天晚上我感到寂寞时，就摊开练习本，一面听巴黎圣母院的钟声，一面挥笔，一直写到我觉得脑筋迟钝，才上床睡去。我写的不能说是小说。它们只是一些场面或者心理的描写，例如汽车轧死人，李冷遇见那个奇怪的诗人等等。我下笔的时候，并没有想到要写出这样的东西，但是它们却适合我当时的心情。我有时写了又涂掉，有时就让它们留下来。在一个月中间我写了后来编成《灭亡》头四章的那些文字。它们原先只是些并不连贯的片段，我后来才用一个"杜大心"把它们贯串起来。我以前见过汽车轧死人；我在成都听见别人讲起土匪杀死农人的事，曾经想根据故事写一首诗，苦思了好久，只写出一两段再也写不下去，就丢开了；我住在上海康悌路康益里某号亭子间里的时候，常常睡在床上，听到房东夫妇在楼下打架。我无意间把这些全写下来了。倘使我没有见过、听过、经历过这些，我一定会写出别的东西。至于杜大心失恋的故事，我在成都不止一次地听见人摆过这样的"龙门阵"。而且像我们这样的家庭里更不会缺少这种"古已有之"的悲剧。

以后我又写了像《爱与憎》（第十章）和《一个平淡的早晨》（第五章）那两章。我是在暴露我的灵魂，倾吐我的苦闷，表示我的希望。这里面也有我自己的经历，譬如在广元县衙门里养大花鸡；也有我自己的爱与憎的矛盾，我在跟我自己辩论。

那些日子正是萨柯（N. Sacco）与樊塞蒂（B. Vanzetti）的案件[①]激动全世界人心的时候。这两个意大利工人在美国的死囚牢中关了六年。他们在六年前受到诬告被判决死刑，上诉八次都遭驳斥。那个

---

① 我回国后为这个案件写过两个短篇：《我的眼泪》和《电椅》。

时候刚刚宣布了最后的决定——七月十日在电椅上烧死。整个巴黎都因为这件事情骚动起来了。我住在拉丁区一家旅馆的五层楼上，下面是一条清静的小街，街角有一家小咖啡店。咖啡店门口就贴了"死囚牢中的六年"的大幅广告，印着"讲演会"、"援救会"、"抗议会"的开会日期。报纸上每天也用不小的篇幅刊载关于他们的事情，他们写的书信和文化界人士联名发表的请求重审或减刑的声请书。工人们到处开会发出抗议的吼声，到美国大使馆门前示威。我有一天读到了樊塞蒂自传的摘录，有几句话使我的心万分激动：

我希望每个家庭都有住宅，每张口都有面包，每个心灵都受到教育，每个人的智慧都有机会发展。

我不再徒然地借纸笔消愁了。我坐在那间清静的小屋子里，把我的痛苦、我的寂寞、我的挣扎、我的希望……全写在信纸上，好像对着一个亲人诉苦一样，我给美国死囚牢中的犯人樊塞蒂写了一封长信。信寄到波士顿，请萨樊援救委员会转交。信寄发以后我也参加了援救这两个意大利工人的斗争。报纸上不断地刊出从全世界各地发出来的援救萨樊的呼声，不少的妇女和儿童都给报纸写了动人的信。巴黎的每个区都经常举行"抗议会"。然而美国"民主"政府的态度始终非常强硬。我怀着恐惧等着七月十日的到来。

一个阴雨的早晨我意外地收到了从波士顿寄来的邮件：一包书和一封信。信纸一共四大张，还是两面写的。这是樊塞蒂在死囚牢中写的回信。他用恳切的话来安慰、勉励我，叫我"不要灰心，要高兴"。他接着对我谈起人类的进化和将来的趋势，他谈到但丁、莎士比亚、巴尔扎克以及别的许多人。他说他应当使我明白这些，增加我的勇气来应付生活的斗争。他教我：要忠实地生活，要爱人，要帮助人。

我把这封信接连读了几遍，我的感动是可以想象到的。我马上写了回信去。这几天里面我兴奋得没有办法的时候，又在练习本上写了一点东西，那就是《立誓献身的一瞬间》(第十一章)了。

不久我因为身体不好，听从医生的劝告，到玛伦河畔一个小城去休养，后来又在中学校里念法文。在这个地方我认识了几个中国朋友。有一个姓巴的北方同学跟我相处不到一个月，就到巴黎去了。第二年听说他在项热投水自杀。我同他不熟，但是他自杀的消息使我痛苦。我的笔名中那个"巴"字就是因他而联想起来的。从他那里我才知道《百家姓》中有个"巴"字。还有一个姓桂的同学跟我在一起学了好几个月的法文，后来到另一个地方去进大学。有一次他在来信中写了他认识一个法国少女的事。以后他又谈了一些。《一个爱情的故事》就是根据他的来信写成的。那是第二年(即一九二八年)的事情了。他住在学校里的时候，跟一个普通的女朋友通过几封信。那个女同学在里昂念书，名字叫吕淑良。我喜欢这个名字。我就根据它给我的女主人公起了名字：李淑良。后来我才把淑良改成了静淑。

我在那个小城里得到樊塞蒂的第二封信。他开头就说："青年是人类的希望。"他仍然用乐观的调子谈到未来的变革和人类的前途。信是七月二十三日写的。他们两人的刑期已经被麻省的省长推迟了一个月。在八月十日的晚上我焦急地等待着从美国来的消息。那个小城里没有晚报。我除了三四个中国同学外就没有一个熟人，我没法打听消息。我坐在书桌前翻读旧报纸。我看到前些天法国援救会的两个电报。一个是给萨柯的："刚刚读了你给你小女儿的告别信；它使得一切有良心的人都感动了。人家读了这封信以后还能够杀你吗？我们爱你，我们怀着希望。"另一个电报是给樊塞蒂的："我们很悲痛，然而全世界都站在你们这一边，我们不相信美国就会立在反对的地位。你们会活下去。你妹妹今晚上船，她应该来得及把你抱在怀里，并且替我们吻你。"我的心好像给放在火上煎着一样，我没法安静下来。我又找出练习本，在空白页上胡乱地写下一些句子，我不加思索地写了许多。有些字句连我自己也认不清楚，有些我以后就用在我的小说里面，《灭亡》第十三章中"革命什么时候才会来"的问题，第二十章中"爱与憎"的争论等都是后来根据这些片段重写的。

八月十一日下午我读到当天巴黎的日报，才知道昨夜临刑前二十六分钟麻省省长又把两个意大利工人的死刑执行期推迟了十二天。报纸上更掀起了抗议的高潮。在这个小城里我看不到较大的骚动。可是巴黎的报纸都把萨樊事件当作头条新闻，而且用整版的篇幅报导有关他们的消息和文章，《人道报》上还发表了大幅的漫画。二十二日的夜里我不再像十二天以前那样地痛苦了。我相信美国政府不敢杀死这两个人。我想他们很可能用缓刑或减刑的办法来缓和全世界人民尤其是无产阶级的愤怒，因为在这些日子里正如一家美国的周报所说："在国外任何一个地方只要挂起美国国旗，就得找人保护。"在世界各大城市的美国使馆或领事馆都受到示威群众的包围。

但是我完全想错了。波士顿的午夜是巴黎的早晨五点钟。二十二日午夜萨柯和樊塞蒂的死刑是否准时执行，二十三日的巴黎日报上来不及刊登消息。巴黎的几家报纸在二十三日都出过号外，报导那两个人上电椅的情况。可是我住在小城里，一直到二十四日下午才在当天的巴黎《每日新闻》上读到那个可怕的消息。我第一眼就

163 谈《灭亡》

看到这样的句子：

罪恶完成了。……两个无罪的人为着增加美国官僚的光荣牺牲了……

同时我收到一个朋友从巴黎寄来的一张明信片，写着："两个无罪的人已经死了！现在所等的是那有罪的人的死！我告诉你：不会久候的！"

合法的谋杀终于成功了（二十六年后罗森堡夫妇的事件便是萨樊事件的翻版）。我所敬爱的人终于死在电椅上面了。我不能够像往常那样地工作。我绝望地在屋子里踱了半天。那个时候我一个人住在中学校饭厅楼上一个大房间里面。学校还没有开学，整个学校里除了一对年老的门房夫妇外，就只有四五个中国同学。我写了一天的信，寄到各处去，提出我对那个"金圆国家"的控诉，但是我仍然没法使我的心安静。我又翻出那个练习本把我的心情全写在纸上。一连几天里面我写成了《杀头的盛典》、《两个世界》和《决心》三章，又写了一些我后来没有收进小说里的片段。

当时我除了念法文外，已经开始根据英译本翻译克鲁泡特金的《伦理学的起源和发展》。说老实话，这本书我自己也看不大懂，尤其是下半部。为了翻译它，我读过一些柏拉图、亚里斯多德的著作，后来也翻看过斯宾诺莎、康德这些哲学家的著作（不用说也没有全看懂）。而且我还读了《新旧约圣经》。我做的是硬译的工作。就是按照原文，按照外国文文法一个字一个字地硬搬。这种工作容易使我的脑筋变迟钝，并且使我的文字越来越欧化。我实在没法再写小说之类的东西了。

到第二年我结束了翻译工作以后，脑筋得到了解放。我有时间读小说，读诗，读托尔斯泰、莎士比亚和惠特曼了。我仍然住在玛伦河畔那个小城里，过着安静的生活。有一天我接到了我大哥的来信。他的信里常常充满感伤的话。他不断地谈到他的痛苦和他对我的期望。我们间的友爱越来越深，但是我们的思想的距离越来越远。我觉得我必须完全脱离家庭，走自己选择的道路。我终于要跟他分开。我应当把我心里的话写给他。然而我又担心他不能了解。我又怕他受不了这个打击。想来想去，我想得很痛苦。但是最后我想出办法来了。我从箱子里取出了那个练习本（可能是两本或三本了），我翻看了两三遍。我决定把过去写的那许多场面、心理描写和没头没尾的片段改写成一部小说，给我的大哥看，让他更深地了解我。就像我后来在《灭亡·自序》上所说的那样："我为他写这本书。我愿意跪在他的面前，把书献给他。如果他读完以后能够抚着我的头说：'孩子，我懂得你了，去罢，从今以后你无论走到什么地方，你哥哥的爱总是跟着你的。'那么我就十分满足了。"

这样我就认真地写起小说来了。我写了《李冷和他的妹妹》（第六章），我写了《生日的庆祝》（第七章），我写了《杜大心和李静淑》（第九章）。每天早晨我常常一个人到学校后面那个树林里散步。林子外是一片麦田，空气里充满了麦子香，我踏着柔软的土地，听着鸟声，我的脑子里出现了小说中的世界，一些人物不停地在我的眼前活动，他们帮助我想到一些细小的情节。傍晚我陪着朋友们重来这里散步的时候，我又常常修正了这些情节。散步回校，我就坐在书桌前，一口气把它们全写下来。不到半个月的功夫我写完了《灭亡》的其余各章。这样我的小说就算完成了。在整理和抄写这本小说的时候，我又增加了一章《八日》（第十六章），和最后一章的最后一段。我用五个硬纸面的练习本抄写了我的第一本小说。我还在前面写了一篇自序和"献给我的哥哥"的一句献辞。自序上提到的"我的先生"就是樊塞蒂。他坐上电椅以后说过好几句话,最后的一句是:"我愿意宽恕那些对我不好的人。"所以我在序文里写了这样的一句话:"就是在电椅上他还说他愿意宽恕那些烧死他的人。"我自然不能同意他的这种"大量"。

这篇序说明了我的小说的主要内容。我写小说的时候,我自己的思想上、生活上都充满了矛盾:这就是爱与憎的矛盾,思想与行为的矛盾,理智与感情的矛盾。这些矛盾在我的身上一直没有得到解决。所以我后来回忆我的创作生活的时候,我还说:"我的生活是痛苦的挣扎,我的作品也是的。"我不说"斗争",而说"挣扎",这就说明我没有力量冲破那个矛盾的网,自己一直在两者之间不停地碰来撞去,而终于不能用快刀斩乱麻的办法一下子彻底解决。我为了要求我的大哥更深地了解我起见,我在小说里毫无隐瞒地暴露了我自己的全部矛盾。我在序上说"横贯全书的悲哀是我自己的悲哀",这是真话。《灭亡》不是一本革命的书,但它是一本诚实的作品。它没有给人指出革命的道路,但是它真实地暴露了一个想革命而又没有找到正确道路的小知识分子的灵魂。

我专为我大哥写书,这不是第一次。以前在国内就写过几本游记。在赴法途中写的《海行杂记》,也是写给他和三哥两个人看的。在大哥自杀以后,我才向嫂嫂要回《海行杂记》的原稿整理出版。但是《灭亡》写好以后,我并没有把原稿直接寄给大哥,却把原稿寄给了一个在上海开明书店工作的朋友,因为我忽然想起一个主意,打算自己花钱把小说的稿本印成书,寄给我的大哥。我估计印二三百本,并不要花多少钱,我只要翻译一本书就可以换来全部印费。稿本寄出以后,过了两个月,我才得到朋友的回信。他说,稿本收到，他正在翻阅。当时我已经在作回国的准备了，也就不曾去信催问。直到这年年底我回到上海，那个朋友才告诉我他把我的小说介绍给《小说月报》的编者叶圣陶①、郑振铎两位前辈，他们决定在《月报》上发表它。《灭亡》的发表似乎并没有增加大哥对我的了解，可是替我选定了一种职业。我的文学生活就从此开始了。

《灭亡》当然不是一部成功的作品。而且我的写作方法也大有问题。这不像一个作家在进行创作，倒像一位电影导演在拍摄影片。其实电影导演拍故事片，也是胸有成竹。我最后决定认真写这本小说，也不过做些剪接修补的工作。我以后写别的小说，不论是短篇、中篇、长篇，有的写得顺利，几乎是一口气写完，有的时写时辍，但它们都是从开头依次序写下去的。例如我的第二部中篇小说《死去的太阳》就是一口气写下去的。这部作品的初稿我曾经投给《小说月报》，但很快就被退回，说是写得不好。编者的处理是很公平的。《死去的太阳》的失败并非由于一气呵成，而是生活单薄。更重要的原因是：硬要写小说，这里面多少有点为做作家而写小说的味道了。这个中篇初稿的题名是《新生》，退回以后，我就把它锁在抽屉里，过了几个月偶然想起，拿出来改写一遍。那时我翻译的阿·托尔斯泰的剧本《丹东之死》刚出版，我就引用了《丹东之死》中的一段话放在小说前面，根据这段话改写了小说的结尾，而且把书名改作了《死去的太阳》。但是即使做了这些加工的工作，我仍然没法给我的失败的作品添一点光彩。为了退稿，我至今还感激《小说月报》的编者。一个人不论通过什么样的道路走进"文坛"，他需要的总是辛勤的劳动、刻苦的锻炼和认真的督促。任何

---

① 《小说月报》的主编是郑振铎同志，一九二八年他出国的时候由叶圣陶同志代理他的职务。

的"捧场"都只能助长一个人的骄傲而促成他不断地后退。但这都是题外的话了。

　　《灭亡》出版以后我读到了读者们的各种不同的意见。我也常常在分析自己的作品。我常常讲起我的作品中的"忧郁性"，我也曾虚心地研究这"忧郁性"来自什么地方。我知道它来自我前面说过的那些矛盾。我的思想中充满着矛盾，自己解决不了的矛盾。所以我的作品里也有相当浓的"忧郁性"。倘使我找到了正确的道路，参加了火热的实际斗争，我便不会再有矛盾了，我也不会再有"忧郁"了。《灭亡》的主人公杜大心也是一个充满矛盾的人。在他的遗著中有着这样的一句话："矛盾，矛盾，矛盾构成了我的全部生活。"他的朋友李冷说："他的灭亡就是在消灭这种矛盾。"（见《新生》）杜大心没有找到正确的革命道路消灭他的矛盾，所以他选择了死亡。他疲倦了。"他想休息，他想永久地休息"。他觉得"只有死才能够带来他心境的和平，只有死才能够使他享受安静的幸福"。他自然地会采取用暴力毁灭自己生命的一条路：报仇、泄愤，杀人、被杀。杜大心并非一般人所说的"浪漫的革命家"，他只是一个患着第二期肺病的革命者。我写杜大心患肺病，也许因为我自己曾经害过肺病，而且当时我的身体也不大好，我自己也很容易激动，容易愤怒。倘使杜大心不患肺病，倘使他找到了正确的革命道路，例如说找到了共产党，他就不会感觉到"他是一个最孤独的人"，他是在单独地进行绝望的斗争；他就不会"憎恨一切的人"，甚至憎恨他自己。因为孤独，因为绝望，他的肺病就不断地加重。他的肺病加重，他更容易激动，更容易愤怒，更不能够冷静地考虑问题。倘使有一个组织在领导他，在支持他，他决不会感到孤独，更不会感到绝望，也不会有那么多的矛盾，更不会用灭亡来消灭矛盾。

我不能说杜大心的身上就没有我自己的东西。但是我们两个人（作者和他的主人公）相同的地方也不太多。杜大心是单独地在进行革命的斗争，我却是想革命，愿意为革命献出一切，而终于没有能参加实际的革命活动。但是我们两个都没有找到正确的革命道路，这一点是最重要的。所以我会写出杜大心这个人物来。要是我走了另一条道路，也许我就不会写小说，至少我不会写出像《灭亡》这样的作品。有些细心的读者，只要读过几本我的作品，很可能注意到我一直在追求什么东西。我自己也说过我的每篇小说都是我追求光明的呼号。事实上我缺少一种能够消灭我的矛盾的东西。我不断地追求，却始终没有得到。我今天无法再讳言我的思想的局限性。我在写《灭亡》以前和以后常常称自己为"无政府主义者"。有时候我也说我是一个克鲁泡特金主义者，因为克鲁泡特金主张无政府共产主义，不赞成个人主义。但是我更喜欢说我有我的"无政府主义"。因为过去并没有一个固定的、严密的"无政府主义者"的组织。在所谓"无政府主义者"中间有各种各样的派别，几乎各人有各人的"无政府主义"。这些人很不容易认真地在一起合作，虽然他们最后的目的是一致的，那就是：各尽可能、各取可需的共产主义大同世界。其实怎样从现社会过渡到共产主义社会，任何一派的"无政府主义者"都没有具体的办法。多数的"无政府主义者"根本就没有去研究这样的办法。主要的原因是他们反对无产阶级专政，也没有真正了解无产阶级专政的具体内容。有少数人也承认阶级斗争，但也只是少数，而且连他们也害怕听"专政"的字眼。我讲的是那一个时期西欧的"无政府主义"的情况，因为我过去接触到的，过去受过影响的都是这些外国的东西。我接受了它们，却不曾消化，另外我还保留而且发展了我自己的东西。这两者常常互相抵制，有时它们甚至在我的脑子里进行斗争。所以我的矛盾越来越多，越无法解决。我坦白地承认我的作品里总有一点外国"无政府主义"的影响，但是我写作时常常违反这个"无政府主义"。我自己说过："我是一个中国人。有时候我不免要站在中国人的立场上看事情，发议论。"而且说实话，我所喜欢的和使我受到更大影响的与其说是思想，不如说是人。凡是为多数人的利益贡献出自己一切的革命者都容易得到我的敬爱。我写《灭亡》之前读过一些欧美"无政府主义者"或巴黎公社革命者的自传或传记，例如克鲁泡特金的《自传》；我也读过更多的关于俄国十二月党人和十九世纪六、七十年代俄国民粹派或别的革命者的书，例如《牛虻》作者丽莲·伏尼契的朋友斯捷普尼雅克的《地下的俄罗斯》和小说《安德列依·科茹霍夫》，以及妃格念尔的《回忆录》。我还读过赫尔岑的《往事与回忆》。读了这许多人的充满热情的文字，我开始懂得怎样表达自己的感情。在《灭亡》里面斯捷普尼雅克的影响是突出的，虽然科茹霍夫[1]和杜大心并不是一类的人。而且斯捷普尼雅克的小说高出我的《灭亡》若干倍。我记得斯捷普尼雅克的小说里也有"告别"的一章，描写科茹霍夫在刺杀沙皇之前向他的爱人（不是妻子）告别的情景。

《灭亡》里面的人物并不多。除了杜大心，就应该提到李静淑和她的哥哥李冷，还有张为群和别的几个人。所有这些人全是虚构的。我为了发泄自己的感情，倾吐自己的爱憎，编造了这样的几个人。自然我在生活里也或多或少地看见过这些人的影子，至少是他

---

[1] 科茹霍夫：С. М. Степняк-Кравчинский（1851—1895）著长篇小说 *Андрей Кожухов* 中的男主人公。

们的服装和外形。像王秉钧那样的国民党右派我倒见过两三个。他们过去也曾自称为"无政府主义者",后来却换上招牌做了反动的官僚,我带着极大的厌恶描写了这样的人。"杀头的盛典"我没有参加过。但是我十几岁的时候见过绑赴刑场的犯人和挂在电杆上示众的人头。我也听见人有声有色地谈起刽子手杀人的情形。《革命党被捕》和《八日》两章多少有些根据。我去法国之前住在上海旧法租界马浪路一个弄堂里。我和两个朋友同住在三楼的前后楼。房东可能是旧政客或者旧军人,他和几个朋友正在找出路,准备招兵买马,迎接快要打到上海来的北伐军。不知道怎样,有一天他的一个姓张的部下在华界被孙传芳的人捉去了,据说是去南市刻字店取什么司令的关防,给便衣侦探抓去的。他的妻子到房东家来过一两次,她是一个善良的年轻女人。她流着泪讲过一番话。后来房东一家人全躲到别处去了,只留下一位老太太看家。不久我就在报上看到那位张先生被杀头的消息,接着又听说他在牢里托人带话给房东:他受了刑,并未供出同谋,要房东以后照顾他的妻子兄弟。过两天我就上船去马赛了。两三个月以后我偶然在巴黎的中法联谊会或者这一类的地方看到几张《申报》,在报上又发现那房东的一个朋友也被孙传芳捉住杀头示众了。孙传芳退出上海之前不知道砍了多少人的头。要不是接连地看到杀头的消息,我也不会想到写《杀头的盛典》。那位张先生的砍头帮助我描写了张为群的英勇的牺牲和悲惨的死亡。

关于李静淑我讲得很少,因为她也是一个虚构的人物。我只见过她的外形、服装和动作。我指的是一个朋友的新婚的太太。我创造李静淑出来给我解决爱与憎的问题。结果问题仍然没有得到解决。我曾经同一位年纪较大的朋友辩论过这个问题,《最后的爱》一章中李静淑讲的一段话,就是根据他的来信写成的。

关于《灭亡》我已经讲了不少的话。我谈创作的过程谈得多,谈人物谈得少。我在前面说过我创造人物来发泄我的感情,解决我的问题,暴露我的灵魂。那么我在小说里主要地想说明什么呢?不用说,我集中全力攻击的目标就是一切不合理的旧制度;我所期待的就是:革命早日到来。贯穿全书的响亮的呼声就是这样的一句话:"凡是曾经把自己的幸福建筑在别人的痛苦上面的人都应该灭亡。"所以《灭亡》并不是一本悲观的书,绝望的书。不管我自己思想的局限性有多大,作品的缺点有多少,《灭亡》决不是一本虚无主义的小说,否定一切的小说,也不是恐怖主义的小说。

《灭亡》这个书名有双重的意义。除了控诉、攻击和诅咒外,还有歌颂。《灭亡》歌颂了革命者为理想英勇牺牲的献身精神。书名是从过去印在小说扉页上的主题诗(或者歌词)来的。这八句关于"最先起来反抗压迫的人"的诗决非表现"革命也灭亡,不革命也灭亡"的虚无悲观的思想。唯一的证据就是:这八句诗并非我的创作,它们是我根据俄国诗人雷列叶夫[1]的几句诗改译成的。雷列叶夫的确说过"我知道:灭亡(**погибель**)等待着第一个起来反抗压制人民的暴君的人。"[2] 而且他自己就因为"起来反抗压制人民的暴君",领导十二月党人的起义,死在尼古拉一世的绞刑架上。他是为了追求自由、追求民主甘愿灭亡的英雄。我这几句改译的诗不仅歌颂了十七世纪俄国农民革命的领袖哥萨克英雄拉辛,也

---

[1] 雷列叶夫(К. Ф. Рылеев,1759—1826):十二月党五烈士之一,被沙皇尼古拉一世处绞刑。
[2] 见雷列叶夫著叙事诗"*Найливайко*"第八篇《纳里瓦依科的自白》。

与叶圣陶合影(1981)

与曹禺晤谈(1982)

歌颂了为俄国民主革命英勇战斗的十二月党人,也歌颂了一切"起来反抗压迫的人",一切的革命者。

1958 年 3 月 20 日

关于《激流》

一

近来多病，说话、写字多了，就感到吃力。但脑子并不肯休息，从早到晚它一直在活动，甚至在梦中我也得不到安宁。总之，我想得很多。最近刚写完《随想录》第二集，我正在续写《创作回忆录》，因此常常想起过去写作上的事情。出版社计划新排《激流三部曲》，我重读了《家》。关于《家》，我自己谈得不少，别人谈得更多。我经常在想几件有关这本小说的事。我在这里谈谈它们。

第一件。一位美籍华裔女作家三年前对我说："你的《家》不行，写恋爱也不像，那个时候你还没有结婚。"我当时回答她："你飞过太平洋来看朋友，我应当感谢你的好意，我不是来跟你吵架的。"我笑了。我还听见人讲《家》有毛病，文学技巧不高，在小说中作者有时站出来讲话。我只有笑笑。

第二件。一九七七年出版社打算重印《家》，替这本小说"恢复名誉"，在社内引起了争论，有人反对，认为小说已经"过时"；有人认为作者没有给读者指路，作品有缺点。争论不休之后，终于给小说开了绿灯。我还为新版写了《重印后记》，我自己也说"《家》已经完成了它的历史任务"。

第三件。时间更早一些，是在我靠边受审、给关在"牛棚"里的时期，不是一九六八年，就是六九年，南京路上有批判我的专栏。造反派们毫不脸红地按期在过去马路旁的广告牌上造谣撒谎，我也已经习惯于这种诬蔑，无动于衷了。但是有一个下午我在当天日报上看到一篇文章，叙述北火车站候车室里发生的故事，却使我十分激动。一个女青年在候车室里出神地看书，引起了旅客们的注意，有人发现她看的书是毒草小说《家》，就说服她把书当场烧毁，同时大家在一起批判了毒草小说。

还有第四件、第五件、第六件……不列举了。

一个二十七岁的年轻人写了一本长篇小说，它本来会自生自灭，也应当自行消亡，不知怎样它却活到现在，而且给作者带来种种的麻烦。我最近常常在想：为什么？为什么？

我还记得，一九六六年八月底九月初，隔壁人家已经几次抄家，我也感到大祸就要临头。有一天下午，我看见我的妹妹烧纸头，我就把我保存了四十几年的大哥的来信全部交给她替我烧掉。信一共一百几十封，装订成三册，从一九二三年到一九二六年写给我和三哥(尧林)的信都在这里，还有大哥自杀前写的绝命书的抄本。我在写《家》、《春》、《秋》和《谈自己的创作》时都曾利用过这些信。毁掉它们，我感到心疼，仿佛毁掉我的过去，仿佛跟我的大哥永别。但是我想到某些人会利用信中一句半句，断章取义，造谣诽谤，乱加罪名，只好把心一横，让它们不到半天就化成纸灰。十年浩劫中我一直处在"什么也顾不得"的境地，"四人帮"下台后我才有"活转来"的感觉。抄去的书刊信件只退回一小半，其余的不知道造反派弄到哪里去了。在退回来的信件中我发现了三封大哥的信，最后的一封是一九三〇年农历三月四日写的，前两天翻抽屉找东西我又看见了它。在第一张信笺上我读到这样的话：

《春梦》你要写，我很赞成；并且以我家人物为主人翁，尤其赞成。实在的，我家的历史很可以代表一切家族的历史。我自从得到《新青年》等书报读过以后，我就想写一部书。但是我实在写不出来。现在你想写，我简直喜欢得了不得。我现在向(你)鞠躬致敬，希望你有余暇把他(它)写成罢，怕什么！《块肉余生述》若(害)怕，就写不出来了。

整整五十年过去了。这中间我受过多少血和火的磨练，差一点落进了万丈深渊，又仿佛喝过了"迷魂汤"，记忆力大大地衰退，但是在我的脑子里大哥的消瘦的面貌至今还没有褪色。我常常记起在成都正通顺街那个已经拆去的小房间里他含着眼泪跟我谈话的情景，我也不曾忘记一九二九年在上海霞飞路(淮海路)一家公寓里我对他谈起写《春梦》的情景。倘使我能够挖开我的记忆的坟墓，那里埋着多少大哥的诉苦啊！

为我大哥，为我自己，为我那些横遭摧残的兄弟姊妹，我要写一本小说，我要为自己，为同时代的年轻人控诉，伸冤。一九二八年十一月回国途中，在法国邮船(可能是"阿多士号"，记不清楚了)四等舱里，我就有了写《春梦》的打算，我想可以把我们家的一些事情写进小说。一九二九年七、八月我大哥来上海，在闲谈中我提到写《春梦》的想法。我谈得不多，但是他极力支持我。后来他回到成都，我又在信里讲起《春梦》，第二年他寄来了上面引用的那封信。《块肉余生述》是狄更斯的长篇小说《大卫·考柏菲尔》的第一个中译本，是林琴南用文言翻译的，他爱读它，我在成都时也喜欢这部小说。他在信里提到《块肉余生述》，意思很明显，希望我没有顾忌地把自己的事情写出来。我读了信，受到鼓舞。我有了勇气和信心。我有十九年的生活，我有那么多的爱和恨，我不愁没

与女儿小林在西湖(1982)

在寓所庭院中(1982)

有话说，我要写我的感情，我要把我过去咽在肚里的话全写出来，我要拨开我大哥的眼睛让他看见他生活在什么样的环境里面（那些时候我经常背诵鲁迅先生翻译的小说《工人绥惠略夫》中的一句话："可怕的是使死骸站起来看见自己的腐烂……"，我忍不住多次地想：不要等到太迟了的时候）。

过了不到一年，上海《时报》的编者委托一位学世界语的姓火的朋友来找我，约我给《时报》写一部连载小说，每天发表一千字左右。我想，我的《春梦》要成为现实了。我没有写连载小说的经验，也不去管它，我就一口答应下来。我先写了一篇《总序》，又写了小说的头两章（《两兄弟》和《琴》）交给姓火的朋友转送报纸编者研究。编者同意发表，我接着写下去。我写完《总序》，决定把《春梦》改为《激流》。故事虽然没有想好，但是主题已经有了。我不是在写消逝了的渺茫的春梦，我写的是奔腾的生活的激流。《激流》的《总序》在上海《时报》四月十八日第一版上发表，报告大哥服毒自杀的电报十九日下午就到了。还是太迟了！不说他一个字不曾读到，他连我开始写《激流》的事情也不晓得。按照我大哥的性格和他所走的生活道路，他的自杀是可以料到的。但是没有挽救他，我感到终生遗憾。

我当时住在闸北宝山路宝光里，电报是下午到的，我刚把第六章写完，还不曾给报馆送去。报馆在山东路望平街，我写好三四章就送到报馆收发室，每次送去的原稿可以用十天到两个星期。稿子是我自己送去的，编者姓吴，我只见过他一面，交谈的时间很短，大概在这年年底前他因病回到了浙江的家乡，以后的情况我就不知道了。《激流》从一九三一年四月十八日起在《时报》上连载了五个多月。"九·一八"沈阳事变后，报纸上发表小说的地位让给东北抗战的消息了。《激流》停刊了一个时期，报馆不曾通知我。后来在报纸上出现了别人的小说，我记得有林疑今的，还有沈从文的作品(例如《记胡也频》)，不过都不长。我的小说一直没有消息，但我也不曾去报馆探问。我有空时仍然继续写下去。我当时记忆力强，虽然有一部份原稿给压在报馆里，我还不曾搞乱故事情节，还可以连贯地往下写。这一年我一直住在宝光里，那是一幢石库门的二层楼房。在这里除了写《激流》以外，我还写了中篇小说《雾》和《新生》以及十多个短篇。起初我和朋友索非夫妇住在一起，我在楼下客堂间工作，《激流》的前半部是在客堂间里写的。"九·一八"事变后不久索非一家搬到提篮桥去了，因为索非服务的开明书店编译所早已迁到了那个地区。宝光里十四号里就只剩下我一个人，还有那个给我做饭的中年娘姨。这时我就搬到了二楼，楼上空阔，除了床，还有一张方桌，一个凳子，加上一张破旧的小沙发，是一个朋友离开上海时送给我的，这还是我头一次使用沙发。我的书和小书架都放在亭子间里面。《激流》的后半部就是在二楼方桌上写完的。这中间我去过一趟长兴煤矿，是一个姓李的朋友约我同去的，来回一个星期左右。没有人向我催稿，报纸的情况我也不清楚。但是形势紧张，谣言时起，经常有居民搬进租界，或者迁回家乡。附近的日本海军陆战队随时都可能对闸北区来一个"奇袭"。我一方面有充分时间从事写作，另一方面又得作"只身逃难"的准备。此外我发现慢慢地写下去，小说越写越长，担心报馆会有意见，还不如趁早结束。果然在我决定匆匆收场，已经写到瑞珏死亡的时候，报馆送来了信函，埋怨我把小说写得太长，说是超过了原先讲定的字数。信里不曾说明要"腰斩"我的作品，但是用意十分明显。我并不在乎他们肯不肯把我的小说刊载完毕，当初也并不曾规定作品应当在若干字以内结束。不过我觉得既然编者换了人，我同报馆争吵下去，也不会有什么结果。我就送去一封回信，说明我的小说已经结束，手边还有几万字的原稿，现在送给他们看看，不发表它们，我也不反对。不过为了让《时报》的读者读完我的小说，我仍希望报馆继续刊登余稿。我声明不取稿酬。我这个建议促使报馆改变了"腰斩"的做法，《激流》刊载完毕，我总算没有辜负读者。少拿一笔稿费对我有什么损害呢？

《激流》就这样地在《时报》上结束了。但是我只写了一年里面的事情。而我在《总序》里却说过："我所要展开给读者看的乃是过去十多年生活的一幅图画"，时间差了那么多！并且我还有许多话要说，有好些故事要讲，我还可以把小说续写下去。我便写一篇《后记》，说已经发表的《激流》只是它的第一部《家》，另外还有第二部《群》，写社会，写主人公觉慧到上海以后的活动。我准备接下去就写《群》，可是一直拖到一九三五年八、九月我才开始写了三四张稿纸，但以后又让什么事情打岔，没有能往下写。第二年靳以到上海创办《文季月刊》，我为这个刊物写了连载小说《春》，一九三九到四〇年我又在上海写了《春》的续篇《秋》。我为什么要写《春》和《秋》以及写成它们的经过，我在《谈自己的创作》里讲得很清楚，用不着在这里重复说明了。这以后《家》、《春》、《秋》就被称为《激流三部曲》。至于《群》，在新中国成立后，我还几次填表报告自己的创作计划，要写《群三部曲》。但是一则过不了知识分子的改造关，二则应付不了一个接一个的各式各样的任务，三则不能不胆战心惊地参加没完没了的运动，我哪里有较多的时间从事写作！到了所谓"文化大革命"期间，我倒真正庆幸自己不曾写成这部作品，否则张(春桥)姚(文元)的爪牙不会轻易地放过我。

二

我在三十年代就常说我不是艺术家，最近又几次声明自己不是文学家。有人怀疑我"假意地谦虚"。我却始终认为我在讲真话。《激流》在《时报》上刊出的第一天，报纸上刊登大字标题称我为"新文坛巨子"，这明明是吹牛。我当时只出版了两本中篇小说，发表过十几个短篇。文学是什么，我也讲不出来，究竟有没有进入文坛，自己也说不清楚，哪里来的"巨子"？我一方面有反感，另一方面又感到惭愧，虽说是吹牛，他们却也是替我吹牛啊！而且我写《激流·总序》和第一章的时候，我就只有那么一点点墨水。在成都十几年，在上海和南京几年，在法国不到两年，从来没有人教过我文学技巧，我也不曾学过现代语法。但是我认真地生活了这许多年。我忍受，我挣扎，我反抗，我想改变生活，改变命运，我想帮助别人，我在生活中倾注了自己的全部感情，我积累了那么多的爱憎。我答应报馆的约稿要求，也只是为了改变命运，帮助别人，为了挽救大哥，实践我的诺言。我只有一个主题，没有计划，也没有故事情节，但是送出第一批原稿时我很有勇气，也充满信心。我知道通过那些人物，我在生活，我在战斗。战斗的对象就是高老太爷和他所代表的制度，以及那些凭藉这个制度作恶的人，对他们我太熟悉了，我的仇恨太深了。我一定要把我的思想感情写进去，把我自己写进去。不是写我已经做过的事，是写我可能做的事；不是替自己吹嘘，是描写一个幼稚而大胆或者有点狂妄的青年的形象。挖得更深一些，我在自己身上也发现我大哥的毛病，我写觉新不仅是警告大哥，也在鞭挞我自己。我熟悉我反映的那种生活，也熟悉我描写的那些人。正因为像觉新那样的人太多了,高老太爷才能够横行无阻。我除了写高老太爷和觉慧外,还应当在觉新身上花费更多的笔墨。

倘使语文老师、大学教授或者文学评论家知道我怎样写《激流》,他们一定会认为我在"胡说",因为说实话,我每隔几天奋笔写作的时候,我只知道我过去写了多少、写了些什么,却没有打算以后要写些什么。脑子里只有成堆的生活积累和感情积累。人们说什么现实主义,什么浪漫主义,我一点也想不到,我想到的只是按时交稿。我拿起笔从来不苦思冥想,我照例写得快,说我"粗制滥造"也可以,反正有作品在。我的创作方法只有一样:让人物自己生活,作者也通过人物生活。有时,我想到了写一件事,但是写到那里,人物不同意,"他"或者"她"做了另外的事情。我的多数作品都是这样写出来的。我控制不住自己的感情,也不想控制它们。我以本来面目同读者见面,绝不化妆。我是在向读者交心,我并不想进入文坛。

我在前面说过,我刚写完第六章,就接到成都老家发来的电报,通知我大哥自杀。第六章的小标题是《做大哥的人》。这不是巧合,我写的正是大哥的事情,并且差不多全是真事。我当时怀着二十几年的爱和恨向旧社会提出控诉,我指出:这里是血,那里是尸首,这里是屠刀。写作的时候,我觉得有不少的冤魂在我的笔下哭诉、哀号。我感到一股强大的精神力量,我说我要替一代人伸冤。我要使大哥那样的人看见自己已经走到深渊的边缘,身上的疮开始溃烂;万不想大哥连小说一个字也没有能读到。读完电报我怀疑是在做梦,我又像发痴一样过了一两个钟头。我不想吃晚饭,也不想讲话。我一个人到北四川路,在行人很多、灯火辉煌的人行道上走来走去。住在闸北的三年中间，我吃过晚饭经常穿过横浜桥去北四川路散步。在中篇小说《新生》里我就描述过在这条所谓"神秘之街"上的见闻。

我的努力刚开始就失败了。又多了一个牺牲者！我痛苦，我愤怒，我不肯认输。在亮光刺眼、噪音震耳、五颜六色的滚滚人流中，我的眼前不断出现我祖父和大哥的形象，祖父是在他身体健康、大发雷霆的时候，大哥是在他含着眼泪向我诉苦的时候。死了的人我不能使他复活，但是对那吃人的封建制度我可以进行无情的打击。我一定要用全力打击它！我记起了法国革命者乔治·丹东的名言："大胆，大胆，永远大胆！"大哥叫我不要"怕"。他已经去世，我更没有顾虑了。回到宝光里的家，我拿起笔写小说的第七章《旧事重提》，我开始在挖我们老家的坟墓。空闲的时候我常常翻看大哥写给我和三哥的一部份旧信。我在《家》以及后来的《春》和《秋》中都使用了不少旧信里提供的材料。同时我还在写其他的小说，例如中篇《雾》和《新生》，大约隔一星期写一次《家》。写的时候我没有遇到任何的困难。我的确感觉到生活的激流向前奔腾，它推着人物行动。高老太爷、觉新、觉慧这三个主要角色我太熟悉了，他们要照自己的想法生活、斗争，或者作威作福，或者忍气吞声，或者享乐，或者受苦，或者胜利，或者失败，或者死亡……他们要走自己的路，我却坚持进行我的斗争。我的最大的敌人就是封建制度和它的代表人物。我写作时始终牢牢记住我的敌人。我在十年中间（一九三一到一九四〇年）写完《激流三部曲》。下笔的时候我常常动感情，有时丢下笔在屋子里走来走去，有时大声念出自己刚写完的文句，有时叹息呻吟、流眼泪，有时愤怒，有时痛苦。《春》是在狄思威路（溧阳路）一个弄堂的亭子间里开了头，后来在拉都路敦和里二十一号三楼续写了一部份，最后在霞飞路霞飞坊五十九号三楼完成，那是一九三六到一九三七年的事。《秋》不曾在任何刊物上发表过，它是我一口气写出来的。一九三九年下半年到第二年上半年，我躲在上海"孤岛"（日本军队包围中的租界）上，主要是为了写《秋》。人们说，一切为了抗战。我想得更多，抗战以后怎样？抗战中要反封建，抗战以后也要反封建。这些年高老太爷的鬼魂就常常在我四周徘徊，我写《秋》的时候，感觉到我在跟那个腐烂的制度作拚死的斗争。在《家》里我的矛头针对着高老太爷和冯乐山；在《春》里我的矛头针对着冯乐山和周伯涛；在《秋》里我的矛头针对着周伯涛和高克明。对周伯涛，我怀着强烈的憎恨。他不是真实的人，但是我看见不少像他那样的父亲，他的手里紧紧捏着下一代人的命运，他凭个人的好恶把自己的儿女随意送到屠场。

当时我在上海的隐居生活很有规律，白天读书或者从事翻译工作，晚上九点后开始写《秋》，写到深夜两点，有时甚至到三、四点，然后上床睡觉。我的三哥李尧林也在这幢房子里，住在三楼亭子间，他是一九三九年九月从天津来的。第二年七月我再去西南后，他仍然留在上海霞飞坊，一直到一九四五年十一月我回上海送他进医院，在医院里他没有活到两个星期。他是《秋》的第一个读者。我一共写了八百多页稿纸，每次写完一百多页，结束了若干章，就送到开明书店，由那里发给印刷厂排印。原稿送出前我总让三哥先看一遍，他有时也提一两条意见。我五月初写完全书，七月中就带着《秋》的精装本坐海船去海防转赴昆明了。我今天向一些年轻朋友谈起这类事情，他们觉得奇怪：出版一本七八百页的书怎么这样快，这样容易！但事实毕竟是事实。

三

《激流三部曲》就是这样地写出来的。三本书中修改次数最多的是《家》，我写《家》的时候，喜欢使用欧化句子，大量地用"底"字，而且正如我在小说第五章里所说，"把'的'、'底'、'地'三个字的用法也分别清楚"。我习惯用欧化句子的原因在第四篇"回忆录"里已经讲过，不再在这里重述。我边写边学，因此经常修改自己的作品。幸而我不是文学艺术的专家，用不着别人研究我的作品中的 variant（异文），它们实在不少。就拿《家》来说吧，一九三三年我第一次看单行本的校样，修改了一遍，第三十五章最后关于"分家"的几段便是那时补上去的，一共三张稿纸。《家》的全稿都在时报馆丢失了，只有这三页增补的手稿保留下来。五十年代中我把它们连同《春》和《秋》的全部手稿赠给北京图书馆了，那两部手稿早在四十年代就已装订成册，我偶尔翻看它们，还信笔加上眉批，不过这样的批语并不多。一九三六年开始写《春》，我又读了《家》，作了小的改动。一九三七年上半年书店要排印《家》的新五号本，我趁这机会又把小说修改一遍，删去了四十个小标题，文字上作了不少的改动，欧化句子减少了。这一版已经打好纸型，在美成印刷所里正要上机印刷的时候，"八·一三"日军侵沪的战争爆发，印刷所化成灰烬，小字本《家》永远失去了同读者见面的机会。幸而我手边还留了一份清样。这年年底开明书店在上海重排《家》，根据的就是这一份清样，也就是唯一的改订稿。我一边看《家》的校样，一边续写《春》。《春》的初稿分一、二两部。一九三八年二月写完《春》的尾声，不久我就离开上海去广州，开始了"在轰炸中的日子"。

建国后人民文学出版社愿意重印《家》，一九五二年十月我从朝鲜回来，又把《家》修改了一遍才交出去排印。这次修改也是按照我自己的意思。一九五七年开始编辑《巴金文集》，我又主动地改了一次《家》，用"的"字代替了"底"。算起来这部小说一共改动了七、八次，上个月的修改，改动最少，可能是最后的一次了。如此频繁地修改一部作品，并不能说明我写作态度的认真，这是由于我不是文学家，只能在实践中学习。但是这本小说已经活了五十年，几次的围攻和无情的棍棒都没有能把它砸烂，即使在火车站上烧毁，也没有能使它从人间消失。几十年来我一直听见各种各样的叽叽喳喳：什么没有给读者指明道路啦，什么反封建不够彻底啦，什么反封建已经过时啦……有一个时期我的脑子也给搞糊涂了，我彻底否定了自己的作品。造反派说《家》是替地主阶级少爷小姐"树碑立传"的小说，批判我是"地主阶级的孝子贤孙"，我低头承认。但是我至今不能忘记的是在"牛棚"里被"提审"或者接受"外调"的时候，不管问话的人是造反派，还是红卫兵，是军代表，还是工宣队，我觉得他们审问的方法和我父亲问案很相似（我五、六岁时在广元县衙门里经常在二堂上看我父亲审案），甚至更"高明"。这个事实使我产生疑问：高老太爷的鬼魂怎么会附在这些人的身上？在"牛棚"里，在五·七干校内，我一面为《家》写检讨，自己骂自己，一面又在回忆写作《激流三部曲》的情况和当时的想法。我写《家》就是为了让它消亡，我反封建是真的反封建，而不是为了给自己争取名利。反封建如已过时，我的小说便不会有读者；反封建不够彻底，就会由反得彻底的作品代替。总之，《家》如果自行消亡，我一定十分高兴，因为摆脱了封建，我们的祖国、我们的社会一定有更大的进步，这正是我朝夕盼望的事。

《激流三部曲》中《春》和《秋》都只改了一次，就是一九五八年编辑《文集》时的修改，改动不算太小，还增加了章节，《春》也由一、二两部合并成了一部。现在进行的是第二次的修改，改得极少，只是删去一些字句，这是最后一次的修改了。关于《春》和《秋》人们也有各种不同的看法，香港出版的《新文学大系续编·小说二集》的编者说"这两部续作……反而造成了《家》的累赘"，因为"作品中的许多人物、故事是他（指作者）根据过去生活中的一些记忆和一些偶然的见闻拼凑起来的，是虚构的。"我不想替自己辩护，而且辩护也没有用，因为历史是无情的。我只说，在《秋》的序文里我写过这样的话："我使死人活起来，又把活人送到坟墓中去。我使自己活在另一个世界里，看见那里的男男女女怎样欢笑、哭泣。"我还说："……在广州的轰炸中我和几个朋友蹲在四层洋房的骑楼下听见炸弹的爆炸，机关枪的扫射，飞机的俯冲，在等死的时候还想到几件未了的事……《秋》的写作便是其中的一件。"我写《秋》只是尽我的职责。人在生死关头绝不会想到什么"拼凑"和"虚构"。我从广州到桂林，再从桂林到金华转温州搭船回上海，历尽艰辛，绝不是为了给过去的作品加一点"累赘"。这些天我在校改《秋》，读到四十年前写下的这样的话："在这样短促的时间里一个顽固的糊涂人的任性可以造成这样大的悲剧。他对于把如此大的权力交付在一个人手里的那个制度感到了大的憎恶。"它们今天还使我的心燃烧。对封建制度我有无比的憎恨，我这三本小说都是揭露、控诉这个制度的罪恶的。我写它们，就好像对着面前的敌人开枪，我亲眼看见子弹飞出去，仿佛听见敌人的呻吟。

　　时间似乎在奔跑，四十年过去了，五十年过去了。出版社还要重印它们，我的书还不曾"消亡"。各式各样的诅咒都没有用。买卖婚姻似乎比我写《激流》时更加普遍，今天还有青年男女因为不能同所爱的人结婚而双双自杀。在某个省份居然有人为了早日"升天"，请人把他全家投在水里。披着极左思潮的外衣，就可以掌握许多人的命运，各种打扮的高老太爷千方百计不肯退出历史舞台。……

　　关于《激流》我有满肚子的话，因为写了这个三部曲，在"文化大革命"期间，我被当作"地主"，受过种种侮辱，有话不准说，今天我可以尽量倾吐自己的感情，但是也用不着多说了。在我的创作生活的最后四五年中我没有时间吞吞吐吐地说假话了，让我们的子孙来判断吧，我要讲的就是这样的一句：

　　我写《激流》并没有浪费自己的时间，也没有浪费读者的时间，它们并不是写了等于没有写的作品。

四

　　按照预订计划，我写《创作回忆录》到第十篇为止，现在这一篇就要结束，我又想起了一些事情，我决定再写一篇《关于〈寒夜〉》。我写文章从来就是这样：是人写文章，不是文章写人；是我在说话，不是别人说话。

　　这些日子我已经没有体力在噪音更大、人流滚滚的人行道上从容散步了。我进行思考或者回忆的时候喜欢在屋前院子里徘徊。许多过去的事情都渐渐地模糊了。唯有一些亲友的面貌还鲜明地印在我的脑子里。他们都想活下去，而且努力挣扎，但还是给逼着过早死去。我却活到今天。这是多么不公平！

我在中篇小说《利娜》(一九三四年)的开头引用过一位死在沙皇牢里的年轻女革命者的诗句："文字和语言又有什么用？"我在三十年代常常这样地伸诉自己的痛苦。今天我的旧作还在读者中间流传，并不是值得骄傲的事：面对着高老太爷的鬼魂，难道这些作品真像道士们的符咒？我多么希望我的小说同一切封建主义的流毒早日消亡！彻底消亡！

1980 年 12 月 14 日

我的幼年

窗外落着大雨，屋檐上的水槽早坏了，这些时候都不曾修理过，雨水就沿着窗户从缝隙浸入屋里，又从窗台流到了地板上。

我的书桌的一端正靠在窗台下面，一部分的雨水就滴在书桌上，把堆在那一角的书、信和稿件全打湿了。

我已经躺在床上，听见滴水的声音才慌忙地爬起来，扭燃电灯。啊，地板上积了那么一大摊水！我一个人吃力地把书桌移开，使它离窗台远一些。我又搬开了那些水湿的书籍，这时候我无意间发见了你的信。

你那整齐的字迹和信封上的香港邮票吸引了我的眼光，我拿起信封抽出了那四张西式信笺。我才记起四个月以前我在怎样的心情下面收到你的来信。我那时没有写什么话，就把你的信放在书堆里，以后也就忘记了它。直到今天，在这样的一个雨夜，你的信又突然在我的眼前出现了。朋友，你想，这时候我还能够把它放在一边，自己安静地躺回到床上闭着眼睛睡觉吗？

为了这书，我曾在黑暗中走了九英里的路，而且还经过三个冷僻荒凉的墓场。那是在去年九月二十三夜，我去香港，无意中见到这书，便把袋中仅有的钱拿来买了。这钱我原本打算留来坐 bus 回鸭巴甸的。

在你的信里我读到这样的话。它们在四个月以前曾经感动了我。就在今天我第二次读到它们，我还仿佛跟着你在黑暗中走路，走过那些荒凉的墓场。你得把我看做你的一个同伴，因为我是一个和你一样的人，而且我也有过和这类似的经验。这样的经验我确实有的太多了。从你的话里我看到了一个时期的我的面影。年光在我的面前倒流过去，你的话使我又落在一些回忆里面了。

你说，你希望能够更深切地了解我。你奇怪是什么东西把我养育大的？朋友，这并不是什么可惊奇的事，因为我一生过的是"极平凡的生活"。我说过，我生在一个古老的家庭里，有将近二十个的长辈，有三十个以上的兄弟姊妹，有四五十个男女仆人，但这样简单的话是不够的。我说过我从小就爱和仆人在一起，我是在仆人中间长大的。但这样简单的话也还是不够的。我写出了一部分的回忆，但我同时也埋葬了另一部分的回忆。我应该写出的还有许多、许多的事情。

是什么东西把我养育大的？我常常拿这个问题问我自己。当我这样问的时候，最先在我的脑子里浮动的就是一个"爱"字。父母的爱，骨肉的爱，人间的爱，家庭生活的温暖，我的确是一个被人爱着的孩子。在那时候一所公馆便是我的世界，我的天堂。我爱一切的生物，我讨好所有的人。我愿意揩干每张脸上的眼泪，我希望看见幸福的微笑挂在每个人的嘴边。

然而死在我的面前走过了。我的母亲闭着眼睛让人把她封在棺材里。从此我的生活里缺少了一样东西。父亲的房间突然变得空阔了。我常常在几间屋子里跑进跑出，唤着"妈"这个亲爱的字。我的声音白白地被寂寞吞食了，墙壁上母亲的照片也不看我一眼。死第一次在我的心上投下了阴影。我开始似懂非懂地了解恐怖和悲痛的意义了。

我渐渐地变成了一个爱思想的孩子。但是孩子的心究竟容易忘记，我不会整天垂泪。我依旧带笑带吵地过日子。孩子的心就像一只羽毛刚刚长成的小鸟，它要飞，飞，只想飞往广阔的天空去。

幼稚的眼睛常常看不清楚。小鸟怀着热烈的希望展翅向天空飞去，但是一下子就碰着铁丝网落了下来。这时我才知道，自己并不是在自由的天空下面，却被人关在一个铁丝笼里。家庭如今换上了一个面目，它就是阻碍我飞翔的囚笼。

然而孩子的心是不怕碰壁的。它不知道绝望，它不知道困难，一次做失败的事情，还要接二连三地重做。铁丝的坚硬并不能够毁灭小鸟的雄心。经过几次的碰壁以后，连安静的孩子也知道反抗了。

同时在狭小的马房里，我躺在那些病弱的轿夫的烟灯旁边，听他们叙述悲痛的经历；或者在寒冷的门房里，傍着黯淡的清油灯光，听衰老的仆人绝望地倾诉他们的胸怀。那些没有希望只是忍受苦刑般地生活着的人的故事，在我的心上投下了第二个阴影。而且我的眼睛还看得见周围的一切。一个抽大烟的仆人周贵偷了祖父的字画被赶出去做了乞丐，每逢过年过节，偷偷地跑来，躲在公馆门前石狮子旁边，等着机会央求一个从前的同事向旧主人讨一点赏钱，后来终于冻馁地死在街头。老仆人袁成在外面烟馆里被警察接连捉去两次，关了几天才放出来。另一个老仆人病死在门房里。我看见他的瘦得像一捆柴的身子躺在大门外石板上，盖着一张破席。一个老轿夫出去在斜对面一个亲戚的家里做看门人，因为别人硬说他偷东西，便在一个冬天的晚上用了一根裤带吊死在大门内。当这一切在我的眼前发生的时候，我含着眼泪，心里起了火一般的反抗的思想。我说我不要做一个少爷，我要做一个站在他们一边，帮助他们的人。

反抗的思想鼓舞着这只不知天高地厚的小鸟用力往上面飞,要冲破那个铁丝网。但铁丝网并不是软弱的翅膀所能够冲破的。碰壁的次数更多了。这其间我失掉了第二个爱我的人——父亲。

我悲痛我的不能补偿的损失。但是我的生活使我没有时间专为个人的损失悲哀了,因为这个富裕的大家庭在我的眼前变成了一个专制的王国。仇恨的倾轧和争斗掀开平静的表面爆发了。势力代替了公道。许多可爱的年轻的生命在虚伪的礼教的囚牢里挣扎、受苦、憔悴、呻吟以至于死亡。然而我站在旁边不能够帮助他们。同时在我的渴望发展的青年的灵魂上,陈旧的观念和长辈的威权像磐石一样沉重地压下来。"憎恨"的苗于是在我的心上发芽生叶了。接着"爱"来的就是这个"恨"字。

年轻的灵魂是不能相信上天和命运的。我开始觉得现在社会制度的不合理了。我常常狂妄地想:我们是不是能够改造它,把一切事情安排得更好一点。但是别人并不了解我。我只有在书本上去找寻朋友。

在这种环境中我的大哥渐渐地现出了疯狂的倾向。我的房间离大厅很近,在静夜,大厅里的任何微弱的声音我也可以听见。大厅里放着五六乘轿子,其中有一乘是大哥的。这些时候大哥常常一个人深夜跑到大厅上,坐到他的轿子里面去,用什么东西打碎轿帘上的玻璃。我因为读书睡得很晚,这类声音我不会错过。我一听见玻璃破碎声,我的心就因为痛苦和愤怒痛起来了。我不能够再把心关在书上,我绝望地拿起笔在纸上涂写一些愤怒的字眼,或者捏紧拳头在桌上搥。

后来我得到了一本小册子,就是克鲁泡特金的《告少年》(这是节译本)。我想不到世界上还有这样的书！这里面全是我想说而没法说得清楚的话。它们是多么明显，多么合理，多么雄辩。而且那种带煽动性的笔调简直要把一个十五岁的孩子的心烧成灰了。我把这本小册子放在床头，每夜都拿出来，读了流泪，流过泪又笑。那本书后面附印着一些警句，里面有这样的一句话："天下第一乐事，无过于雪夜闭门读禁书。"我觉得这是千真万确的。从这时起，我才开始明白什么是正义。这正义把我的爱和恨调和起来。

但是不久，我就不能以"闭门读禁书"为满足了。我需要活动来发散我的热情；需要事实来证实我的理想。我想做点事情，可是我又不知道应该怎样地开头去做。没有人引导我。我反复地翻阅那本小册子，译者的名字是真民，书上又没有出版者的地址。不过给我这本小册子的人告诉我可以写信到上海新青年社去打听。我把新青年社的地址抄了下来，晚上我郑重地摊开信纸，怀着一颗战栗的心和求助的心情，给《新青年》的编者写信。这是我一生写的第一封信，我把我的全心灵都放在这里面，我像一个谦卑的孩子，我恳求他给我指一条路，我等着他来吩咐我怎样献出我个人的一切。

信发出了。我每天不能忍耐地等待着，我等着机会来牺牲自己，来消耗我的活力。但是回信始终没有来。我并不抱怨别人，我想或者是我还不配做这种事情。然而我的心并不曾死掉，我看见上海报纸上载有赠送《夜未央》的广告，便寄了邮票去。在我的记忆还不曾淡去时，书来了，是一个剧本。我形容不出这本书给我的激动。它给我打开了一个新的眼界。我第一次在另一个国家的青年为人民争自由谋幸福的斗争里找到了我的梦景中的英雄，找到了我的终身的事业。

大概在两月以后，我读到一份本地出版的《半月》，在那上面我看见一篇《适社的旨趣和组织大纲》，这是转载的文章。那意见和那组织正是我朝夕所梦想的。我读完了它，我的心跳得很厉害。我无论如何不能够安静下去。两种冲突的思想在我的脑子里争斗了一些时候。到夜深，我听见大哥的脚步声在大厅上响了，我不能自主地取出信纸摊在桌上，一面听着玻璃打碎的声音，一面写着愿意加入"适社"的信给那个《半月》的编辑，要求他作我的介绍人。

这信是第二天发出的，第三天回信就来了。一个姓章的编辑亲自送了回信来，他约我在一个指定的时间到他的家里去谈话。我毫不迟疑地去了。在那里我会见了三四个青年，他们谈话的态度和我家里的人完全不同。他们充满了热情、信仰和牺牲的决心。我把我的胸怀，我的痛苦，我的渴望完全吐露给他们。作为回答，他们给我友情，给我信任，给我勇气。他们把我当作一个知己朋友。从他们的谈话里我知道"适社"是重庆的团体，但是他们也想在这里成立一个类似的组织。他们答应将来让我加入他们的组织，和他们一起工作。我告辞的时候，他们送给我几本"适社"出版的宣传册子，并且写了信介绍我给那边的负责人通信。

事情在今天也许不会是这么简单，这个时候人对人也许不会这么轻易地相信，然而在当时一切都是非常自然。这个小小的客厅简直成了我的天堂。在那里的两小时的谈话照彻了我的灵魂。我好像一只被风暴打破的船找到了停泊的港口。我的心情昂扬，我带着幸福的微笑回到家里。就在这天的夜里，我怀着佛教徒朝山进香时的虔诚，给"适社"的负责人写了信。

我的生活方式渐渐地改变了，我和那几个青年结了亲密的友谊。我做了那个半月刊的同人，后来也做了编辑。此外我们还组织了一个团体：均社。我自称为"安那其主义者"，就是从那时候开始的。团体成立以后就来了工作。办刊物、通讯、散传单、印书，都是我们所能够做的事情。我们有时候也开秘密会议，时间是夜里，地点总是在僻静的街道，参加会议的人并不多，但大家都是怀着严肃而紧张的心情赴会的。每次我一个人或者和一个朋友故意东弯西拐，在黑暗中走了许多路，听厌了单调的狗叫和树叶飘动声，以后走到作为会议地点的朋友的家，看见那些紧张的亲切的面孔，我们相对微微地一笑，那时候我的心真要从口腔里跳了出来。我感动得几乎不觉到自己的存在了。友情和信仰在这个阴暗的房间里开放了花朵。

　　但这样的会议是不常举行的，一个月也不过召集两三次，会议之后是工作。我们先后办了几种刊物，印了几本小册子。我们抄写了许多地址，亲手把刊物或小册子一一地包卷起来，然后几个人捧着它们到邮局去寄发。五一节来到的时候，我们印了一种传单，派定几个人到各处去散发。那一天天气很好，我挟了一大卷传单，在离我们公馆很远的一带街巷里走来走去，直到把它们散发光了，又在街上闲步一回，知道自己没有被人跟着，才放心地到约定集合的地方去。每个人愉快地叙述各自的经验。这一天我们就像在过节。又有一次我们为了一件事情印了传单攻击当时统治省城的某军阀。这传单应该贴在几条大街的墙壁上。我分得一大卷传单回到家里。晚上我悄悄地叫一个小听差跟我一起到十字街口去。他拿着一碗浆糊。我挟了一卷传单，我们看见墙上有空白的地方就把传单贴上去。没有人干涉我们。有几次我们贴完传单走开了，回头看时，一两个黑影子站在那里读我们刚才贴上去的东西。我相信在夜里他们要一字一字地读完它，并不是容易的事情。

　　《半月》是一种公开的刊物，社员比较多而复杂。但主持的仍是我们几个人。白天我们中间有的人要上学,有的人要做事,夜晚我们才有空聚在一起。每天晚上我总要走过几条黑暗的街巷到"半月社"去,那是在一个商场的楼上。我们四五个人到了那里就忙着卸下铺板,打扫房间,回答一些读者的信件,办理种种的杂事,等候那些来借阅书报的人,因为我们预备了一批新书报免费借给读者。我们期待着忙碌的生活,宁愿忙得透不过气来。共同的牺牲的渴望把我们大家如此坚牢地系在一起。那时候我们只等着一个机会来交出我们个人的一切,而且相信在这样的牺牲之后,理想的新世界就会跟着明天的太阳一同升起来。这样的幻梦固然带着孩子气,但这是多么美丽的幻梦啊!

　　我就是这样地开始了我的社会生活的。从那时起,我就把我的幼年深深地埋葬了。……

　　窗外刮起大风,关着的窗门突然大开了。雨点跟着飘了进来。我面前的信笺上也溅了水。写好的信笺被风吹起,散落在四处。我不能够继续写下去了,虽然我还有许多话没有向你吐露。我想,我不久还有机会给你写信,叙述那些未说到的事情。我不知道我上面的话能不能够帮助你更了解我。但是我应该感谢你,因为你的信给我唤起了这许多可宝贵的回忆。那么就让这风把我的祝福带给你罢。现在我也该躺一会儿了。

1936年8月深夜

在中国现代文学馆开馆仪式上讲话(1985)

与夏衍、冰心在一起

我的老家

日本作家水上勉先生去年九月访问成都后，经上海回国。我在上海寓中接待他，他告诉我他到过我的老家，只看见一株枯树和空荡荡的庭院。他不知道那是什么树。他轻轻地抚摩着粗糙的树皮，想象过去发生过的事情。

水上先生是我的老友，正如他所说，是文学艺术的力量把我们联结在一起的。一九六三年我在东京到他府上拜望，我们愉快地谈了南宗六祖慧能的故事。一九七八年我到北京开会，听说他和井上靖先生在京访问，便去北京饭店探望他们。畅谈了别后的情况。一九八〇年我四访东京，在一个晴朗的春天早晨，我和他在新大谷饭店日本风味的小小庭院里对谈我的艺术观和文学生活，谈了整整一个上午。那一盒录像带已经在我的书橱里睡了四年，它常常使我想起一位日本作家的友情。

水上先生回国后不多久，日中文化交流协会给我寄来他那篇《寻访巴金故居》。读了他的文章，我仿佛回到了离开二十几年的故乡。他的眼睛替我看见了我所想知道的一切，也包括宽广的大街，整齐的高楼……

还有那株"没有一片叶"的枯树。在我的记忆里枯树是不存在的。过去门房或马房的小天井里并没有树，树可能是我走后人们才种上的，我离家整整六十年了。几个月前我的兄弟出差到成都，抽空去看过"老家"，见到了两株大银杏树。他似乎认出了旧日的马房，但是不记得有那么两株银杏。我第二次住院前有人给我女儿送来一本新出版的浙江《富春江画报》，上面选刊了一些四川画家的油画，其中一幅是贺德华同志的《巴金故居》，出现在画面上的正是一株树叶黄落的老树。它不像是水上先生看见的"大腿粗细的枯树"，也可能是我兄弟看见的两棵银杏中间的一株。脑子里一点印象也没有，我无法判断。但是我多么想摸一下生长那样大树的泥土！我多么想抚摩水上先生抚摩过的粗糙、皴裂的树干……

在医院中听说同水上先生一起访华的佐藤纯子女士又到了上海，我想起那本画报，就让家里的人找出来，请佐藤女士带给水上先生。后来还是从佐藤女士那里收到了水上先生第二篇《寻访故居》文章的剪报。

我跟着水上先生的脚迹回到成都的老家，却看不到熟悉的地方和景物。我想起来了，一九八〇年四月我在京都会见参加旅游团刚从成都回国的池田政雄先生，他给了我一叠他在我的老家拍的照片，这些照片后来在日本的《野草》杂志上发表了。在照片上我看到了一口井，那是真实的东西，而且是池田先生拍摄下来的惟一的真实的"旧址"。我记得它，因为我在小说《秋》里写淑贞跳井时就是跳进这一口井。一九五八年我写了关于《秋》的《创作谈》，我这样说："只有井是真实的东西。它今天还在原来的地方。前年十二月我到那里去过一趟。我跟那口井分别了三十三年，它还是那个老样子。井边有一棵松树，树上有一根短而粗的枯枝，原是我们家伙夫挑水时，挂带钩扁担的地方。松树像一位忠实的老朋友，今天仍然陪伴着这口老井。"但是在池田先生的照片上只有光秃秃的一口井，松树也不知在什么时候给砍掉了。水上先生没有看到井，不知是人们忘了引他去看，还是井也已经填掉。过去的反正早已过去，旧的时代和它的遗物，就让它们全埋葬在遗忘里吧！

然而我还是要谈谈我的老家。

一九二三年五月我离开老家时,那里没有什么改变:门前台阶下一对大石缸,门口一条包铁皮的木门槛,两头各有一只石狮子,屋檐下一对红纸大灯笼,门墙上一副红底黑字的木对联"国恩家庆,人寿年丰"。我把这一切都写在小说《家》里面。《激流三部曲》中的高公馆就是照我的老家描绘的,连大门上两位"手执大刀,顶天立地的彩色门神"也是我们家原有的。大约在一九二四年我在南京的时候,成都城里修马路,我们家的大门应当朝里退进去若干,门面翻修的结果,石缸、石狮子、木对联等等都没有了。关于新的门面我只看到一张不太清楚的照片,听说大门两旁还有商店,照片上却看不出来。

一九三一年我开始写《激流》,当初并没有大的计划。我想一点写一点,不知不觉地把高公馆写成我们家那个样子,而且是我看惯了的大门翻修以前的我们的家。从大门进去,走出门洞,下了天井;进二门,再过天井,上大厅,弯进拐门;又过内天井,上堂屋,进上房;顺着左边厢房走进道道,经过觉新的房门口,转进里面,一边是花园,一边是仆婢室和厨房,然后是克明的住房,顺着三房住房的窗下,走进一道小门,便是桂堂。竹林就在桂堂后面。这一切全是如实的描写。在小说里只有花园是出于我的编造和想象。我当时用我们那个老公馆做背景,并非有意替它宣传,只是因为自己没有精密计划,要是脑子里不留个模型,说不定写到后面就忘记前面;搞得前后矛盾,读者也莫名其妙。关于我们老家的花园,只有觉新窗外那一段"外门"的景物是真实的,从觉新写字台前望窗外就看得见那口井和井旁的松树。我们的花园并不大,其余的大部分,也就是从"内门"进去的那一部分,我也写在另一部小说《憩园》里了。所以我对最近访问过成都的日本朋友樋口进先生说："您不用在成都寻访我的故居，您把《激流》里的住房同《憩园》里的花园拼在一起，那就是我的老家。"

我离家以后过了十八年，第一次回到成都。一个傍晚，我走到那条熟悉的街，去找寻我幼年时期的脚迹。旧时的伴侣不知道全消失在什么地方。巍峨的门墙无情地立在我的面前。守门的卫兵用怀疑的眼光打量我。大门开了，白色照壁上现出一个圆形图案，图案中嵌着四个绛色篆文大字"长宜子孙"。这照壁还是十八年前的东西，我无法再看到别的什么了。据说这里是当时的保安处长刘兆藜的住宅，门墙上有两个大字"藜阁"。我几次走过"藜阁"门前，想起从前的事情，后来写了一篇散文《爱尔克的灯光》。那是一九四一年年初的事。

一九四二年我回成都治牙，住了三个月光景，不曾到过正通顺街。我想，以后不会再到那里去了。

解放后一九五六年十二月我第三次回成都，听说我的老家正空着没有人住，有一天和李宗林同志闲谈起来，他当时还挂名成都市市长，他问我："你要不要去看看？"我说："看看也好。"过了一天他就坐车到招待所来约我同去正通顺街，我的一个侄女正在我那里聊天，也就一起去了。

还是"藜阁"那样的门面，大门内有彩色玻璃门，"长宜子孙"的照壁不见了。整个花园没有了。二门还在，大厅还在，中门还在，堂屋还在，上房还在，我大哥的住房还在，后面桂堂还在，还有两株桂树和一棵香椿，桂堂后面的竹林仿佛还是我离家时那个样子。然后我又从小门转出来，经过三姐住房的窗下，走出过道，顺着大哥房外的台阶，走到一间装玻璃窗的小屋子。在《激流》

与张光年、王蒙在中国作家协会四届二次会议上(1985)

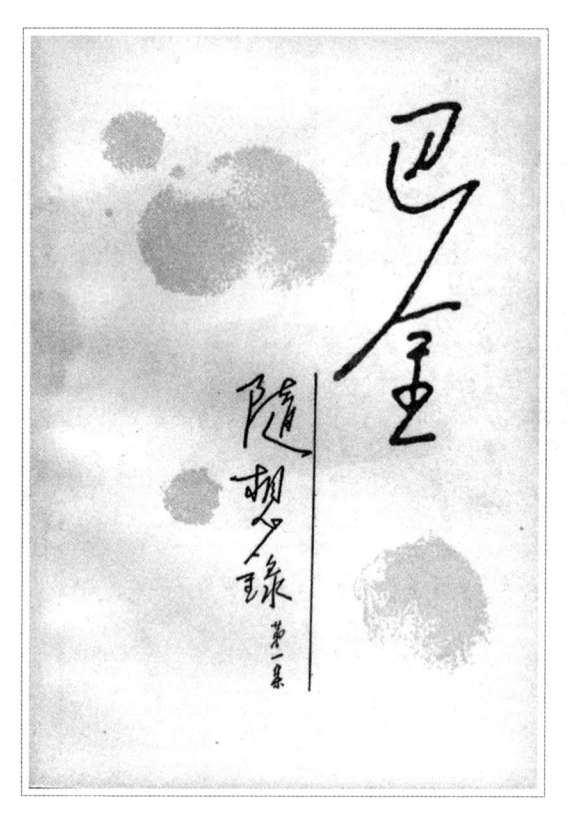

《随想录·第一集》书影

中玻璃小屋是不存在的。在我们老家本来没有这样的小屋。我还记得为了大哥结婚，我父亲把我们叫做"签押房"的左边厢房改装成三个房间，其中连接的两间门开在通入里院的过道上，给大哥住；还有一间离拐门很近，房门开向内天井，给三哥和我两个住。到了我离家的前两三年，大哥有了儿女，房子不够住，我们家又把中门内台阶上左右两块空地改装成两间有上下方格子玻璃窗的小屋，让我和三哥搬到左边的那间去，右边的一间就让它空着。小屋虽小，冬天还是相当冷，因为向内天井的一面是玻璃窗，对面就是中门的边门，窗有窗缝，门有门缝，还有一面紧靠花园。中门是面对堂屋的一道门，除中间一道正门外，还有左右两道边门。关于中门，小说《家》描写高老太爷做寿的场面中有这样的话："中门内正对着堂屋的那块地方，以门槛为界，布置了一个精致的戏台……门槛外大厅上用蓝布帷围出了一块地方，作演员们的化装间。"以后的玻璃小屋就在这"戏台"的左右两边。

　　我仿佛做了一场大梦。我居然回到了我十几岁时住过的小屋，我还记得深夜我在这里听见大厅上大哥摸索进轿子打碎玻璃，我绝望地拿起笔写一些愤怒的字句，捏紧拳头在桌上擦来擦去，我发誓要向封建制度报仇。好像大哥还在这里向我哭诉什么；好像祖父咳嗽着从右上房穿过堂屋走出来；好像我一位婶娘牵着孩子的手不停地咒骂着走进了上房；好像从什么地方又传来太太的打骂和丫头的哭叫。……好像我花了十年时间写成的三本小说在我的眼前活了起来。

　　李宗林同志让同来的人给我拍摄了一些照片：我站在玻璃小屋的窗前；我从堂屋出来；我在祖父房间的窗下……等等，等等。我同他们谈话，我穿过那些空荡荡的房间，我走过一个一个的天井，我仿佛还听见旧时代的声音,还看见旧时代的影子。天色暗淡起来,我没有在门房里停留,也不曾找到我少年时期常去的马房,我匆匆地离开了这个把梦和真、过去和现实混淆在一起的老家,我想,以后我还会再来。说实话,对这个地方我不能没有留恋,对我来说,它是多么大的一座记忆的坟墓!我要好好地挖开它!

然而太迟了。一九六〇年我第四次回成都,再去正通顺街,连"藜阁"也找不到了。这一次我住的时间长一些,早晨经常散步到那条街,在一个部队文工团的宿舍门前徘徊,据说这就是在我老家的废墟上建造起来的。找不到旧日的脚迹我并不伤感。枯树必须连根挖掉。可是我对封建制度的控诉,我对封建主义流毒的揭露,决不会跟着旧时代的被埋葬以及老家的被拆毁而消亡。

[1948 年] 2 月 6 日

把心交给读者

前两天黄裳来访，问起我的《随想录》，他似乎担心我会中途搁笔。我把写好的两节给他看；我还说："我要继续写下去。我把它当做我的遗嘱写。"他听到"遗嘱"二字，觉得不大吉利，以为我有什么悲观思想或者什么古怪的打算，连忙带笑安慰我说："不会的，不会的。"看得出他有点感伤，我便向他解释：我还要争取写到八十，争取写出不是一本，而是几本《随想录》。我要把我的真实的思想，还有我心里的话，遗留给我的读者。我写了五十多年，我的确写过不少不好的书，但也写了一些值得一读或半读的作品吧，它们能够存在下去，应当感谢读者们的宽容。我回顾五十年来所走过的路，今天我对读者仍然充满感激之情。

可以说，我和读者已经有了五十多年的交情。倘使关于我的写作或者文学方面的事情，我有什么最后的话要讲，那就是对读者讲的。早讲迟讲都是一样，那么还是早讲吧。

我的第一篇小说(中篇或长篇小说《灭亡》)发表在一九二九年出版的《小说月报》上，从一月号起共连载四期。小说的单行本在这年年底出版。我什么时候开始接到读者来信？我现在答不出来。我记得一九三一年我写过短篇小说《光明》，描写一个青年作家经常接到读者来信，因无法解答读者的问题而感到苦恼。小说里有这样一段话：

桌上那一堆信函默默地躺在那里，它们苦恼地望着他，每一封信都有一段悲痛的故事要告诉他。

这难道不就是我自己的苦恼？那个年轻的小说家不就是我？

一九三五年八月我从日本回来，在上海为文化生活出版社编辑了几种丛书，这以后读者的来信又多起来了。这两三年中间我几乎对每一封信都做了答复。有几位读者一直同我保持联系，成为我的老友。我的爱人也是我的一位早期的读者。她读了我的小说对我发生了兴趣，我同她见面多了对她有了感情。我们认识好几年才结婚，一生不曾争吵过一次。我在一九三六、三七年中间写过不少答复读者的公开信，有一封信就是写给她的。这些信后来给编成了一本叫做《短简》的小书。

那个时候，我光身一个，生活简单，身体好，时间多，写得不少，也有足够的时间和精力回答读者寄来的每一封信。后来，特别是解放以后，我的事情多起来，而且经常外出，只好委托萧珊代为处理读者的来信和来稿。我虽然深感抱歉，但也无可奈何。

我说抱歉，也并非假意。我想起一件事情。那是在一九四〇年年尾，我从重庆到江安，在曹禺家住了一个星期左右。曹禺在戏剧专科学校教书。江安是一个安静的小城，外面有什么人来，住在哪里，一下子大家都知道了。我刚刚住了两天，就接到中学校一部分学生送来的信，请我去讲话。我写了一封回信寄去，说我不善于讲话，而且也不知道讲什么好，因此我不到学校去了。不过我感谢他们对我的信任，我曾经常想到他们，青年是中国的希望，他们的期望就是对我的鞭策。我说，像我这样一个小说家算得了什么，如果我的作品不能给他们带来温暖，不能支持他们前进。我说，我没有资格做他们的老师，我却很愿意做他们的朋友，在他们面前我实在没有什么可以骄傲的地方。当他们在旧社会的荆棘丛中，泥泞路上步履艰难的时候，倘使我的作品能够做一根拐杖或一根竹竿给他们用来加一点力，那我就很满意了。信的原文我记不准确了，但大意是不会错的。

信送了出去，听说学生们把信张贴了出来。不到两三天，省里的督学下来视察，在那个学校里看到我的信，他说："什么'青年是中国的希望'！什么'你们的期望就是对我的鞭策'！什么'在你们面前我没有可以骄傲的地方'！这是瞎捧，是诱惑青年，把它给我撕掉！"信给撕掉了，不过也就到此为止，很可能他回到省城还打过小报告，但是并没有制造出大冤案。因此我活了下来，多写了二十多年的文章，当然已经扣除了徐某某禁止我写作的十年。[①]

话又说回来，我在信里表达的是我的真实的感情。我的确是把读者的期望当做对我的鞭策。如果不是想对我生活在其中的社会贡献一点力量，如果不是想对和我同时代的人表示一点友好的感情，如果不是想尽我作为一个中国人所应尽的一份责任，我为什么要写作？但愿望是一回事，认识又是一回事；实践是一回事，效果又是一回事。绝不能由我自己一个人说了算。离开了读者，我能够做什么呢？我怎么知道我做对了或者做错了呢？我的作品是不是和读者的期望符合呢？是不是对我们社会的进步有贡献呢？只有读者才有发言权。我自己也必须尊重他们的意见。倘使我的作品对读者起了毒害的作用，读者就会把它们扔进垃圾箱，我自己也只好停止写作。所以我想说，没有读者，就不会有我的今天。我也想说，读者

[①] 徐某某可能表示"抗议"说："我上面还有'长官'，我按照他们的指示办事。我也只是讲讲话，骂骂人。执行的是别人，是我下面的人。他们按照我的心思办事。"总之，这伙人中间的任何一个都是四十年代的督学所望尘莫及的。

的信就是我的养料。当然我指的不是个别的读者，是读者的大多数。而且我也不是说我听从读者的每一句话，回答每一封信。我只是想说，我常常根据读者的来信检查自己写作的效果，检查自己作品的作用。我常常这样地检查，也常常这样地责备自己，我过去的写作生活常常是充满痛苦的。

解放前，尤其是抗战以前，读者来信谈的总是国家、民族的前途和个人的苦闷以及为这个前途献身的愿望或决心。没有能给他们具体的回答，我常常感到痛苦。我只能这样地鼓励他们：旧的要灭亡，新的要壮大；旧社会要完蛋，新社会要到来；光明要把黑暗驱逐干净。在回信里我并没有给他们指出明确的路。但是和我的某些小说不同，在信里我至少指出了方向，并不含糊的方向。对读者我是不会使用花言巧语的。我写给江安中学学生的那封信常常在我的回忆中出现。我至今还想起我在三十年代中会见的那些年轻读者的面貌，那么善良的表情，那么激动的声音，那么恳切的言辞！我在三十年代和四十年代初期见过不少这样的读者，我同他们交谈起来，就好像看到了他们的火热的心。一九三八年二月我在小说《春》的序言里说："我常常想念那无数纯洁的年轻的心灵，以后我也不能把他们忘记……"我当时是流着眼泪写这句话的。序言里接下去的一句是"我不配做他们的朋友"，这说明我多么愿意做他们的朋友啊！我后来在江安给中学生写回信时，在我心中激荡的也是这种感情。我是把心交给了读者的。

在三十年代和四十年代中很少有人写信问我什么是写作的秘诀。从五十年代起提出这个问题的读者就多起来了。我答不出来，因为我不知道。但现在我可以回答了：把心交给读者。我最初拿起笔，是这样的想法，今天在五十二年之后我还是这样想。我不是为了做作家才拿起笔写小说的。

我一九二七年春天开始在巴黎写小说,我住在拉丁区,我的住处离先贤祠(国葬院)不远,先贤祠旁边那一段路非常清静。我经常走过先贤祠门前,那里有两座铜像:卢骚和伏尔泰。在这两个法国启蒙时期的思想家,这两个伟大的作家中,我对"梦想消灭不平等和压迫"的"日内瓦公民"的印象较深,我走过像前常常对着铜像申诉我这个异乡人的寂寞和痛苦;对伏尔泰我所知较少,但是他为卡拉斯老人的冤案、为西尔文的冤案、为拉·巴尔的冤案、为拉里—托伦达尔的冤案奋斗,终于平反了冤狱,使惨死者恢复名誉,幸存者免于刑戮,像这样维护真理、维护正义的行为我是知道的,我是钦佩的。还有两位伟大的作家葬在先贤祠内,他们是雨果和左拉。左拉为德莱斐斯上尉的冤案斗争,冒着生命危险替受害人辩护,终于推倒诬陷不实的判决,让人间地狱中的含冤者重见光明。

这是我当年从法国作家那里受到的教育。虽然我"学而不用",但是今天回想起来,我还不能不感激老师,在"四害"横行的时候,我没有出卖灵魂,还是靠着我过去受到的教育,这教育来自生活,来自朋友,来自书本,也来自老师,还有来自读者。至于法国作家给我的"教育"是不是"干预生活"呢?"作家干预生活"曾经被批判为右派言论,有少数人因此二十年抬不起头。我不曾提倡过"作家干预生活",因为那一阵子我还没有时间考虑。但是我给关进"牛棚"以后,看见有些熟人在大字报上揭露"巴金的反革命真面目",我朝夕盼望有一两位作家出来"干预生活",替我雪冤。我在梦里好像见到了伏尔泰和左拉,但梦醒以后更加感到空虚,明知伏尔泰和左拉要是生活在一九六七年的上海,他们也只好在"牛棚"里摇头叹气。这样说,原来我也是主张"干预生活"的。

左拉死后改葬在先贤祠,我看主要原因还是在于他对平反德莱斐斯冤狱的贡献,人们说他"挽救了法兰西的荣誉"。至今不见有人把他从先贤祠里搬出来。那么法国读者也是赞成作家"干预生活"的了。

最后我还得在这里说明一件事情,否则我就成了"两面派"了。

这一年多来,特别是近四五个月来,读者的来信越来越多,好像从各条渠道流进一个蓄水池,在我手边汇总。对这么一大堆信,我看也来不及看。我要搞翻译,要写文章,要写长篇,又要整理旧作,还要为一些人办一些事情,还有社会活动,还有外事工作,还要读书看报。总之,杂事多,工作不少。我是"单干户",无法找人帮忙,反正只有几年时间,对付过去就行了。何况记忆力衰退,读者来信看后一放就忘,有时找起来就很困难。因此对来信能回答的不多。并非我对读者的态度有所改变,只是人衰老,心有余而力不足。倘使健康情况能有好转,我也愿意多为读者做些事情。但是目前我只有向读者们表示歉意。不过有一点读者们可以相信,你们永远在我的想念中。我无时无刻不祝愿我的广大读者有着更加美好、更加广阔的前途,我要为这个前途献出我最后的力量。

可能以后还会有读者来信问起写作的秘诀,以为我藏有万能钥匙。其实我已经在前面交了底。倘使真有所谓秘诀的话,那也只是这样的一句:把心交给读者。

[1979年] 2月3日

作　家

　　前两天我意外地遇见一位江苏的青年作家。她插队到农村住了九年，后来考上了大学，家里要她学理工，她说："我有九年的生活我要把它们写出来；我有许多话要说，我不能全吃在肚子里。"我找到她的两个短篇，读了一遍，写得不错。她刚刚参加了江苏省的青年创作会议。她说，"尽是老一套的话，我们受不了。我说：吃得好，住得好，开这个会不讲真话怎么行！"她和别的几个青年作家站出来，放了炮。

　　我在这里引用的并不是她的原话，但大意不会错。我和她谈得不多，可是她给我留下深的印象。她充满自信，而且很有勇气。她不是为写作而写作，她瞧不起"文学商人"，那些看"行情"、看"风向"的"作家"。她脑子里并没有资历、地位、名望等等东西，我在她的眼里也不过是一个小老头子。这是新的一代作家，他们昂着头走上文学的道路，要坐上自己应有的席位。他们坦率、朴素、真诚，毫无等级的观念，也不懂得"唯唯诺诺"。他们并不要求谁来培养，现实生活培养了他们。可能有人觉得他们"不懂礼貌"，看他们来势汹汹，仿佛逼着我们让路。然而说句实话，我喜欢他们，由他们来接班我放心。"接班"二字用在这里并不恰当，决不是我们带着他们、扶他们缓步前进；应当是他们推开我们，把我们甩在后面。

　　我决不悲观。古往今来文学艺术的发展就是这样地进行的。我也许不够了解这些新人，但是我欣赏他们。到该让位的时候，我决不"恋栈"。不过士兵常常死在战场，我为什么不可以拿着笔死去？作家是靠作品而存在的，没有作品就没有作家。作家和艺术家活在自己的作品中，活在自己的艺术实践中，而不是活在长官的嘴上。李白、杜甫并不是靠什么级别或者什么封号而活在人民心中的。

这些天大家都在谈论赵丹的"遗言"。赵丹同志患病垂危的时候，在病床上回顾了三十年来的文艺工作，提出了一些疑问，发表了一些意见。他的确掏出了自己的心。这些疑问和意见是值得认真讨论的。希望今后再没有人说"对我已经没什么可怕的了"这一类的话。

不过，对这一点我倒很乐观，因为新的一代作家不像我们，他们是不懂得害怕的，他们是在血和火中间锻炼出来的。

我常说：作家不是温室里的花朵，也不是翰林院中的学士。作家应当靠自己的作品生活，应当靠自己的辛勤劳动生活。

作家是战士，是教员，是工程师，也是探路的人。他们并不是官，但也决不比官低一等。

这是我个人的看法。我就是这样地看待新人的，我热诚地欢迎他们。

[1980 年] 10 月 17 日

怀念鲁迅先生

四十五年了,一个声音始终留在我的耳边:"忘记我。"声音那样温和,那样恳切,那样熟悉,但它常常又是那样严厉。我不知对自己说了多少次:"我决不忘记先生。"可是四十五年中间我究竟记住一些什么事情?!

四十五年前一个秋天的夜晚和一个秋天的清晨,在万国殡仪馆的灵堂里我静静地站在先生灵柩前,透过半截玻璃棺盖,望着先生的慈祥的面颜、紧闭的双眼、浓黑的唇髭,先生好像在安睡。四周都是用鲜花扎的花圈和花篮,没有一点干扰,先生睡在香花丛中。两次我都注视了四五分钟,我的眼睛模糊了,我仿佛看见先生在微笑。我想,要是先生睁开眼睛坐起来又怎么样呢?我多么希望先生活起来啊!

四十五年前的事情仿佛就发生在昨天。不管我忘记还是不忘记,我总觉得先生一直睁着眼睛在望我。

我还记得在乌云盖天的日子,在人兽不分的日子,有人把鲁迅先生奉为神明,有人把他的片语只字当成符咒;他的著作被人断章取义、用来打人,他的名字给新出现的"战友"、"知己"们作为装饰品。在香火烧得很旺、咒语念得很响的时候,我早已被打成"反动权威",做了先生的"死敌",连纪念先生的权利也给剥夺了。在作协分会的草地上有一座先生的塑像。我经常在园子里劳动,拔野草,通阴沟。一个窄小的"煤气间"充当我们的"牛棚",六七名作家挤在一起写"交代"。我有时写不出什么,就放下笔空想。我没有权利拜神，可是我会想到我所接触过的鲁迅先生。在那个秋天的下午我向他告了别。我同七八千群众伴送他到墓地。在暮色苍茫中我看见覆盖着"民族魂"旗子的棺木下沉到墓穴里。在"牛棚"的一个角落，我又看见了他，他并没有改变，还是那样一个和蔼可亲的小小老头子，一个没有派头、没有架子、没有官气的普通人。

我想的还是从前的事情，一些很小、很小的事情。

我当时不过是一个青年作家。我第一次编辑一套《文学丛刊》，见到先生向他约稿，他一口答应，过两天就叫人带来口信，让我把他正在写作的短篇集《故事新编》收进去。《丛刊》第一集编成，出版社刊登广告介绍内容，最后附带一句：全书在春节前出齐。先生很快地把稿子送来了，他对人说：他们要赶时间，我不能耽误他们（大意）。其实那只是草写广告的人的一句空话，连我也不曾注意到。这说明先生对任何工作都很认真负责。我不能不想到自己工作的草率和粗心，我下决心要向先生学习，才发现不论是看一份校样，包封一本书刊，校阅一部文稿，编印一本画册，事无大小，不管是自己的事或者别人的事，先生一律认真对待，真正做到一丝不苟。他印书送人，自己设计封面，自己包封投邮，每一个过程都有他的心血。我暗中向他学习，越学越是觉得难学。我通过几位朋友，更加了解先生的一些情况，了解越多我对先生的敬爱越深。我的思想、我的态度也在逐渐变化。我感觉到所谓潜移默化的力量了。

我开始写作的时候，拿起笔并不感到它有多么重，我写只是为了倾吐个人的爱憎。可是走上这个工作岗位，我才逐渐明白：用笔作战不是简单的事情。鲁迅先生给我树立了一个榜样。我仰慕高尔

为鲁迅抬棺(1936年10月22日,左一为巴金)

在鲁迅迁葬仪式上讲话(1956),右立者为宋庆龄、许广平

基的英雄"勇士丹柯",他掏出燃烧的心,给人们带路,我把这幅图画作为写作的最高境界,这也是从先生那里得到启发的。我勉励自己讲真话,卢骚是我的第一个老师,但是几十年中间用自己的燃烧的心给我照亮道路的还是鲁迅先生。我看得很清楚:在他,写作和生活是一致的,作家和人是一致的,人品和文品是分不开的。他写的全是讲真话的书。他一生探索真理,追求进步。他勇于解剖社会,更勇于解剖自己;他不怕承认错误,更不怕改正错误。他的每篇文章都经得住时间的考验,他的确是把心交给读者的。我第一次看见他,并不感觉到拘束,他的眼光,他的微笑都叫我放心。人们说他的笔像刀一样锋利,但是他对年轻人却怀着无限的好心。一位朋友在先生指导下编辑一份刊物,有一个时期遇到了困难,先生对他说:"看见你瘦下去,我很难过。"先生介绍青年作者的稿件,拿出自己的稿费印刷年轻作家的作品。先生长期生活在年轻人中间,同年轻人一起工作,一起战斗,分清是非,分清敌友。先生爱护青年,但是从不迁就青年。先生始终爱憎分明,接触到原则性的问题,他决不妥协。有些人同他接近,后来又离开了他;一些"朋友"或"学生",变成了他的仇敌。但是他始终不停脚步地向着真理前进。

"忘记我!"这个熟悉的声音又在我的耳边响起来,它有时温和有时严厉。我又想起四十五年前的那个夜晚和那个清晨,还有自己说了多少遍的表示决心的一句话。说是"决不忘记",事实上我早已忘得干干净净了。但在静寂的灵堂上对着先生的遗体表示的决心却是抹不掉的。我有时感觉到声音温和,仿佛自己受到了鼓励,我有时又感觉到声音严厉,那就是我借用先生的解剖刀来解剖自己的灵魂了。

二十五年前在上海迁葬先生的时候,我做过一个秋夜的梦,梦景至今十分鲜明。我看见先生的燃烧的心，我听见火热的语言：为了真理，敢爱，敢恨，敢说，敢做，敢追求。……但是当先生的言论被利用、形象被歪曲、纪念被垄断的时候，我有没有站出来讲过一句话？当姚文元挥舞棍子的时候，我给关在"牛棚"里除了唯唯诺诺之外，敢于做过什么事情？

十年浩劫中我给"造反派"当成"牛"，自己也以"牛"自居。在"牛棚"里写"检查"、写"交代"混日子已经成为习惯，心安理得。只有近两年来咬紧牙关解剖自己的时候，我才想起先生也曾将自己比做"牛"。但先生"吃的是草，挤出来的是奶和血"。这是多么优美的心灵，多么广大的胸怀！我呢，十年中间我不过是一条含着眼泪等人宰割的"牛"。但即使是任人宰割的牛吧，只要能挣断绳索，它也会突然跑起来的。

"忘记我！"经过四十五年的风风雨雨，我又回到了万国殡仪馆的灵堂。虽然胶州路上殡仪馆已经不存在，但玻璃棺盖下面慈祥的面颜还很鲜明地现在我的眼前，印在我的心上。正因为我又记起先生，我才有勇气活下去。正因为我过去忘记了先生，我才遭遇了那些年的种种的不幸。我会牢牢记住这个教训。

若干年来我听见人们在议论：假如鲁迅先生还活着……当然我们都希望先生活起来。每个人都希望先生成为他心目中的那样。但是先生始终是先生。

为了真理，敢爱，敢恨，敢说，敢做，敢追求……

如果先生活着，他决不会放下他的"金不换"。他是一位作家，一位人民所爱戴的伟大的作家。

[1981 年] 7 月底

怀念老舍同志

我在悼念中岛健藏先生的文章里提到一九七七年九月二日虹桥机场送别的事。那天上午离沪返国的，除了中岛夫妇外，还有井上靖先生和其他几位日本朋友。前一天晚上我拿到中岛、井上两位赠送的书，回到家里，十一点半上床，睡不着，翻了翻井上先生的集子《桃李记》，里面有一篇《壶》，讲到中日两位作家(老舍和广津和郎)的事情，我躺在床上读了一遍，眼前老是出现那两位熟人的面影，都是那么善良的人，尤其是老舍，他那极不公道的遭遇，他那极其悲惨的结局，我一个晚上都梦见他，他不停地说："告诉朋友们，我没有问题。"总之，我睡得不好。第二天一早我到了宾馆陪中岛先生和夫人去机场。在机场贵宾室里我拉着一位年轻译员找井上先生谈了几句，我告诉他读了他的《壶》。文章里转述了老舍先生讲过的"壶"的故事，① 我说这样的故事我也听人讲过，只是我听到的故事结尾不同。别人对我讲的"壶"是福建人沏茶用的小茶壶。乞丐并没有摔破它，他和富翁共同占有这只壶，每天一起用

---

① 下面抄上一段井上的原文——"老舍讲的故事，内容是这样的：很久以前，中国有一个富翁，他收藏有许多古董珍品。后来他在事业上失败了，于是把收藏的古董一件件变卖，最后富翁终于落魄成为讨饭的乞丐，然而即使成了乞丐，有一只壶，他是怎么也不肯割爱的，他带着这只壶到处流浪，当时，另外有一个富翁知道了这件事，他千方百计想要获得这只壶，富翁出了很高的价钱想把壶买到手，虽经几次交涉，乞丐却坚决不脱手，就这样过了好几年，乞丐已经老态龙钟，连走路都十分困难了。富翁便给乞丐房子住，给乞丐饭吃，暗中等着乞丐死去，没多久，乞丐衰老之极，病死了。富翁高兴极了，觉得盼望已久的这一天终于来临，可是谁知道，乞丐在咽气之前，把这只壶掷到院子里，摔得粉身碎骨。"（吴树文译）

它沏茶，一直到死。我说，老舍富于幽默感，所以他讲了另外一种结尾。我不知道老舍是怎样死的，但是我不相信他会抱着壶跳楼。他也不会把壶摔碎，他要把美好的珍品留在人间。

那天我们在贵宾室停留的时间很短，年轻的中国译员没有读过《壶》，不了解井上先生文章里讲些什么，无法传达我的心意。井上先生这样地回答我："我是说老舍先生抱着壶跳楼的。"意思可能是老舍无意摔破壶。可是原文的最后一句明明是"壶碎人亡"，壶还是给摔破了。

有人来通知客人上飞机，我们的交谈无法继续下去，但井上先生的激动表情给我留下深刻的印象，他告诉同行的佐藤女士："巴金先生读过《壶》了。"我当时并不理解为什么井上先生如此郑重地对佐藤女士讲话，把我读他的文章看做一件大事。然而后来我明白了，我读了水上勉先生的散文《蟋蟀罐》（一九六七年）和开高健先生的得奖小说《玉碎》（一九七九年）。日本朋友和日本作家似乎比我们更重视老舍同志的悲剧的死亡，他们似乎比我们更痛惜这个巨大的损失。在国内看到怀念老舍的文章还是近两年的事。井上先生的散文写于一九七〇年十二月，那个时候老舍同志的亡灵还作为反动权威受到批斗。为老舍同志雪冤平反的骨灰安放仪式一直拖到一九七八年六月才举行，而且骨灰盒里也没有骨灰。甚至在一九七七年上半年还不见谁出来公开替死者鸣冤叫屈。我最初听到老舍同志的噩耗是在一九六六年年底，那是造反派为了威胁我们讲出来的，当时他们含糊其辞，也只能算做"小道消息"吧。以后还听见两三次，都是通过"小道"传来的，内容互相冲突，传话人自己讲不清楚，而且也不敢负责。只有在虹桥机场送别的前一两天，在衡山宾馆里，从中岛健藏先生的口中，我才第一次正式听见老舍同志的死讯，他说是中日友协的一位负责人在坦率的交谈中讲出来的。但这一次也只是解决了"死"的问题，至于怎样死法和当时的情况中岛先生并不知道。我想我将来去北京开会，总可以问个明白。

听见中岛先生提到老舍同志名字的时候，我想起了一九六六年七月十日在人民大会堂同老舍见面的情景，那个上午北京市人民在人民大会堂举行支援越南人民抗美斗争的大会，我和老舍，还有中岛，都参加了大会的主席团，有些细节我已在散文《最后的时刻》中描写过了，例如老舍同志用敬爱的眼光望着周总理和陈老总，充满感情地谈起他们。那天我到达人民大会堂（不是四川厅就是湖南厅），老舍已经坐在那里同当时的北京市副市长王昆仑在谈话。看见老舍我感到意外，我到京出席亚非作家紧急会议一个多月，没有听见人提到老舍的名字，我猜想他可能出了什么事，很替他担心，现在坐在他的身旁，听他说："请告诉朋友们，我没有问题……"我真是万分高兴。过一会中岛先生也来了，看见老舍便亲切地握手，寒暄。中岛先生的眼睛突然发亮，那种意外的喜悦连在旁边的我也能体会到。我的确看到一种衷心愉快的表情。这是中岛先生最后一次看见老舍，也是我最后一次同老舍见面，我哪里想得到一个多月以后将在北京发生的惨剧！否则我一定拉着老舍谈一个整天，劝他避开，让他在精神上有所准备。但有什么办法使他不会受骗呢？我自己后来不也是老老实实地走进"牛棚"去吗？这一切中岛先生是比较清楚的。我在一九六六年六月同他接触，就知道他有所预感，他看见我健康地活着感到意外的高兴，他意外地看见老舍活得健康，更加高兴。他的确比许多人更关心我们。我当时就感觉到他在替我们担心，什么时候会大难临头。他比我们更清醒。

可惜我没有机会同日本朋友继续谈论老舍同志的事情。他们是热爱老舍的,他们尊重这位有才华、有良心的正直、善良的作家。在他们的心上、在他们的笔下他至今仍然活着。四个多月前我第二次在虹桥机场送别井上先生,我没有再提"壶碎"的问题。我上次说老舍同志一定会把壶留下,因为他热爱祖国、热爱人民,他虽然含恨死去,却留下许多美好的东西在人间,那就是他那些不朽的作品,我单单提两三个名字就够了:《月牙儿》、《骆驼祥子》和《茶馆》。在这一点上,井上先生同我大概是一致的。

今年上半年我又看了一次《茶馆》的演出,太好了!作者那样熟悉旧社会,那样熟悉旧北京人。这是真实的生活。短短两三个钟头里,我重温了五十年的旧梦。在戏快要闭幕的时候,那三个老头儿(王老板、常四爷和秦二爷)在一起最后一次话旧,含着眼泪打哈哈,"给自己预备下点纸钱","祭奠祭奠自己"。我一直流着泪水,好些年没有看到这样的好戏了。这难道仅仅是在为旧社会唱挽歌吗?我觉得有人拿着扫帚在清除我心灵中的垃圾。坦率地说,我们谁的心灵中没有封建的尘埃呢?

我出了剧场脑子里还印着常四爷的一句话:"我爱咱们的国呀,可是谁爱我呢?"完全没有想到,一个熟悉的声音在追逐我。我听见了老舍同志的声音,是他在发问。这是他的遗言。我怎样回答呢?我曾经对方殷同志讲过:"老舍死去,使我们活着的人惭愧……"这是我的真心话。我们不能保护一个老舍,怎样向后人交代呢?没有把老舍的死弄清楚,我们怎样向后人交代呢?一九七七年九月二日井上先生在机场上告诉同行的人我读过他的《壶》,他是在向我表示他的期望:对老舍的死不能无动于衷!但是两年过去了,我究竟做了什么事情呢?我不能不感到惭愧。重读井上靖先生的文章、水上勉先生的回忆、开高健先生的短篇小说,我也不能不责备自己。老舍是我三十年代结识的老友。他在临死前一个多月对我讲过:"请告诉朋友们,我没有问题……"我做过什么事情,写过什么文章来洗刷涂在这个光辉的(是的,真正是光辉的)名字上的浊水污泥呢?

看过《茶馆》半年了,我仍然忘不了那句台词:"我爱咱们的国呀,可是谁爱我呢?"老舍同志是伟大的爱国者。全国解放后,他从海外回来参加祖国社会主义建设事业,他是写作最勤奋的劳动模范,他是热烈歌颂新中国的最大的"歌德派",一九五七年他写出他最好的作品《茶馆》。他是用艺术为政治服务最有成绩的作家。他参加各项社会活动和外事活动,可以说是把整个生命和全部精力都贡献给了祖国。他没有一点私心,甚至在红卫兵上了街,危机四伏、杀气腾腾的时候,他还拿着事先准备好的发言稿,到北京市文联开会,想以市文联主席的身份发动大家积极参加文化大革命,但是就在那里他受到拳打脚踢,加上人身侮辱,自己成了文化大革命专政的对象。老舍夫人回忆说:"我永远忘不了我自己怎样在深夜用棉花蘸着清水一点一点地替自己的亲人洗清头上、身上的斑斑血迹,不明白是哪里出了问题,不明白为什么会闹成这个样子……"

我仿佛看见满头血污包着一块白绸子的老人一声不响地躺在那里。他有多少思想在翻腾,有多少话要倾吐,他不能就这样撒手而去,他还有多少美好的东西要留下来啊!但是过了一天他就躺在太平湖的西岸,身上盖了一床破席。没有能把自己心灵中的宝贝完全贡献出来,老舍同志带着多大的遗憾闭上眼睛,这是我们想象得到的。

"为什么会闹成这个样子?"去年六月三日在北京八宝山公墓礼堂参加老舍同志的骨灰安放仪式,我低头默哀的时候,想起了胡絜青同志的那句问话。为什么呢……？从主持骨灰安放仪式的人起一直到我，大家都知道，当然也能够回答。但是已经太迟了。老舍同志离开他所热爱的新社会已经十二年了。

一年又过去了。那天我离开八宝山公墓的时候，我忽然想起一位外籍华人、一位知名的女作家的谈话，她说："中国的知识分子是很了不起的，他们是忠诚的爱国者。西方的知识分子如果受到'四人帮'时代的那些待遇、那些迫害，他们早就跑光了。可是中国的知识分子，不管你给他们准备什么条件，他们能工作时就工作。"这位女士脚迹遍天下，见闻广，她不会信口开河。老舍同志是中国知识分子最好的典型，没有能挽救他，我的确感到惭愧，也替我们那一代人感到惭愧。但我们是不是从这位伟大作家的惨死中找到什么教训呢？他的骨灰虽然不知道给抛撒到了什么地方，可是他的著作流传全世界，通过他的口叫出来的中国知识分子的心声请大家侧耳倾听吧："我爱咱们的国呀，可是谁爱我呢？"

请多一点关心他们吧，请多一点爱他们吧。不要挨到太迟了的时候。

话又说回来，虽然到今天我还没有弄明白，老舍同志的结局是自杀还是被杀，是含恨投湖还是受迫害致死，但有一点是可以肯定的：人亡壶全，他把最美好的东西留下来了。最近我在北京出席第四次全国文代会，没有看见老舍同志我感到十分寂寞。有一位好心人对我说："不要纠缠在过去吧，要向前看，往前跑啊！"我感谢他的劝告，我也愿意听从他的劝告。但是我没有办法使自己赶快变成《未来世界》中的"三百型机器人"，那种机器人除了朝前走外，什么都看不见。很可惜，"四人帮"开动了他们的全部机器改造我十年，却始终不曾把我改造成机器人。过去的事我偏偏记得很牢。

老舍同志在世的时候,我每次到北京开会,总要去看他,谈了一会,他照例说:"我们出去吃个小馆吧。"他们夫妇便带我到东安市场里一家他们熟悉的饭馆,边吃边谈,愉快地过一两个钟头。我不相信鬼,我也不相信神,但是我却希望真有一个所谓"阴间",在那里我可以看到许多我所爱的人。倘使我有一天真的见到了老舍,他约我去吃小馆,向我问起一些情况,我怎么回答他呢?……我想起了他那句"遗言":"我爱咱们的国呀,可是谁爱我呢?"我会紧紧捏住他的手,对他说:"我们都爱你,没有人会忘记你,你要在中国人民中间永远地活下去!"

[1979 年] 12 月 15 日

怀念从文

一

今年五月十日从文离开人世，我得到他夫人张兆和的电报后想起许多事情，总觉得他还同我在一起，或者聊天，或者辩论，他那温和的笑容一直在我眼前，隔一天我才发出回电："病中惊悉从文逝世，十分悲痛。文艺界失去一位杰出的作家，我失去一位正直善良的朋友，他留下的精神财富不会消失。我们三十、四十年代相聚的情景还历历在目。小林因事赴京，她将代我在亡友灵前敬献花圈，表达我感激之情。我永远忘不了你们一家。请保重。"都是些极普通的话。没有一滴眼泪，悲痛却在我的心里，我也在埋葬自己的一部分。那些充满信心的欢聚的日子，那些奋笔和辩论的日子都不会回来了。这些年我们先后遭逢了不同的灾祸，在泥泞中挣扎，他改了行，在长时间的沉默中，取得卓越的成就，我东西奔跑，唯唯诺诺，羡慕枝头欢叫的喜鹊，只想早日走尽自我改造的道路，得到的却是十年一梦，床头多了一盒骨灰，现在大梦初醒，却仿佛用尽全身力气，不得不躺倒休息，白白地望着远方灯火，我仍然想奔赴光明，奔赴希望。我还想求助于一些朋友。从文也是其中的一位，我真想有机会同他畅谈。这个时候突然得到他逝世的噩耗，我才明白过去那一段生活已经和亡友一起远去了，我的唁电表达的就是一个老友的真实感情。

一连几天我翻看上海和北京的报纸，我很想知道一点从文最后的情况。可是日报上我找不到这个敬爱的名字。后来才读到新华社郭玲春同志简短的报道，提到女儿小林代我献的花篮，我认识郭玲春，却不理解她为什么这样吝惜自己的笔墨，难道不知道这位热爱人民的善良作家的最后牵动着全世界多少读者的心?! 可是连这短短的报道多数报刊也没有采用。小道消息开始在知识界中间流传。这个人究竟是好是病，是死是活，他不可能像轻烟散去，未必我得到噩耗是在梦中?! 一个来探病的朋友批评我："你错怪了郭玲春，她的报道没有受到重视，可能因为领导不曾表态，人们不知道用什么规格发表讣告，刊载消息。不然大陆以外的华文报纸刊出不少悼念文章，惋惜中国文坛巨大的损失，而我们的编辑怎么能安心酣睡，仿佛不曾发生任何事情?!"

我并不信服这样的论断，可是对我谈论规格学的熟人不止他一个，我必须寻找论据答复他们。这个时候小林回来了，她告诉我她从未参加过这样感动人的告别仪式，她说没有达官贵人，告别的只是些亲朋好友，厅子里播放死者生前喜爱的乐曲。老人躺在那里，十分平静，仿佛在沉睡，四周几篮鲜花，几盆绿树，每个人手中拿一朵月季，走到老人跟前，行了礼，将花放在他身边过去了。没有哭泣，没有呼唤，也没有噪音惊醒他，人们就这样平静地跟他告别，他就这样坦然地远去。小林说不出这是一种什么规格的告别仪式，她只感觉到庄严和真诚。我说正是这样，他走得没有牵挂、没有遗憾，从容地消失在鲜花和绿树丛中。

二

一百多天过去了。我一直在想从文的事情。

我和从文见面在一九三二年。那时我住在环龙路我舅父家中。南京《创作月刊》的主编汪曼铎来上海组稿，一天中午请我在一家俄国西菜社吃中饭，除了我还有一位客人，就是从青岛来的沈从文。我去法国之前读过他的小说，一九二八年下半年在巴黎我几次听见胡愈之称赞他的文章，他已经发表了不少的作品。我平日讲话不多，又不善于应酬，这次我们见面谈了些什么，我现在毫无印象，只记得谈得很融洽。他住在西藏路上的一品香旅社，我同他去那里坐了一会，他身边有一部短篇小说集的手稿，想找个出版的地方，也需要用它换点稿费。我陪他到闸北新中国书局，见到了我认识的那位出版家，稿子卖出去了，书局马上付了稿费，小说过四五个月印了出来，就是那本《虎雏》。他当天晚上去南京，我同他在书局门口分手时，他要我到青岛去玩，说是可以住在学校的宿舍里。我本来要去北平，就推迟了行期，九月初先去青岛，只是在动身前写封短信通知他。我在他那里过得很愉快，我随便，他也随便，好像我们有几十年的交往一样。他的妹妹在山东大学念书，有时也和我们一起出去走走看看。他对妹妹很友爱，很体贴，我早就听说，他是自学出身，因此很想在妹妹的教育上多下工夫，希望她熟悉他自己想知道却并不很了解的一些知识和事情。

在青岛他把他那间屋子让给我，我可以安静地写文章、写信，也可以毫无拘束地在樱花林中散步。他有空就来找我，我们有话就交谈，无话便沉默。他比我讲得多些，他听说我不喜欢在公开场合讲话，便告诉我他第一次在大学讲课，课堂里坐满了学生，他走上讲台，那么多年轻的眼睛望着他，他红着脸，一句话也讲不出来，只好在黑板上写了五个字"请等五分钟"。他就是这样开始教课的。他还告诉我在这之前他每个月要卖一部稿子养家，徐志摩常常给他帮忙,后来,他写多了,卖稿有困难,徐志摩便介绍他到大学教书,起初到上海中国公学,以后才到青岛大学。当时青大的校长是小说《玉君》的作者杨振声,后来他到北平工作,还是和从文在一起。

在青岛我住了一个星期。离开的时候他知道我要去北平,就给我写了两个人的地址,他说,到北平可以去看这两个朋友,不用介绍,只提他的名字,他们就会接待我。

在北平我认识的人不多。我也去看望了从文介绍的两个人,一位姓程,一位姓夏。一位在城里工作,业余搞点翻译;一位在燕京大学教书。一年后我再到北平,还去燕大夏云的宿舍里住了十几天,写完中篇小说《电》。我只说是从文介绍,他们待我十分亲切。我们谈文学,谈得更多的是从文的事情,他们对他非常关心。以后我接触到更多的从文的朋友,我注意到他们对他都有一种深的感情。

在青岛我就知道他在恋爱。第二年我去南方旅行,回到上海得到从文和张兆和在北平结婚的消息,我发去贺电,祝他们"幸福无量"。从文来信要我到他的新家作客。在上海我没有事情,决定到北方去看看,我先去天津南开中学,同我哥哥李尧林一起生活了几天,便搭车去北平。

我坐人力车去府右街达子营,门牌号数记不起来了,总之,顺利地到了沈家。我只提了一个藤包,里面一件西装上衣、两三本书和一些小东西。从文带笑地紧紧握着我的手,说:"你来了。"就把我接进客厅。又介绍我认识他的新婚夫人,他的妹妹也在这里。

客厅连接一间屋子,房内有一张书桌和一张床,显然是主人的书房。他把我安顿在这里。

院子小，客厅小，书房也小，然而非常安静，我住得很舒适。正房只有小小的三间，中间那间又是饭厅，我每天去三次就餐，同桌还有别的客人，却让我坐上位，因此感到一点拘束。但是除了这个，我在这里完全自由活动，写文章看书，没有干扰，除非来了客人。

我初来时从文的客人不算少，一部分是教授、学者，另一部分是作家和学生。他不在大学教书了。杨振声到北平主持一个编教科书的机构，从文就在这机构里工作，每天照常上、下班，我只知道朱自清同他在一起。这个时期他还为天津《大公报》编辑《文艺》副刊，为了写稿和副刊的一些事情，经常有人来同他商谈。这些已经够他忙了，可是他还有一件重要的工作，天津《国闻周报》上的连载：《记丁玲》。

根据我当时的印象，不少人焦急地等待着每一周的《国闻周报》，这连载是受到欢迎，得到重视的，一方面人们敬爱丁玲，另一方面从文的文章有独特的风格，作者用真挚的感情讲出读者心里的话。丁玲几个月前被捕，我从上海动身时，"良友文学丛书"的编者赵家璧委托我向从文组稿，他愿意出高价得到这部"好书"，希望我帮忙，不让别人把稿子拿走。我办到了。可是出版界的形势越来越恶化，赵家璧拿到全稿，已无法编入丛书排印，过一两年他花几百元买下一位图书审查委员的书稿，算是行贿，《记丁玲》才有机会作为"良友文学丛书"之一见到天日。可是删削太多，尤其是后半部，那么多的××！以后也没有能重版，更说不上恢复原貌了。

五十五年过去了，从文在达子营写连载的事，我还不曾忘记，写到结尾他有些紧张，他不愿辜负读者的期待，又关心朋友的安危，交稿期到他常常写作通宵。他爱他的老友，他不仅为她呼吁，同时也在为她的自由奔走。也许这呼吁、这奔走没有多大用处，但是他尽了全力。

最近我意外地找到一九四四年十二月十四日写给从文的信，里面有这样的话："前两个月我和家宝常见面，我们谈起你，觉得在朋友中待人最好、最热心帮忙的人只有你，至少你是第一个。这是真话。"

我记不起我是在什么情形里写下这一段话。但这的确是真话。在一九三四年也是这样，一九八五年我最后一次看见他，他在家养病，假牙未装上，讲话不清楚。几年不见他，有一肚皮的话要说，首先就是一九四四年十二月信上那几句。但是望着病人的浮肿的脸，坐在堆满书的小房间里，我觉得有什么东西堵塞了咽喉，我仿佛回到了一九三四年、三三年。多少人在等待《国闻周报》上的连载，他那样勤奋工作，那样热情写作。《记丁玲》之后又是《边城》，他心爱的家乡的风景和他关心的小人物的命运，这部中篇经过几十年并未失去它的魅力，还鼓舞美国的学者长途跋涉，到美丽的湘西寻找作家当年的脚迹。

我说过我在从文家作客的时候，他编辑的《大公报·文艺》副刊和读者见面了。单是为这个副刊，他就要做三方面工作：写稿、组稿、看稿。我也想得到他的忙碌，但从未听见他诉苦。我为《文艺》写过一篇散文，发刊后我拿回原稿。这手稿我后来捐赠北京图书馆了。我的钢笔字很差，墨水浅淡，只能说是勉强可读，从文却用毛笔填写得清清楚楚。我真想谢谢他，可是我知道他从来就是这样工作，他为多少年轻人看稿、改稿，并设法介绍出去。他还花钱刊印一个青年诗人的第一本诗集并为它作序，不是听说，我亲眼见到那本诗集。

从文就是这样一个人。他不喜欢表现自己。可是我和他接触较多，就看出他身上有不少发光的东西。不仅有很高的才华，他还有一颗金子般的心。他工作多，事业发展，自己并不曾得到甚些报酬，反而引起不少的吱吱喳喳。那些吱吱喳喳加上多少年的小道消息，发展为今天所谓的争议，这争议曾经一度把他赶出文坛，不让他给写进文学史。但他还是默默地做他的工作（分配给他的新的工作），在极端困难的条件下，一样地做出出色的成绩。我接到香港寄来的那本关于中国服装史的大书，一方面为老友新的成就感到兴奋，一方面又痛惜自己浪费掉的几十年的光阴。我想起来了，就是在他那个新家的客厅里，他对我不止讲过一次这样的话："不要浪费时间。"后来他在上海对我、对靳以、对萧乾也讲过类似的话。我当时并不同意，不过我相信他是出于好心。

我在达子营沈家究竟住了两个月或三个月，现在讲不清楚了。这说明我的病（帕金森氏综合症）在发展，不少的事逐渐走向遗忘。所以有必要记下不曾忘记的那些事情。不久靳以为文学季刊社在三座门大街十四号租了房子，要我同他一起搬过去，我便离开从文家。在靳以那里一直住到第二年七月。

北京图书馆和北海公园都在附近，我们经常去这两处。从文非常忙，但在同一座城里，我们常有机会见面，从文还定期为《文艺》副刊宴请作者。我经常出席。他仍然劝我不要浪费时间。我发表的文章他似乎全读过，有时也坦率地提些意见，我知道他对我很关心，对他们夫妇只有好感，我常常开玩笑地说我是他们家的食客，今天回想起来我还感到温暖。一九三四年《文学季刊》创刊，兆和为创刊号写稿，她的第一篇小说《湖畔》受到读者欢迎。她惟一的短篇集①后来就收在我主编的"文学丛刊"里。

三

我提到坦率，提到真诚，因为我们不把话藏在心里，我们之间自然会出现分歧，我们对不少的问题都有不同的看法。可是我要承认我们有过辩论，却不曾有争论。我们辩是非，并不争胜负。

在从文和萧乾的书信集《废邮存底》中还保存着一封他给我的长信《给某作家》（一九三七）。我一九三五年在日本横滨编写的《点滴》里也有一篇散文《沉落》是写给他的。从这两封信就可以看出我们间的分歧在什么地方。

一九三四年我从北平回上海，小住一个时期，动身去日本前为《文学》杂志写了一个短篇《沉落》。小说发表时我已到了横滨，从文读了《沉落》非常生气，写信来质问我："写文章难道是为着泄气?!"我也动了感情，马上写了回答，我承认"我写文章没有一次不是为着泄气"。

他为什么这样生气？因为我批评了周作人一类的知识分子，周作人当时是《文艺》副刊的一位主要撰稿人，从文常常用尊敬的口气谈起他。其实我也崇拜过这个人，我至今还喜欢读他的一部分文章，从前他思想开明，对我国新文学的发展有过大的贡献。可是当时我批判的、我担心的并不是他的著作，而是他的生活、他的行为。从文认为我不理解周，我看倒是从文不理解他。可能我们两人对周都不理解，但事实是他终于做了为侵略者服务的汉奸。

---

① 指《湖畔》，署叔文著，文化生活出版社一九四一年六月版。

回国以后我还和从文通过几封长信继续我们这次的辩论，因为我又发表过文章，针对另外一些熟人，譬如对朱光潜的批评，后来我也承认自己有偏见，有错误。从文着急起来，他劝我不要"那么爱理会小处"、"莫把感情火气过分糟蹋到这上面"。他责备我："什么米米大的小事如×××之类的闲言小语也使你动火，把小东小西也当成敌人，"还说，"我觉得你感情的浪费真极可惜。"

我记不起我怎样回答他，因为我那封留底的长信在"文革"中丢失了，造反派抄走了它，就没有退回来。但我记得我想向他说明我还有理性，不会变成狂吠的疯狗。我写信，时而非常激动，时而停笔发笑，我想：他有可能担心我会发精神病，我不曾告诉他，他的话对我是连声的警钟，我知道我需要克制，我也懂得他所说的"在一堆沉默的日子里讨生活"的重要。我称他为"敬爱的畏友"，我衷心地感谢他。当然我并不放弃我的主张，我也想通过辩论说服他。

我回国那年年底又去北平，靳以回天津照料母亲的病，我到三座门大街结束《文学季刊》的事情，给房子退租。我去了达子营从文家，见到从文伉俪，非常亲热。他说："这一年你过得不错嘛。"他不再主编《文艺》副刊，把它交给了萧乾，他自己只编辑《大公报》的《星期文艺》，每周出一个整版。他向我组稿，我一口答应，就在十四号的北屋里，每晚写到深夜，外面是严寒和静寂。北平显得十分陌生，大片乌云笼罩在城市的上空，许多熟人都去了南方，我的笔拉不回两年前朋友们欢聚的日子，屋子里只有一炉火，我心里也在燃烧，我写，我要在暗夜里叫号。我重复着小说中人物的话："我不怕……因为我有信仰。"

文章发表的那天下午我动身回上海，从文兆和到前门车站送行。"你还再来吗?"从文微微一笑,紧紧握着我的手。

我张开口吐一个"我"字,声音就哑了,我多么不愿意在这个时候离开他们!我心里想:"有你们在,我一定会来。"

我不曾失信,不过我再来时已是十四年之后,在一个炎热的夏天。

四

抗战期间萧珊在西南联大念书,一九四〇年我从上海去昆明看望她,四一年我又从重庆去昆明,在昆明过了两个暑假。从文在联大教书,为了躲避敌机轰炸,他把家迁往呈贡,兆和同孩子们都住在乡下。我们也乘火车去过呈贡看望他们。那个时候没有教师节,教书老师普遍受到轻视,连大学教授也难使一家人温饱,我曾经说过两句话:"钱可以赚到更多的钱。书常常给人带来不幸。"这就是那个社会的特点。他的文章写得少了,因为出书困难;生活水平降低了,吃的、用的东西都在涨价,他不叫苦,脸上始终露出温和的微笑。我还记得在昆明一家小饭食店里几次同他相遇,一两碗米线作为晚餐,有西红柿,还有鸡蛋,我们就满足了。

在昆明我们见面的机会不多,但是我们不再辩论了,我们珍惜在一起的每时每刻,我们同游过西山龙门,也一路跑过警报,看见炸弹落下后的浓烟,也看到血淋淋的尸体。过去一段时期他常常责备我:"你总说你有信仰,你也得让别人感觉到你的信仰在哪里。"现在连我也感觉得到他的信仰在什么地方。只要看到他脸上的笑容或者眼里的闪光,我觉得心里更踏实。离开昆明后三年中,我每年都要写信求他不要放下笔,希望他多写小说。我说:"我相信我们这个民族的潜在力量；"又说："我极赞成你那埋头做事的主张。"没有能再去昆明，我更想念他。

他并不曾搁笔，可是作品写得少。他过去的作品早已绝版，读到的人不多。开明书店愿意重印他的全部小说，他陆续将修订稿寄去。可是一部分底稿在中途遗失，他叹惜地告诉我，丢失的稿子偏偏是描写社会疾苦的那一部分，出版的几册却是关于男女事情的，"这样别人更不了解我了"。

最后不是原话，他也不仅说一句，但大意是如此。抗战前他在上海《大公报》发表过批评海派的文章引起强烈的反感。在昆明他的某些文章又得罪了不少的人。因此常有对他不友好的文章和议论出现。他可能感到有一点寂寞，偶尔也发发牢骚，但主要还是对那种越来越重视金钱、轻视知识的社会风气。在这一点我倒理解他，我在写作生涯中挨过的骂可能比他多，我不能说我就不感到寂寞。但是我并没有让人骂死。我也看见他倒了又站起来，一直勤奋地工作，最后他被迫离开了文艺界。

五

那是一九四九年的事。最初北平和平解放，然后上海解放。六月我和靳以、辛笛、健吾、唐弢、赵家璧他们去北平，出席首次全国文代会，见到从各地来的许多熟人和分别多年的老友，还有更多的献出自己的青春和心血的文艺战士。我很感动，也很兴奋。

但是从文没有露面，他不是大会的代表。我们几个人到他的家去，见到了他和兆和，他们早已不住在达子营了，不过我现在也说不出他们是不是住在东堂子胡同，因为一晃就是四十年，我的记忆模糊了，这几十年中间我没有看见他住过宽敞的房屋。最后他得到一个舒适的住处，却已经疾病缠身，只能让人搀扶着在屋里走走。我至今未见到他这个新居，一九八五年五月后我就未去过北京，不是我不想去，但我越来越举步艰难了。

首届文代会期间我们几个人去从文家不止一次，表面上看不出他有情绪，他脸上仍然露出微笑。他向我们打听文艺界朋友的近况，他关心每一个熟人。然而文艺界似乎忘记了他，不给他出席文代会，以后还把他分配到历史博物馆，让他做讲解员，据说郑振铎到那里参观一个什么展览，见过他，但这是以后的事了。这年九月我第二次来北平出席全国政协会议，接着中华人民共和国成立，北京又成为首都，这次我大约住了三个星期，我几次看望从文，交谈的机会较多，我才了解一些真实情况。北京解放前后当地报纸上刊载了一些批判他的署名文章，有的还是在香港报上发表过的，十分尖锐。他在围城里，已经感到很孤寂，对形势和政策也不理解，只希望有一两个文艺界熟人见见他，同他谈谈。他当时战战兢兢，如履薄冰，仿佛就要掉进水里，多么需要人来拉他一把，可是他的期望落了空。他只好到华北革大去了，反正知识分子应当进行思想改造。

不用说，他受到了不公平的待遇，不仅在今天，在当时我就有这样的看法，可是我并没有站出来替他讲过话，我不敢，我总觉得自己头上有一把达摩克利斯的宝剑。从文一定感到委屈，可是他不声不响、认真地干他的工作。政协会议以后，第二年我去北京开会，休会的日子我去看望过从文，他似乎很平静，仍旧关心地问到一些熟人的近况。我每次赴京，总要去看看他。他已经安定下来了。对瓷器、对民间工艺、对古代服装他都有兴趣，谈起来头头是道。我暗中想，我外表忙忙碌碌，有说有笑，心里却十分紧张，为什么不能坐下来，埋头译书，默默地工作几年，也许可以做出一点成绩。然而我办不到，即使由我自己作主，我也不愿放下笔，还想换一支新的来歌颂新社会。我下决心深入生活，却始终深不下去，我参加各种活动，也始终浮在面上，经过北京我没有忘记去看他，总是在晚上去，两三间小屋，书架上放满了线装书，他正在工作，带着笑容欢迎我，问我一家人的近况，问一些熟人的近况。兆和也在，她在《人民文学》编辑部工作，偶尔谈几句杂志的事。有时还有他一个小女儿（侄女），他们很喜欢她，两个儿子不同他们住在一起。

我大约每年去一次，坐一个多小时，谈话他谈得多一些，我也讲我的事，但总是他问我答。我觉得他心里更加踏实了。我讲话好像只是在替自己辩护。我明白我四处奔跑，却什么都抓不住。心里空虚得很。我总疑心他在问我：你这样跑来跑去，有什么用处？不过我不会老实地对他讲出来。他的情况也逐渐好转，他参加了人民政协，在报刊上发表诗文。

"文革"前我最后一次去他家，是在一九六五年七月，我就要动身去越南采访。是在晚上，天气热，房里没有灯光，砖地上铺一床席子，兆和睡在地上，从文说："三姐生病，我们外面坐。"我和他各人一把椅子在院子里坐了一会，不知怎样我们两个讲话都没有劲头，不多久我就告辞走了。当时我绝没想到不出一年就会发生"文化大革命"，但是我有一种感觉，我头上那把利剑，正在缓缓地往下坠。"四人帮"后来批判的"四条汉子"已经揭露出三个，我在这年元旦听过周扬一次谈话，我明白人人自危，他已经在保护自己了。

旅馆离这里不远，我慢慢地走回去，我想起过去我们的辩论，想起他劝我不要浪费时间，而我却什么也搞不出来。十几年过去了，我不过给添了一些罪名。我的脚步很沉重，仿佛前面张开一个大网，我不知道会不会投进网里，但无论如何一个可怕的、摧毁一切的、大的运动就要来了。我怎能够躲开它？

回到旅馆我感到精疲力尽，第二天早晨我就去机场，飞向南方。

六

在越南我进行了三个多月的采访，回到上海，等待我的是姚文元的《评新编历史剧〈海瑞罢官〉》。每周开会讨论一次，人人表态，看得出来，有人慢慢地在收网，"文化大革命"就要开场了。我有种种的罪名，不但我紧张，朋友们也替我紧张，后来我找到机会在会上作了检查，自以为卸掉了包袱。六月初到北京开会（亚非作家紧急会议），在机场接我的同志小心嘱咐我"不要出去找任何熟人"。我一方面认为自己已经过关，感到轻松，另一方面因为运动打击面广，又感到恐怖。我在这种奇怪的心境之下忙了一个多月，我的确"没出去找任何熟人"，无论是从文、健吾或者冰心。

但是会议结束，我回到机关参加学习，才知道自己仍在网里，真是在劫难逃了。进了牛棚，仿佛落入深渊，别人都把我看作罪人，我自己也认为有罪，表现得十分恭顺。绝没有想到这个所谓"触及灵魂"的"革命"会持续十年。在灵魂受到熬煎的漫漫长夜里，我偶尔也想到几个老朋友，希望从友情那里得到一点安慰。可是关于他们，一点消息也没有。我想到了从文，他的温和的笑容明明在我眼前。我对他讲过的那句话"我不怕……我有信仰"像铁锤在我的头上敲打，我哪里有信仰？我只有害怕。我还有脸去见他？这种想法在当时也是很古怪的，一会儿就过去了。过些日子它又在我脑子里闪亮一下，然后又熄灭了。我一直没有从文的消息，也不见人来外调他的事情。

六年过去了。我在奉贤县文化系统"五七干校"里学习和劳动，在那里劳动的有好几个单位的干部，许多人我都不认识。有一次我给揪回上海接受批判，批判后第二天一早到巨鹿路作协分会旧址学习，我刚刚在指定的屋子里坐好，一位年轻姑娘走进来，问我是不是某人，她是从文家的亲戚，从文很想知道我是否住在原处。她是音乐学院附中的学生，我在干校见过。从文一家平安，这是很好的消息，可是我只答了一句：我仍住在原处，她就走了。回到干校，过了一些日子，我又遇见她，她说从文把我的地址遗失了，要我写一个交给她转去。我不敢背着工宣队"进行串连"，我怕得很。考虑了好几天，我才把写好的地址交给她。经过几年的改造，我变成了另外一个人，我遵守的信条是：多一事不如少一事。我并不希望从文来信。但是出乎我的意外，他很快就寄了信来，我回家休假，萧珊已经病倒，得到北京寄来的长信，她拿着五张信纸反复地看，含着眼泪地说："还有人记得我们啊！"这对她是多大的安慰！

他的信是这样开始的："多年来家中搬动太大，把你们家的地址遗失了，问别人忌讳又多，所以直到今天得到×家熟人一信相告，才知道你们住处。大致家中变化还不太多。"

五页信纸上写了不少朋友的近状，最后说："熟人统在念中。便中也希望告知你们生活种种，我们都十分想知道。"

他还是像三十年代那样关心我。可是我没有寄去片纸只字的回答。萧珊患了不治之症，不到两个月便离开人世。我还是审查对象，没有通信自由，甚至不敢去信通知萧珊病逝。

　　我为什么如此缺乏勇气？回想起来今天还感到惭愧。尽管我不敢表示自己并未忘记故友，从文却一直惦记着我。他委托一位亲戚来看望，了解我的情况。七四年他来上海，一个下午到我家探望，我女儿进医院待产，儿子在安徽农村插队落户，家中冷冷清清，我们把藤椅搬到走廊上，没有拘束，谈得很畅快。我也忘了自己的"结论"已经下来：一个不戴帽子的反革命。

七

　　等到这个"结论"推翻，我失去的自由逐渐恢复，我又忙起来了。多次去北京开会，却只到过他的家两次。头一次他不在家，我见着兆和，急匆匆不曾坐下吃一杯茶。屋子里连写字桌也没有，只放得下一张小茶桌，夫妻二人轮流使用。第二次他已经搬家，可是房间还是很小，四壁图书，两三幅大幅近照，我们坐在当中，两把椅子靠得很近，使我想起一九六五年那个晚上，可是压在我们背上的包袱已经给摔掉了，代替它的是老和病。他行动不便，我比他好不了多少。我们不容易交谈，只好请兆和作翻译，谈了些彼此的近况。

　　我大约坐了不到一个小时吧，告别时我高高兴兴，没有想到这是我们最后的一面，我以后就不曾再去北京。当时我感到内疚，暗暗地责备自己为什么不早来看望他。后来在上海听说他搬了家，换了宽敞的住处，不用下楼，可以让人搀扶着在屋子里散步，也曾替他高兴一阵子。

最近因为怀念老友，想记下一点什么，找出了从文的几封旧信，一九八〇年二月信中有一段话，我一直不能忘记："因住处只一张桌子，目前为我赶校那两份选集，上午她三点即起床，六点出门上街取牛奶，把桌子让我工作，下午我睡，桌子再让她使用到下午六点，她做饭，再让我使用书桌。这样下去，那能支持多久！"

这事实应当大书特书，让国人知道中国一位大作家、一位高级知识分子就是在这种条件下工作。尽管他说"那能支持多久"，可是他在信中谈起他的工作，劲头还是很大。他是能够支持下去的。近几个月我常常想：这个问题要是早解决，那有多好！可惜来得太迟了。不过有人说迟来总比不来好。

那么他的讣告是不是也来迟了呢？人们究竟在等待什么？我始终想不明白，难道是首长没有表态，记者不知道报道应当用什么规格？有人说："可能是文学史上的地位没有排定，找不到适当的头衔和职称吧。"又有人说："现在需要搞活经济，谁关心一个作家的生死存亡？你的笔就能把生产搞上去？！"

我无法回答。

又过了一个多月，我动笔更困难，思想更迟钝，讲话声音更低，我感觉到自己身体的一部分逐渐在老死。我和老友见面的时候不远了……

倘使真的和从文见面，我将对他讲些什么呢？

我还记得兆和说过："火化前他像熟睡一般，非常平静，看样子他明白自己一生在大风大浪中已尽了自己应尽的责任，清清白白，无愧于心。"他的确是这样。

我多么羡慕他！可是我却不能走得像他那样平静、那样从容，

《怀念》书影

新時代文叢第二輯

慰問信及其他

巴 金 作

平明出版社

《慰问信及其他》书影

因为我并未尽了自己的责任,还欠下一身债,我不可能不惊动任何人静悄悄离开人世。那么就让我的心长久燃烧,一直到还清我的欠债。

有什么办法呢?中国知识分子的悲剧我是躲避不了的。

1988 年 9 月 30 日

怀念曹禺

一

家宝逝世后，我给李玉茹、万方发了个电报："请不要悲痛，家宝并没有去，他永远活在观众和读者的心中！"话很平常，不能表达我的痛苦，我想多说一点，可颤抖的手捏不住小小的笔，许许多多的话和眼泪咽进了肚里。

躺在病床上，我经常想起家宝。六十几年的往事历历在目。

北平三座门大街十四号南屋，故事是从这里开始。靳以把家宝的一部稿子交给我看，那时家宝还是清华大学的一个学生。在南屋客厅旁那间用蓝纸糊壁的阴暗小屋里，我一口气读完了数百页的原稿。一幕人生的大悲剧在我面前展开，我被深深地震动了！就像从前看托尔斯泰的小说《复活》一样，剧本抓住了我的灵魂，我为它落了泪。我曾这样描述过我当时的心情："不错，我流过泪，但是落泪之后我感到一阵舒畅，而且我还感到一种渴望，一种力量在身内产生了，我想做一件事情，一件帮助人的事情，我想找个机会不自私地献出我的精力。《雷雨》是这样地感动过我。"然而，这却是我从靳以手里接过《雷雨》手稿时所未曾料到的。我由衷佩服家宝，他有大的才华，我马上把我的看法告诉靳以，让他分享我的喜悦。《文学季刊》破例一期全文刊载了《雷雨》，引起广大读者的注意。第二年，我旅居日本，在东京看了由中国留学生演出的《雷雨》，那时候，《雷雨》已经轰动，国内也有剧团把它搬上舞台。我连着看了三天戏，我为家宝高兴。

一九三六年靳以在上海创刊《文季月刊》，家宝在上面连载四幕剧《日出》，同样引起轰动。三七年靳以又创办《文丛》，家宝发表了《原野》。我和家宝一起在上海看了《原野》的演出，这时，抗战爆发了。家宝在南京教书，我在上海搞文化生活出版社，这以后，我们失去了联系。但是我仍然有机会把他的一本本新作编入《文学丛刊》介绍给读者。

一九四〇年，我从上海到昆明，知道家宝的学校已经迁至江安，我可以去看他了。我在江安待了六天，住在家宝家的小楼里。那地方真清静，晚上七点后街上就一片黑暗。我常常和家宝一起聊天，我们隔了一张写字台对面坐着，谈了许多事情，交出了彼此的心。那时他处在创作旺盛时期，接连写出了《蜕变》、《北京人》，我们谈起正在上海上演的《家》（由吴天改编、上海剧艺社演出），他表示他也想改编。我鼓励他试一试。他有他的"家"，他有他个人的情感，他完全可以写一部他自己的《家》。四二年，在泊在重庆附近的一条江轮上，家宝开始写他的《家》。整整一个夏天，他写出了他所有的爱和痛苦。那些充满激情的优美的台词，是从他心底深处流淌出来的，那里面有他的爱，有他的恨，有他的眼泪，有他的灵魂的呼号。他为自己的真实感情奋斗。我在桂林读完他的手稿，不能不赞叹他的才华，他是一位真正的艺术家！我当时就想写封信给他，希望他把心灵中的宝贝都掏出来，可这封信一拖就是很多年，直到一九七八年，我才把我心里想说的话告诉他。但这时他已经满身创伤，我也伤痕遍体了。

二

一九六六年夏天，我们参加了亚非作家北京紧急会议。那时"文革"已经爆发。一连两个多月，我和家宝在一起工作，我们去唐山，去武汉，去杭州，最后大会在上海闭幕。送走了外宾，我们的心情并没有轻松，家宝马上要回北京参加运动，我也得回机关学习，我们都不清楚等待我们的将是什么。分手时，两人心里都有很多话，可是却没有机会说出来。这之后不久，我们便都进了"牛棚"。等到我们再见面，已是十二年后了。我失去了萧珊，他失去了方瑞，两个多么善良的人！

在难熬的痛苦的长夜，我也想念过家宝，不知他怎么捱过这段艰难的日子。听说他靠安眠药度日，我很为他担心。我们终于还是挺过来了。相见时没有大悲大喜，几句简简单单的话说尽了千言万语。我们都想向前看，甚至来不及抚平身上的伤痕，就急着要把失去的时间追回来。我有不少东西准备写，他也有许多创作计划。当时他已完成了《王昭君》，我希望他把《桥》写完。《桥》是他在抗战胜利前不久写的，只写了两幕，后来他去美国讲学就搁下了。他也打算续写《桥》，以后几次来上海收集材料。那段时候，我们谈得很多。他时常抱怨，不能做自己想做的事情。我劝他少些顾虑，少开会，少写表态文章，多给后人留一点东西。我至今怀念那些日子：我们两人一起游豫园，走累了便在湖心亭喝茶，到老饭店吃"糟钵头"；我们在北京逛东风市场，买几根棒冰，边走边吃，随心所欲地闲聊。那时我们头上还没有这么多头衔，身边也少有干扰，脚步似乎还算轻松，我们总以为我们还能做许多事情，那感觉就好像是又回到了三十年代北平三座门大街。

但是，我们毕竟老了。被损坏的机体不可能再回复到原貌。眼看着精力一点一点从我们身上消失，病魔又缠住了我们，笔在我们手里一天天重起来，那些美好的计划越来越遥远，最终成了不可触摸的梦。我住进了医院，不久，家宝也离不开医院了。起初我们还有机会住在同一家医院，每天一起在走廊上散步，在病房里倾谈往事。我说话有气无力，他耳朵更加聋了，我用力大声说，他还是听不明白，结果常常是各说各的。但就是这样，我们仍然了解彼此的心。

我的身体越来越差，他的病情也加重了。我去不了北京，他无法来上海，见面成了奢望，我们只能靠通信互相问好。九三年，一些热心的朋友想创造条件让我们在杭州会面，我期待着这次聚会，结果因医生不同意，家宝没能成行。这年的中秋之夜，我在杭州和他通了电话，我清清楚楚地听到他的声音，还是那么响亮，中气十足。我说："我们共有一个月亮。"他说："我们共吃一个月饼。"这是我最后一次听到他的声音。

三

我和家宝都在与疾病斗争。我相信我们还有时间。家宝小我六岁，他会活得比我长久。我太自信了。我心里的一些话，本来都可以讲出来，他不能到杭州，我可以争取去北京，可以和他见一面，和他话别。

消息来得太突然。一屋子严肃的面容，让我透不过气。我无法思索，无法开口，大家说了很多安慰的话，可我脑子里却是一片空白。我不能接受这个事实，前些天北京来的友人还告诉我，家宝健康有好转，他写了发言稿，准备出席六次文代会的开幕式。仅仅只过了几天！李玉茹在电话里说，家宝走得很安详，是在睡梦中平静地离去的。那么他是真的走了。

十多年前家宝在给我的一封信中，写了这样的话："我要死在你的前面，让痛苦留给你……"我想，他把痛苦留给了他的朋友，留给了所有爱他的人，带走了他心灵中的宝贝，他真能走得那样安详吗？

1998 年 3 月

悼范兄

昨夜窗外落着大雨，刚刚修补好的屋顶，阻止不了雨水的浸泻，我用一个面盆做武器，跟那接连不断的雨滴战斗。我躺在床上，整夜发着高热，不能闭上眼睛，那些时候我都想起你，我善良仁厚的亡友。我的心燃烧着，我的身体燃烧着，但我的头脑却是清醒的。在这凌乱地堆满家具和书报的宽大楼房的黑暗中展开了十二年的友情。你的和蔼的清瘦的面颜，通过了十二年的长岁月，在这雨夜里发亮。在闽南一个古城的武庙中，我们第一次握手，这是我最初从你的亲切的话里得到温暖和鼓舞。没有经过第三个人的介绍，我们竟然彼此深切地了解了。是社会改革的伟大理想把我们拉拢的。你为着自己的理想劳苦了二十年，你把你的心血、精力、肌肉都献了给它，人们看见你一天天地瘦下去，弱下去。一直到死，你没有停止过你的笔和唇舌。

我没有忘记，就是在十二年前那个南国的秋天里，我们在武庙的一个凉台上喝着绿豆粥，过了二三十个黄昏，我们望着夜渐渐地从庭前两棵大榕树繁茂的枝叶间落到地上，畅快地谈论着当前的社会问题和美丽的未来的梦景。让我们热情的声音，在晚风中追逐。参加谈话的人，我记得有时是五个，有时是六个。他们如今散处在四方，都还活得相当结实，却料不到偏偏少了一个你。

在朋友中你是一个切实的人。即使在侈谈梦景的时候，你也不曾让热情把你引到幻想的境域里去。在第一次的闲谈中我就看出来，甚至当崇高的理想在你脸上发光的时候，你也仍旧保持着科学的头脑。靠着你，我多知道一些事情，我知道怎样节制我的幻想，不让夸张的梦景迷住了我的眼睛。凉台上的夜谈并不是白费的。至少对我已经发生影响了。

在那个古城里，我们常常同看秋夜的星空。在那些夜里我也曾发着高热，喝着大碗神曲汁，但是亿万的发光的生命，使我忘记了身体的燃烧。从星球的生命中，我更了解了"存在界"的意义。你告诉我许多关于星球的事，让我知道你怎样由宇宙问题的探讨，而构成了你的生活哲学。

白天你又从外面那些浮着绿萍的水沼、水潭里带回来一杯、一瓶的污水，于是在你的书桌上，显微镜下面展开了一滴水中的世界，使我看见无数的原生动物的活动与死亡。

在你这里我看见了那无穷大的世界，在你这里我也看见了那无穷小的世界。我知道人并不是宇宙的骄子，我知道生命无处不在，我知道生命绵延不绝。你的生活哲学影响了我的。你的待人的态度也改变了我的。倘使我今天从我的生活中完全抽去了你的影响，则我将成为一个忘恩的人而辜负了亡友的期望了。

你不是一个空谈家，也不是一个发号施令的英雄。在武庙凉台上的夜谈中你就显露了你的真实面目。谦逊、大量、勤勉、刻苦，这都是你的特点。你不是一个充满夺目光彩的豪士，也不是一个口如悬河的辩才。你是用诚挚，用理智，用坚信，用恒心来感动人的。别人把崇高的理想用来做成自己头顶上的圆光的时候，你却默默地在打算怎样为它工作，为它牺牲。所以你牺牲了健康，牺牲了家庭幸福，将自己的心血作为燃料，供给那理想多放一点光辉，却少有人知道你的名字，或者还有些不做一事的人随意用轻蔑的态度抹煞了你的工作。

的确在生前你是常常被人误解的。有人把你看作一个神经质的肺病患者，有人把你视为一个虚伪的道学家，还有人以为你只是一个被生活担子压得透不过气来的读书人。有好多次那些狂妄的、或者还带有中伤意味的话点燃了我的怒火，我愤慨地、热烈地争辩，我甚至愿意挖出我的心，只为了使友人能够更明白地了解你。我这争辩自然是没有用处的，我的话并不曾给你的面影增加光彩。后来还是你自己用你的笔、你的唇舌、你的工作精神、你的生活态度把许多颗年轻的心拉到你的身边，还是你自己用这些把别人投掷在你的面影上的污泥洗去，是你自己拨开了那些空谈家的烟雾，直立在人们的面前，不像一个病人，却像一个战士，一个被称为"生命的象征"的战士（一个朋友称你做"生命的象征"，她这话的确不错）。

诚然十二年前我就知道你是一个肺病患者，而且我们也想得到有一天你终于会死在这个不治之症上。但是和你在一起时我却始终忘记你是一个病人。你的思想、你的言语和你的行为都不带丝毫的病态。人从你的身上看不到一点犹疑，一丝悲观，一毫畏怯。你不寻求休息，却渴望工作。你在各处散布生命，你应该是一个散播生命种子的人。十几年前你写过歌颂战士的文章，到临死你还写出了《生之欢乐》。你最后留下遗言，望年轻人爱真理向前努力。

在《战士颂》中你坦白地说过："我激荡在这绵绵不息、滂沱四方的生命洪流中，我就应该追逐这洪流，而且追过它，自己去制造更广、更深的洪流。我如果是一盏灯，这灯的用处便是照彻那多量的黑暗。我如果是海潮，便要鼓起波涛去洗涤海边一切陈腐的积物。"

在《生之欢乐》的开端，你更显明地承认："有人把人生当作秕糠，我却以为它是谷粒。有人把人生视同幻梦，我却以为它是实在。有人把人生作为苦乐，我却以为它是欢乐。有许多人以人生为苦恼、黑暗、艰难、乏味、滞钝、不自由、憎恨、丑恶、柔弱的象征，我却认为人生是爱、美、光明、自由、活泼、有为、创造、进步的本身。"

你还勇敢地叫喊："人生的美、爱、力量，都是从奋斗中创造出来的。所以人不是环境的奴隶，而是环境的主人……从奋斗的人格中，我们窥见生之光明，生之进步，生之有为，生之自由。……人生的解释受了积极思想的指导，人将为自由，为光明，为爱，为美，为创造，为进步而生，因此人将与压迫、黑暗、暴行、丑恶搏斗。燧石因相击而生火，人则由奋斗而尝到生之欢乐。"

我从未听见过像这么美丽的洋溢着生命的战歌！在朋友中就只有你一个人是这么热情地在各处散布生命，鼓舞希望！在一个孩子的纪念册上你写着："希望是人生所需要的，人如没有希望，何异江河涸了流水。"你这条江一生就没有涸过流水。不但这样，而且你这条江更投入在"那个人类生活的大海里"，用你自己的话，"在大海里你得到了伟大的生命力，发见了不灭的希望"，的确一直到死，你没有失掉希望。

你和我都曾歌颂过战士，我们的战士所用的武器，不是枪和刀，却是知识、信仰，和自己的意志。他把自己的意志锻炼成比枪刀更锋利、更坚实、更耐久的东西。他永远追求光明。他并不躺在晴空下面享受阳光，他却在暗夜里燃起火炬给人们照亮道路。对于他，生活便是不停的战斗。他不是取得光明而生存，便是带着满身伤痕而死去。你正是这类战士的一个典型，你从不知道灰心与绝望，你永没有失去青春的活力。

"除非他死，人不能使他放弃工作，"这是我称誉战士的话。你确实做到了这个地步。甚至在你的最后两年间，你的肺病已经进入第三期，你受着那么大的肉体痛苦的折磨，在死的黑影的威胁下，你还实践了你那"以有限的余生，为社会文化、思想运动作最后努力"的约言，完成了《科学与人生》、《达尔文》、《科学方法精华》三部译著。这许多万字，都应该是在"胸部剧痛"和"咳嗽厉害"中写成的。最后躺在死床上，你还努力写着你那篇题作《理想社会》的文章。可见一直到死都是些什么事情牵系住你的心。

十几年来你努力跟死挣扎，你几次征服了死，最后终于给死捉了去。这应该是一个悲剧。但是想到你怎样在死的威胁下努力工作，又以怎样的心情去接受死，我觉得这是一个壮观。一个朋友说，临死的你比任何强健的友人"都更富于生命力"！另一个青年友人却因为你以濒死之躯竟能够如此平静地保持着"坚决的信心和旷达的态度"而感到惭愧。一个温柔的女性的心灵曾经感动地为你写下这样的赞辞："透过那为病菌磨枯了的身体，我望见了一个比谁都富于生命的欣欣向荣的灵魂！永远不绝望，永远在求生，——为工作而生。"我应该给她添上几句：而且像一个播种的农夫，永远在散播生命的种子。你以一种超人的力量平静地吞食了那一切难忍的病痛，将它们化作生命的甘泉而吐出来。难道世间还有比这更强健的人？还有比这更美丽的生命的表现？

自然在你一生中，经济的压迫与生活的负担很少放松过你。要是换上一个环境，你也许至今还在美国的实验室里度着岁月。你也并不是没有"向上爬"的机会。对你的生活有决定影响的更不是经济的压迫。你为了理想才选取现在走的这条路，而且也是为了理想才选取了过去所走过的路。甘愿过着贫苦生活，默默地埋头工作，在绝望的情形下苦苦地支持着你的教育事业，把忌恨和责难全引到自己的身上，一直到用尽了自己的力量，使事情告一个段落，才又默默地卸下两肩的责任，去到另一个地方开始接受新的工作。倘若单是为了个人的生活，你不会让工作把你的身体磨到这样；倘若单是为了个人的生活，你又不会有那么坚强、充实的精力，在患病垂危的最后二年间还做出那样多的事情。

　　通过了你的一生，你始终把握着战士的武器。你的一生就是意志征服环境的一个最有力的表现，你做了许多在你的处境里似乎是不可能的事情。你在艰苦的环境中锻炼自己，创造自己，只为了来完成更大的工作。你终于留下不少的成绩和不小的影响而去了。你的死使我想到了法国大革命时期的启蒙学者龚多塞，他在服毒以前安静地写下了遗言："科学要征服死。"我又想起一个躺在战场上的兵，他看见自己的战胜的旗帜在敌人的阵地上飘扬，才安然闭上燃烧的眼睛。

　　有了这样辉煌的战绩以后，你对自己的死应该没有遗憾了。你是完成了你的任务以后才倒下的。而我们呢？作为你的朋友的我们，至少我是没有理由来哀悼你的。失去了这个散布生命的人，失去这个"生命的象征"，像这样一个生命的壮观如今竟然在我们的面前永久消去，我们应该感到何等的寂寞。我们应该为这个巨大的损失悲痛。

　　在这里我不敢提说到个人的私谊，这几年来我已经失掉不少能够了解我、鼓舞我、督责我、安慰我、帮助我的友人，如今又失去这个不可少的你！十二年来的关切、鼓励、期望、扶助（我永不能忘记"八·一三"以后两个月你汇款给我的事，那时你自己也是相当困苦的），现在都成了一阵烟，一阵雾。我在成都得到你的死讯回来，读到你生前寄出的告别信。我读了开头的几句："无论属于公的或属于私的，我有千言万语需要对你说，但我无从说起，"我只有伏在书桌上淌泪，范兄，我不是在为你流泪，我是在哭我自己。

在你的告别信里还有两段我不能卒读的话，我不知道你是怎样把它们写下来的，你甚至带点残酷地说：

自去年冬至节以后，忽然变成终日喘哮不绝，且痰塞喉间，乎卢乎卢作响，咽喉剧痛，声音全部哑失。现由中西医诊断，谓阴历十二月一个月为生死关键。

最近几个月来我已受够了病的痛苦，因为喉痛，连鲜牛乳、鸡汁都不能自由地吃。四肢和身躯已成枯柴，仅剩了骨和不光泽的皮。我已不能自己穿衣，不能自己研墨执笔，我的身体可说完全失了自由。

在我们这些活着的友人中间有谁受过这样痛苦的病的折磨？又有谁能够忍受这一切而勇敢地一直工作到死？更有谁在自己就要失去生命的时候还能够那么热情地到处散布生命，写出洋溢着生命的歌颂生之欢乐的文章？倘若有一天我也到了你这样的境地，我不知道自己是否可以保持着你的十分之一的勇敢和热情，像一个战士那样屹立在人世的波涛中间？我更担心自己是否还可以像你那么宁静，那么英勇地去迎接死？

今天仍旧在这间堆满家具和书报的宽大楼房里，窗外街中响着喧嚣的汽车声，尘土和炎热不断地落到我的头上，身上，手上和纸上。时间已是开篇所谓"昨夜"后的第四天了，我的高热刚刚退尽。这几天里我不能够做别的事情，我就只想到你，我善良仁厚的亡友。你现在永远地离开我们了。一直到最后你还给我们留下一个战士的榜样，你还指示我们一个充实的生命的例子，你对自己，对朋友都可以说是毫无遗憾的。正如我在前面说的那样，你是尽了你的战士的任务躺下了，你把这广大的世界和这么多待做的工作留给我们。继续你的遗志前进，这正是作为你的友人的我们的责任。范兄！你静静地安息罢，我不能再辜负你的殷切的期望了。

　　从炎热的下午到了阴雨的深夜，雨洗去了闷热，但也给我带来寂寞。而且这是带点悲凉味的寂寞。一切都睡去了，除了狗吠和蛙鸣。十二年的友情又来折磨我的心。我从凌乱的书桌上，拿起你的信函，你那垂死的手写出来的有力的字迹，正在诉说十二年中间两个友人的故事。武庙中第一次的握手，也就是同样的写这信的手和拿这信的手罢，那么这应该是我们的最后一次的握手了。这样的告别，这是多么可悲痛的告别啊！

　　但是望着眼前你的活跃的字迹，我能够相信你已经离开了我们这个世界么？

　　凉风从窗外吹入，我伸出头去望天空，雨天自然没有星光，但是我的眼前并不是一片黑暗。我想起了一颗死去的星。星早已不存在于宇宙间了，但是它的光芒在若干年后才达到地球，而且照耀在地球上。范兄，你就是这样的一颗星，你的光现在还亮在我的眼前，它在给我照路！

1941 年 6 月 17 日夜在重庆沙坪坝

我的哥哥李尧林

一

前些时候我接到《大公园》编者的信，说香港有一位读者希望我谈谈我哥哥李尧林的事情。在上海或者北京也有人向我表示过类似的愿望，他们都是我哥哥的学生。我哥哥去世三十七年了，可是今天他们谈论他，还仿佛他活在他们的中间，那些简单、朴素的语言给我唤起许多忘却了的往事。我的"记忆之箱"打开了，那么一大堆东西给倾倒了出来，我纵然疲乏不堪，也得耐心地把它们放进箱内，才好关上箱子，然后加上"遗忘之锁"。

一连两夜我都梦见我的哥哥，还是在我们年轻的时候，醒过来我才想起我们已经分别三十七年。我这个家里不曾有过他的脚迹。可是他那张清瘦的脸在我的眼前还是这么亲切，这么善良，这么鲜明。我不知道自己还可以工作多少时候，但是我的漫长的生活道路总会有一个尽头，我也该回过头去看看背后自己的脚印了。

我终于扭转我的开始僵化的颈项向后望去。并不奇怪，我看到两个人的脚印，在后面很远、很远的地方。在我的童年，在我的少年，甚至青年时期的一部分，我和哥哥尧林总是在一起，我们冒着风雪在泥泞的路上并肩前进的情景还不曾在我眼前消失。一直到一九二五年暑假，不论在家乡，还是在上海、南京，我们都是同住在一间屋子里。他比我年长一岁有余，性情开朗、乐观。有些事还是他带头先走，我跟上去。例如去上海念书这个主意就是他想出来，也是他向大哥提出来的。我当时还没有这个打算。离家后，一路上都是他照顾我，先在上海，后去南京，我同他在一起过了两年多的时间，一直到他在浦口送我登上去北京的火车。这以后我就开始了独往独来的生活，遇事不再征求别人的意见，一切由我自己决定。朋友不多，他们对我了解不深，他们到我住的公寓来，大家谈得热烈，朋友去后我又感到寂寞。我去北京只是为了报考北京大学。检查体格时医生摇摇头，似乎说我的肺部不好。这对我是一个意外的打击，我并未接到不让参加考试的通知，但是我不想进考场了。尧林不在身边，我就轻率地做了决定，除了情绪低落外，还有一个原因，我担心不会被录取。

从北京我又回到南京，尧林还在那里，他报考苏州东吴大学，已经录取了。他见到我很高兴，并不责备，倒安慰我，还陪我去找一个同乡的医生。医生说我"有肺病"，不厉害。他知道我要去上海，就介绍我去找那个在"法租界"开业的医生（也是四川人，可能还是他的老师）。我在南京住了两天，还同尧林去游了鸡鸣寺、清凉山，就到上海去了。他不久也去了苏州。

他在苏州念书。我在上海养病、办刊物、写文章。他有时也来信劝我好好养病、少活动、读点书。我并没有重视他的劝告。我想到他的时候不多，我结交了一些新朋友。但偶尔遇到不如意的事情，情绪不好时，我也会想到哥哥。这年寒假，我到苏州去看他，在他们的宿舍里住了一夜。学生们都回家去了，我没有遇见他的同学。当时的苏州十分安静，我们像在南京时那样过了一天，谈了不少的话，总是谈大哥和成都家中的事。我忽然问他："你不觉得寂寞吗？"他摇摇头带着微笑答道："我习惯了。"我看得出他的笑容里有一种苦味。他改变了。他是头一次过着这样冷冷清清的生活。

大哥汇来的钱不多，他还要分一点给我。因此他过得更俭省，别人都走了，他留下来，勤奋地学习。我了解他的心情，我觉察出他有一种坚忍的力量，我想他一定比我有成就，他可以满足大哥的期望吧。在闲谈中我向他提起一个朋友劝我去法国的事，他不反对，但他也不鼓励我，他只说了一句："家里也有困难。"他讲的是真话，我们那一房正走着下坡路，入不敷出，家里人又不能改变生活方式，大哥正在进行绝望的挣扎，他把希望寄托在我们两个兄弟的"学成归来"。在我这方面，大哥的希望破灭了。担子落在三哥一个人的肩头，多么沉重！我同情他，也敬佩他，但又可怜他，总摆脱不掉他那孤寂瘦弱的身形。我们友爱地分别了。他送给我一只旧怀表，我放在衣袋里带回上海，过两三天就发觉表不见了，不知道它是在什么时候给扒手拿走的。

去法国的念头不断地折磨我，我考虑了一两个月，终于写信回家，向大哥提出要求，要他给我一笔钱做路费和在法国短期的生活费。大哥的答复是可以想象到的：家中并不宽裕，筹款困难，借债利息太高，等等，等等。他的话我听不进去，我继续写信要求。大哥心软，不愿一口拒绝，要三哥劝我推迟赴法行期两三年。我当时很固执，不肯让步。三哥写过两封信劝我多加考虑，要我体谅大哥的处境和苦衷。我坚持要走。大哥后来表示愿意筹款，只要求我和三哥回家谈谈，让我们了解家中经济情况。这倒叫三哥为难了。我们两个都不愿回家。我担心大家庭人多议论多，会改变大哥的决定。三哥想，出外三年，成绩不大，还不如把旅行的时间花在念书上面，因此他支持我的意见。最后大哥汇了钱给我。我委托上海环球学生会办好出国手续，领到护照，买到船票，一九二七年一月十五日坐海轮离开了上海。

出发前夕，我收到三哥的信（这封信我一直保存到今天），他写道：

你这次动身，我不能来送你了，望你一路上善自珍摄。以后你应当多写信来，特别是寄家中的信要写得越详越好。你自来性子很执拗，但是你的朋友多了，应当好好地处，不要得罪人使人难堪，因此弄得自己吃苦。××兄年长、经验足，你遇事最好虚心请教。你到法国后应当以读书为重，外事少管，因为做事的机会将来很多，而读书的机会却只有现在很短的时间。对你自己的身体也应当特别注意，有暇不妨多运动，免得生病……

这些话并不是我当时容易听得进去的。

二

以上的话全写在我住院以前。腿伤以后，我就不可能再写下去了。但是在我的脑子里哥哥的形象仍然时常出现。我也想到有关他的种种往事，有些想过就不再记起，有些不断地往来我的眼前。我有一种感觉：他一直在我的身边。

于是我找出八个月前中断的旧稿继续写下去。

……我去法国，我跟三哥越离越远，来往信件也就越少。

我来到巴黎接触各种新的事物。他在国内也变换了新的环境。他到了北平转学燕京大学。我也移居沙多—吉里小城过隐居似的学习和写作的生活。家中发生困难，不能汇款接济，我便靠译书换取稿费度日，在沙多—吉里城拉封丹中学寄食寄宿，收费很少。有一个住在旧金山的华侨工人钟时偶尔也寄钱帮助，我一九二八年回国的路费就是他汇给我的。

我回国后才知道三哥的生活情况比我想象的差得多。他不单是一个"苦学生"，除了念书他还做别的工作，或者住在同学家中当同学弟弟的家庭教师，领一点薪金来缴纳学费和维持生活。他从来没有向人诉苦，也不悲观，他的学习成绩很好，他把希望放在未来上面。

一九二九年大哥同几个亲戚来上海小住，我曾用大哥和我的名义约三哥到上海一晤。他没有来，因为他在暑假期间要给同学的弟弟补习功课。其实还有一个问题，我在去信中并不曾替他解决，本来我应当向大哥提出给他汇寄路费的事。总之，他错过了同大哥见面的机会。

一九三〇年他终于在燕京大学毕了业，考进了南开中学做英语教师。他在燕京大学学习了两个科目：英语和英语教学，因此教英语他很有兴趣。他借了债，做了两套西装，"走马上任"。

作为教师，他做出了成绩，他努力工作，跟同学们交了朋友。他的前途似乎十分平坦，我也为他高兴。但是不到一年意外的灾祸来了，大哥因破产自杀，留下一个破碎的家。我和三哥都收到从成都发来的电报。他主动地表示既然大哥留下的担子需要人来挑，就让他来挑吧。他答应按月寄款回家，从来不曾失过信，一直到抗战爆发的时候。去年我的侄儿还回忆起成都家中人每月收到汇款的情况。

一九三三年春天，三哥从天津来看我，我拉他同去游了西湖，然后又送他到南京，像他在六年前送我北上那样，我也在浦口站看他登上北去的列车。我们在一起没有心思痛快地玩，但是我们有充分的时间交换意见。我的小说《激流》早已在上海《时报》上刊完，他也知道我对"家"的看法。我说，我不愿意为家庭放弃自己的主张。他却默默地挑起家庭的担子，我当时也想象得到他承担了多大的牺牲。后来我去天津看他，在他的学校里小住三次。一九三四年我住在北平文学季刊社，他也来看过我。同他接触较多，了解也较深，我才知道我过去所想象的实在很浅。他不单是承担了大的牺牲，应当说，他放弃了自己的一切。他背着一个沉重的（对他说来是相当沉重的）包袱，往前走多么困难！他毫不后悔地打破自己建立小家庭的美梦。

他甘心做一个穷教员，安分守己，认真工作。看电影是他惟一的娱乐；青年学生是他的忠实朋友，他为他们花费了不少的精力。

他年轻时候的勇气和锐气完全消失了。他是那么善良，那么纯真。他不愿意伤害任何人，我知道有一些女性向他暗示过爱情，他总是认为自己穷，没有条件组织美满的小家庭，不能使对方幸福。三十年代我们在北平见面，他从天津来参加一位同学妹妹的婚礼。这位女士我也见过，是一个健美的女性，三哥同她一家熟，特别是同她和她的哥哥。她的父母给她找了对象，订了婚，却不如意，她很痛苦，经过兄妹努力奋斗（三哥也在旁边鼓励他们），婚约终于解除。三哥很有机会表示自己的感情，但是他知道姑娘父母不会同意婚约，看不上他这样一个穷女婿。总之，他什么也没有表示。姑娘后来另外找到一个门当户对的男人订了婚。至于三哥，他可能带着苦笑地想，我早已放弃一切了。我可没有伤害任何一个人啊！

他去"贺喜"之前，那天在文学季刊社同我闲聊了两三个小时，他谈得不多。送他出门，我心里难过。我望着他的背影，虽然西服整洁,但他显得多么孤寂,多么衰老!

三

一九三九年我从桂林回上海,准备住一个时期,写完长篇小说《秋》。我约三哥来上海同住,他起初还在考虑,后来忽然离开泡在大水中的天津到上海来了。事前他不曾来过一封信。我还记得中秋节那天下午听见他在窗下唤我,我伸出头去,看见一张黑瘦的面孔,我几乎不相信会是他。

他就这样在上海住下来。我们同住在霞飞坊(淮海坊)朋友的家里,我住三楼,他住在三楼亭子间。我已经开始了《秋》,他是第一个读者,我每写成一章就让他先看并给我提意见。不久他动手翻译俄国冈查罗夫的小说《悬崖》,也常常问我对译文的看法。他翻译《悬崖》所根据的英、法文译本都是我拿给他的。我不知道英译本也是节译本,而且删节很多。这说明我读书不多,又常是一知半解,我一向反对任意删改别人的著作,却推荐了一本不完全的小说,浪费他的时间。虽然节译本《悬崖》还是值得一读,他的译文也并不错,但想起这件事,我总感到内疚。

第二年(一九四〇年)七月《秋》出版后我动身去昆明,让他留在上海,为文化生活出版社翻译几本西方文学名著。我同他一块儿在上海过了十个月,仿佛回到了几十年前在南京的日子,我还没有结婚,萧珊在昆明念书,他仍是孤零零一个人。一个星期里我们总要一起去三四次电影院,也从不放过工部局乐队星期日的演奏会。我们也喜欢同逛旧书店。我同他谈得很多,可是很少接触到他的内心深处。他似乎把一切都看得很淡,很少大声言笑,但是对孩子们、对年轻的学生还是十分友好，对翻译工作还是非常认真。

当时我并没有想到，现在回想往事，我不能不责备自己关心他实在不够。他究竟有什么心事，连他有些什么朋友，我完全不知道。离开上海时我把他托给主持文化生活出版社的朋友散文作家陆蠡，这是一个难得的好人。他们两位在浦江岸上望着直航海防的轮船不住地挥手。他们的微笑把我一直送到海防，还送到昆明。

这以后我见到更多的人，接触到更多的事，但寄上海的信始终未断。这些信一封也没有能留下来，我无法在这里讲一讲三哥在上海的情况。不到一年半，我第二次到桂林，刚在那里定居下来，太平洋战争爆发，上海的消息一下子完全断绝了。

日本军人占领了上海的"租界"，到处捉人，文化人处境十分危险。我四处打听，得不到一点真实的消息。谣言很多，令人不安。听说陆蠡给捉进了日本宪兵队，也不知是真是假。过了一个较长的时期，我意外地收到三哥一封信，信很短，只是报告平安，但从字里行间也看得出日军铁蹄下文化人的生活。这封信在路上走了相当久，终于到了我眼前。我等待着第二封信，但不久我便离开了桂林，以后也没有能回去。

我和萧珊在贵阳旅行结婚，同住在重庆。在重庆我们迎接到"胜利"。我打电报到上海，三哥回电说他大病初愈，陆蠡下落不明，要我马上去沪。我各处奔走，找不到交通工具，过了两个多月才赶回上海，可是他在两天之前又病倒在床上了。我搭一张帆布床睡在他旁边。据说他病不重，只是体力差，需要休养。

我相信这些话。何况我们住在朋友家，朋友是一位业余医生，可以解决一些问题。这一次我又太大意了。他起初不肯进医院，我也就没有坚持送他去，后来还是听他说："我觉得体力不行了"，

"还是早点进医院吧",我才找一位朋友帮忙让他住进了医院。没有想到留给他的就只有七天的时间!事后我常常想:要是我回到上海第二天就送他进医院,他的病是不是还有转机,他是不是还可以多活若干年?我后悔,我责备自己,已经来不及了。

七天中间他似乎没有痛苦,对探病的朋友们他总是说"蛮好"。但谁也看得出他的体力在逐渐衰竭。我和朋友们安排轮流守夜陪伴病人。我陪过他一个晚上,那是在他逝世前两夜,我在他的床前校改小说《火》的校样。他忽然张开眼睛叹口气说:"没有时间了,讲不完了。"我问他讲什么。他说:"我有很多话。"又说:"你听我说,我只对你说。"我知道他在讲胡话,有点害怕,便安慰他,劝他好好睡觉,有话明天说。他又叹口气说了一句:"来不及了。"好像不认识我似的,看了我两眼,于是闭上了眼睛。

第二天早晨我离开病床时,他要说什么话,却没有说出来,只说了一个"好"字。这就是我们弟兄最后一次的见面。下一天我刚起床就得到从医院来的电话,值夜班的朋友说:"三哥完了。"

我赶到医院,揭开面纱,看死者的面容。他是那么黄瘦,两颊深陷,眼睛紧闭,嘴微微张开,好像有什么话,来不及说出来。我轻轻地唤一声"三哥",我没有流一滴眼泪,却觉得有许多根针在刺我的心。我为什么不让他把心里话全讲出来呢?

下午两点他的遗体在上海殡仪馆入殓。晚上我一个人睡在霞飞坊五十九号的三层楼上,仿佛他仍然睡在旁边,拉着我要说尽心里的话。他说谈两个星期就可以谈完,我却劝他好好休息不要讲话。是我封了他的嘴,让他把一切带进了永恒。我抱怨自己怎么想不到他像一支残烛,烛油流尽烛光灭,我没有安排一个机会同他讲话,而他确实等待着这样的机会。因此他没有留下一个字的遗嘱。只是对朋友太太讲过要把"金钥匙"送给我。我知道"金钥匙"是他在燕京大学毕业时因为成绩优良而颁发给他的。他一生清贫,用他有限的收入养过"老家",帮助过别人,这刻着他的名字的小小的"金钥匙"是他惟一珍贵的纪念品,再没有比它更可贵的了!它使我永远忘不了他那些年勤苦、清贫的生活,它使我今天还接触到那颗发热、发光的善良的心。

九天以后我们把他安葬在虹桥公墓,让他的遗体在一个比较安静的环境里得到安息。他生前曾在智仁勇女子中学兼课,五个女生在他墓前种了两株柏树。

他翻译的《悬崖》和别的书出版了,我们用稿费为他两次修了墓,请钱君匋同志写了碑文。墓上用大理石刻了一本摊开的书,书中有字:"别了,永远别了。我的心在这里找到了真正的家。"它们是我从他的译文中选出来的。我相信,他这个只想别人、不想自己的四十二岁的穷教师在这里总可以得到永久的安息了。第二次修墓时,我们在墓前添置了一个石头花瓶,每年清明和他的忌日我们一家人都要带来鲜花插在瓶内。有时我们发现瓶中已经插满鲜花,别人在我们之前来扫过墓,一连几年都是这样。有一次有人远远地看见一位年纪不大的妇女的背影,也不曾看清楚。后来花瓶给人偷走了。我打算第三次为他修墓,仍然用他自己的稿费,我总想把他的"真正的家"装饰得更美好些。但是已经没有时间了。不久发生了"文化大革命",我靠了边,成了斗争的对象。严寒的冬天在"牛棚"里我听人说虹桥公墓给砸毁了,石头搬光,尸骨遍地。我一身冷汗,只希望这是谣言,当时我连打听消息的时间和权利都没有。

后来我终于离开了"牛棚",我要去给三哥扫墓,才发现连虹桥公墓也不存在了。那么我到哪里去找他的"真正的家"？我到哪里去找这个从未伤害过任何人的好教师的遗骨呢？得不到回答，我将不停地追问自己。

[1983年] 8月10日写完

怀念萧珊

一

今天是萧珊逝世的六周年纪念日。六年前的光景还非常鲜明地出现在我的眼前。那一天我从火葬场回到家中，一切都是乱糟糟的，过了两三天我渐渐地安静下来了，一个人坐在书桌前，想写一篇纪念她的文章。在五十年前我就有了这样一种习惯：有感情无处倾吐时我经常求助于纸笔。可是一九七二年八月里那几天，我每天坐三四个小时望着面前摊开的稿纸，却写不出一句话。我痛苦地想，难道给关了几年的"牛棚"，真的就变成"牛"了？头上仿佛压了一块大石头，思想好像冻结了一样。我索性放下笔，什么也不写了。

六年过去了。林彪、"四人帮"及其爪牙们的确把我搞得很"狼狈"，但我还是活下来了，而且偏偏活得比较健康，脑子也并不糊涂，有时还可以写一两篇文章。最近我经常去火葬场，参加老朋友们的骨灰安放仪式。在大厅里，我想起许多事情。同样地奏着哀乐，我的思想却从挤满了人的大厅转到只有二三十个人的中厅里去了，我们正在用哭声向萧珊的遗体告别。我记起了《家》里面觉新说过的一句话："好像珏死了，也是一个不祥的鬼。"四十七年前我写这句话的时候，怎么想得到我是在写自己！我没有流眼泪，可是我觉得有无数锋利的指甲在搔我的心。我站在死者遗体旁边，望着那张惨白色的脸，那两片咽下千言万语的嘴唇，我咬紧牙齿，在心里唤着死者的名字。我想，我比她大十三岁，为什么不让我先死？我想，这是多么不公平！她究竟犯了什么罪？她也给关进"牛棚"，挂上"牛鬼蛇神"的小纸牌，还扫过马路。究竟为什么？理由很简单，她是我的妻子。她患了病，得不到治疗，也因为她是我的妻子。想尽办法一直到逝世前三个星期，靠开后门她才住进医院。但是癌细胞已经扩散，肠癌变成了肝癌。

她不想死，她要活，她愿意改造思想，她愿意看到社会主义建成。这个愿望总不能说是痴心妄想吧。她本来可以活下去，倘使她不是"黑老K"的"臭婆娘"。一句话，是我连累了她，是我害了她。

在我靠边的几年中间，我所受到的精神折磨她也同样受到。但是我并未挨过打，她却挨了"北京来的红卫兵"的铜头皮带，留在她左眼上的黑圈好几天以后才褪尽。她挨打只是为了保护我，她看见那些年轻人深夜闯进来，害怕他们把我揪走，便溜出大门，到对面派出所去，请民警同志出来干预。那里只有一个人值班，不敢管。当着民警的面，她被他们用铜头皮带狠狠抽了一下，给押了回来，同我一起关在马桶间里。

她不仅分担了我的痛苦，还给了我不少的安慰和鼓励。在"四害"横行的时候，我在原单位（中国作家协会上海分会）给人当做"罪人"和"贱民"看待，日子十分难过，有时到晚上九十点钟才能回家。我进了门看到她的面容，满脑子的乌云都消散了。我有什么委屈、牢骚，都可以向她尽情倾吐。有一个时期我和她每晚临睡前要服两粒眠尔通才能够闭眼，可是天刚刚发白就都醒了。我唤她，她也唤我。我诉苦般地说："日子难过啊！"她也用同样的声音回答："日子难过啊！"但是她马上加一句："要坚持下去。"

或者再加一句："坚持就是胜利。"我说"日子难过"，因为在那一段时间里，我每天在"牛棚"里面劳动、学习、写交代、写检查、写思想汇报。任何人都可以责骂我、教训我、指挥我。从外地到"作协分会"来串连的人可以随意点名叫我出去"示众"，还要自报罪行。上下班不限时间，由管理"牛棚"的"监督组"随意决定。任何人都可以闯进我家里来，高兴拿什么就拿走什么。这个时候大规模的群众性批斗和电视批斗大会还没有开始，但已经越来越逼近了。

她说"日子难过"，因为她给两次揪到机关，靠边劳动，后来也常常参加陪斗。在淮海中路"大批判专栏"上张贴着批判我的罪行的大字报，我一家人的名字都给写出来"示众"，不用说"臭婆娘"的大名占着显著的地位。这些文字像虫子一样咬痛她的心。她让上海戏剧学院"狂妄派"学生突然袭击、揪到"作协分会"去的时候，在我家大门上还贴了一张揭露她的所谓罪行的大字报。幸好当天夜里我儿子把它撕毁。否则这一张大字报就会要了她的命！

人们的白眼，人们的冷嘲热骂蚕蚀着她的身心。我看出来她的健康逐渐遭到损害。表面上的平静是虚假的。内心的痛苦像一锅煮沸的水，她怎么能遮盖住！怎么能使它平静！她不断地给我安慰，对我表示信任，替我感到不平。然而她看到我的问题一天天地变得严重，上面对我的压力一天天地增加，她又非常担心。有时同我一起上班或者下班，走近巨鹿路口，快到"作协分会"，或者走近湖南路口，快到我们家，她总是抬不起头。我理解她，同情她，也非常担心她经受不起沉重的打击。我记得有一天到了平常下班的时间，我们没有受到留难，回到家里她比较高兴，到厨房去烧菜。我翻看当天的报纸，在第三版上看到当时做了"作协分会"的"头头"的两个工人作家写的文章《彻底揭露巴金的反革命真面目》。真是当头一棒！我看了两三行，连忙把报纸藏起来，我害怕让她看见。她端着烧好的菜出来，脸上还带笑容，吃饭时她有说有笑。饭后她要看报，我企图把她的注意力引到别处。但是没有用，她找到了报纸。她的笑容一下子完全消失。这一夜她再没有讲话，早早地进了房间。我后来发现她躺在床上小声哭着。一个安静的夜晚给破坏了。今天回想当时的情景，她那张满是泪痕的脸还在我的眼前。我多么愿意让她的泪痕消失，笑容在她那憔悴的脸上重现，即使减少我几年的生命来换取我们家庭生活中一个宁静的夜晚，我也心甘情愿！

二

我听周信芳同志的媳妇说，周的夫人在逝世前经常被打手们拉出去当做皮球推来推去，打得遍体鳞伤。有人劝她躲开，她说："我躲开，他们就要这样对付周先生了。"萧珊并未受到这种新式体罚。可是她在精神上给别人当皮球打来打去。她也有这样的想法：她多受一点精神折磨，可以减轻对我的压力。其实这是她一片痴心，结果只苦了她自己。我看见她一天天地憔悴下去，我看见她的生命之火逐渐熄灭，我多么痛心。我劝她，安慰她，我想拉住她，一点也没有用。

她常常问我："你的问题什么时候才解决呢？"我苦笑着说："总有一天会解决的。"她叹口气说："我恐怕等不到那个时候了。"后来她病倒了，有人劝她打电话找我回家，她不知从哪里得来的消息，她说："他在写检查，不要打岔他。他的问题大概可以解决了。"等到我从五·七干校回家休假，她已经不能起床。她还问我检查写得怎样，问题是否可以解决。我当时的确在写检查，而且已经写了好几次了。他们要我写，只是为了消耗我的生命。但她怎么能理解呢？

这时离她逝世不过两个多月，癌细胞已经扩散，可是我们不知道，想找医生给她认真检查一次，也毫无办法。平日去医院挂号看门诊，等了许久才见到医生或者实习医生，随便给开个药方就算解决问题。只有在发烧到摄氏三十九度才有资格挂急诊号，或者还可以在病人拥挤的观察室里待上一天半天。当时去医院看病找交通工具也很困难，常常是我女婿借了自行车来，让她坐在车上，他慢慢地推着走。有一次她雇到小三轮车去看病，看好门诊回家雇不到车了，只好同陪她看病的朋友一起慢慢地走回来，走走停停，走到街口，她快要倒下了，只得请求行人到我们家通知。她一个表侄正好来探病，就由他去把她背了回家。她希望拍一张X光片子查一查肠子有什么病，但是办不到。后来靠了她一位亲戚帮忙开后门两次拍片，才查出她患肠癌。以后又靠朋友设法开后门住进了医院。她自己还很高兴，以为得救了。只有她一个人不知真实的病情，她在医院里只活了三个星期。

我休假回家假期满了，我又请过两次假，留在家里照料病人。最多也不到一个月。我看见她病情日趋严重，实在不愿意把她丢开不管，我要求延长假期的时候，我们那个单位的一个"工宣队"头头逼着我第二天就回干校去。我回到家里，她问起来，我无法隐瞒。她叹了一口气，说："你放心去吧。"她把脸掉过去，不让我看她。我女儿、女婿看到这种情景，自告奋勇跑到巨鹿路向那位

"工宣队"头头解释,希望同意我在市区多留些日子照料病人。可是那个头头"执法如山",还说:他不是医生,留在家里,有什么用!"留在家里对他改造不利!"他们气愤地回到家中,只说机关不同意,后来才对我传达了这句"名言"。我还能讲什么呢?明天回干校去!

整个晚上她睡不好,我更睡不好。出乎意外,第二天一早我那个插队落户的儿子在我们房间里出现了,他是昨天半夜里到的。他得到了家信,请假回家看母亲,却没有想到母亲病成这样。我见了他一面,把他母亲交给他,就回干校去了。

在车上我的情绪很不好。我实在想不通为什么会有这样的事情。我在干校待了五天,无法同家里通消息。我已经猜到她的病不轻了,可是人们不让我过问她的事情。这五天是多么难熬的日子!到第五天晚上在干校的造反派头头通知我们全体第二天一早回市区开会。这样我才又回到了家,见到我的爱人。靠了朋友帮忙,她可以住进中山医院肝癌病房,一切都准备好,她第二天就要住院了。她多么希望住院前见我一面,我终于回来了。连我也没有想到她的病情发展得这么快。我们见了面,我一句话也讲不出来。她说了一句:"我到底住院了。"我答说:"你安心治疗吧。"她父亲也来看她,老人家双目失明,去医院探病有困难,可能是来同他的女儿告别了。

我吃过中饭,就去参加给别人戴上反革命帽子的大会,受批判、戴帽子的人不止一个,其中有一个我的熟人王若望同志[①]他过去也是作家,不过比我年轻。我们一起在"牛棚"里关过一个时

[①] 王若望同志在一九五七年被错划为右派(一九六二年摘帽),最近已经改正,恢复名誉。

期，他的罪名是"摘帽右派"。他不服，不听话，他贴出大字报，声明"自己解放自己"，因此罪名越搞越大，给捉去关了一个时期不算，还戴上了反革命的帽子监督劳动。在会场里我一直像在做怪梦。开完会回家，见到萧珊我感到格外亲切，仿佛重回人间。可是她不舒服，不想讲话，偶尔讲一句半句。我还记得她讲了两次："我看不到了。"我连声问她看不到什么？她后来才说："看不到你解放了。"我还能再讲什么呢？

我儿子在旁边，垂头丧气，精神不好，晚饭只吃了半碗，像是患感冒。她忽然指着他小声说："他怎么办呢？"他当时在安徽山区农村已经待了三年半，政治上没有人管，生活上不能养活自己，而且因为是我的儿子，给剥夺了好些公民权利。他先学会沉默，后来又学会抽烟。我怀着内疚的心情看看他。我后悔当初不该写小说，更不该生儿育女。我还记得前两年在痛苦难熬的时候她对我说："孩子们说爸爸做了坏事，害了我们大家。"这好像用刀子在割我身上的肉。我没有出声，我把泪水全吞在肚里。她睡了一觉醒过来忽然问我："你明天不去了？"我说："不去了。"就是那个"工宣队"头头今天通知我不用再去干校就留在市区。他还问我："你知道萧珊是什么病？"我答说："知道。"其实家里瞒住我，不给我知道真相，我还是从他这句问话里猜到的。

三

第二天早晨她动身去医院，一个朋友和我女儿、女婿陪她去。她穿好衣服等候车来。她显得急躁，又有些留恋，东张张西望望，她也许在想是不是能再看到这里的一切。我送走她，心上反而加了

萧珊(1970)

青年萧珊在上海(1936)

一块大石头。

将近二十天里,我每天去医院陪伴她大半天。我照料她,我坐在病床前守着她,同她短短地谈几句话。她的病情恶化,一天天衰弱下去,肚子却一天天大起来,行动越来越不方便。当时病房里没有人照料,生活方面除饮食外一切都必须自理。后来听同病房的人称赞她"坚强",说她每天早晚都默默地挣扎着下了床,走到厕所。医生对我们谈起,病人的身体经不住手术,最怕的是她的肠子堵塞,要是不堵塞,还可以拖延一个时期。她住院后的半个月是一九六六年八月以来我既感痛苦又感到幸福的一段时间,是我和她在一起度过的最后的平静的时刻,我今天还不能将它忘记。但是半个月以后,她的病情又有了发展,一天吃中饭的时候,医生通知我儿子找我去谈话。他告诉我:病人的肠子给堵住了,必须开刀。开刀不一定有把握,也许中途出毛病。但是不开刀,后果更不堪设想。他要我决定,并且要我劝她同意。我做了决定,就去病房对她解释。我讲完话,她只说了一句:"看来,我们要分别了。"她望着我,眼睛里全是泪水。我说:"不会的……"我的声音哑了。接着护士长来安慰她,对她说:"我陪你,不要紧的。"她回答:"你陪我就好。"时间很紧迫,医生、护士们很快做好了准备,她给送进手术室去了,是她的表侄把她推到手术室门口的。我们就在外面廊上等了好几个小时,等到她平安地给送出来,由儿子把她推回到病房去。儿子还在她的身边守过一个夜晚。过两天他也病倒了,查出来他患肝炎,是从安徽农村带回来的。本来我们想瞒住他的母亲,可是无意间让他母亲知道了。她不断地问:"儿子怎么样?"我自己也不知道儿子怎么样,我怎么能使她放心呢?晚上回到家,走进空空的、静静的房间,我几乎要叫出声来:"一切都朝我的头打下来吧,让所有的灾祸都来吧。我受得住!"

我应当感谢那位热心而又善良的护士长,她同情我的处境,要我把儿子的事情完全交给她办。她做好安排,陪他看病、检查,让他很快住进别处的隔离病房,得到及时的治疗和护理。他在隔离病房里苦苦地等候母亲病情的好转。母亲躺在病床上,只能有气无力地说几句短短的话,她经常问:"棠棠怎么样?"从她那双含泪的眼睛里我明白她多么想看见她最爱的儿子。但是她已经没有精力多想了。

她每天给输血,打盐水针。她看见我去就断断续续地问我:"输多少西西的血?该怎么办?"我安慰她:"你只管放心。没有问题,治病要紧。"她不止一次地说:"你辛苦了。"我有什么苦呢?我能够为我最亲爱的人做事情,哪怕做一件小事,我也高兴!后来她的身体更不行了。医生给她输氧气,鼻子里整天插着管子。她几次要求拿开,这说明她感到难受,但是听了我们的劝告,她终于忍受下去了。开刀以后她只活了五天。谁也想不到她会去得这么快!五天中间我整天守在病床前,默默地望着她在受苦(我是设身处地感觉到这样的),可是她除了两三次要求搬开床前巨大的氧气筒,三四次表示担心输血较多付不出医药费之外,并没有抱怨过什么。见到熟人她常有这样一种表情:请原谅我麻烦了你们。她非常安静,但并未昏睡,始终睁大两只眼睛。眼睛很大,很美,很亮。我望着,望着,好像在望快要燃尽的烛火。我多么想让这对眼睛永远亮下去!我多么害怕她离开我!我甚至愿意为我那十四卷"邪书"受到千刀万剐,只求她能安静地活下去。

不久前我重读梅林写的《马克思传》,书中引用了马克思给女儿的信里的一段话,讲到马克思夫人的死。信上说:"她很快就咽了气。……这个病具有一种逐渐虚脱的性质，就像由于衰老所致一样。甚至在最后几小时也没有临终的挣扎，而是慢慢地沉入睡乡。她的眼睛比任何时候都更大、更美、更亮！"这段话我记得很清楚。马克思夫人也死于癌症。我默默地望着萧珊那对很大、很美、很亮的眼睛，我想起这段话，稍微得到一点安慰。听说她的确也"没有临终的挣扎"，也是"慢慢地沉入睡乡"。我这样说，因为她离开这个世界的时候，我不在她的身边。那天是星期天，卫生防疫站因为我们家发现了肝炎病人，派人上午来做消毒工作。她的表妹有空愿意到医院去照料她，讲好我们吃过中饭就去接替。没有想到我们刚刚端起饭碗，就得到传呼电话，通知我女儿去医院，说是她妈妈"不行"了。真是晴天霹雳！我和我女儿、女婿赶到医院。她那张病床上连床垫也给拿走了。别人告诉我她在太平间。我们又下了楼赶到那里，在门口遇见表妹。还是她找人帮忙把"咽了气"的病人抬进来的。死者还不曾给放进铁匣子里送进冷库，她躺在担架上，但已经给白布床单包得紧紧的，看不到面容了。我只看到她的名字。我弯下身子，把地上那个还有点人形的白布包拍了好几下，一面哭着唤她的名字。不过几分钟的时间。这算是什么告别呢？

据表妹说，她逝世的时刻，表妹也不知道。她曾经对表妹说："找医生来。"医生来过，并没有什么。后来她就渐渐地"沉入睡乡"。表妹还以为她在睡眠。一个护士来打针，才发觉她的心脏已经停止跳动了。我没有能同她诀别，我有许多话没有能向她倾吐，她不能没有留下一句遗言就离开我！我后来常常想，她对表妹说："找医生来"，很可能不是"找医生"，是"找李先生"（她平日这样称呼我）。为什么那天上午偏偏我不在病房呢？家里人都不在她身边，她死得这样凄凉！

我女婿马上打电话给我们仅有的几个亲戚。她的弟媳赶到医院，马上晕了过去。三天以后在龙华火葬场举行告别仪式。她的朋友一个也没有来，因为一则我们没有通知，二则我是一个审查了将近七年的对象。没有悼词，没有吊客，只有一片伤心的哭声。我衷心感谢前来参加仪式的少数亲友和特地来帮忙的我女儿的两三个同学，最后，我跟她的遗体告别，女儿望着遗容哀哭，儿子在隔离病房还不知道把他当做命根子的妈妈已经死亡。值得提说的是她当做自己儿子照顾了好些年的一位亡友的男孩从北京赶来，只为了看见她的最后一面。这个整天同钢铁打交道的技术员，他的心倒不像钢铁那样。他得到电报以后，他爱人对他说："你去吧，你不去一趟，你的心永远安定不了。"我在变了形的她的遗体旁边站了一会。别人给我和她照了相。我痛苦地想：这是最后一次了，即使给我们留下来很难看的形象，我也要珍视这个镜头。

一切都结束了。过了几天我和女儿、女婿到火葬场，领到了她的骨灰盒。在存放室寄存了三年之后，我按期把骨灰盒接回家里。有人劝我把她的骨灰安葬，我宁愿让骨灰盒放在我的寝室里，我感到她仍然和我在一起。

四

梦魇一般的日子终于过去了。六年仿佛一瞬间似的远远地落在后面了。其实哪里是一瞬间！这段时间里有多少流着血和泪的日子啊。不仅是六年，从我开始写这篇短文到现在又过去了半年，半年中我经常在火葬场的大厅里默哀，行礼，为了纪念给"四人帮"

迫害致死的朋友。想到他们不能把个人的智慧和才华献给社会主义祖国,我万分惋惜。每次戴上黑纱、插上纸花的同时,我也想起我自己最亲爱的朋友,一个普通的文艺爱好者,一个成绩不大的翻译工作者,一个心地善良的人。她是我的生命的一部分,她的骨灰里有我的泪和血。

她是我的一个读者。一九三六年我在上海第一次同她见面。一九三八年和一九四一年我们两次在桂林像朋友似的住在一起。一九四四年我们在贵阳结婚。我认识她的时候,她还不到二十,对她的成长我应当负很大的责任。她读了我的小说,给我写信,后来见到了我,对我发生了感情。她在中学念书,看见我以前,因为参加学生运动被学校开除,回到家乡住了一个短时期,又出来进另一所学校。倘使不是为了我,她三七、三八年一定去了延安。她同我谈了八年的恋爱,后来到贵阳旅行结婚,只印发了一个通知,没有摆过一桌酒席。从贵阳我和她先后到了重庆,住在民国路文化生活出版社门市部楼梯下七八个平方米的小屋里。她托人买了四只玻璃杯开始组织我们的小家庭。她陪着我经历了各种艰苦生活。在抗日战争紧张的时期,我们一起在日军进城以前十多个小时逃离广州,我们从广东到广西,从昆明到桂林,从金华到温州,我们分散了,又重见,相见后又别离。在我那两册《旅途通讯》中就有一部分这种生活的记录。四十年前有一位朋友批评我:"这算什么文章!"我的《文集》出版后,另一位朋友认为我不应当把它们也收进去。他们都有道理,两年来我对朋友、对读者讲过不止一次,我决定不让《文集》重版。但是为我自己,我要经常翻看那两小册《通讯》。在那些年代,每当我落在困苦的境地里、朋友们各奔前程的时候,她总是亲切地在我的耳边说:"不要难过,我不会离开你,我在你的身边。"的确，只有在她最后一次进手术室之前她才说过这样一句："我们要分别了。"

我同她一起生活了三十多年。但是我并没有好好地帮助过她。她比我有才华，却缺乏刻苦钻研的精神。我很喜欢她翻译的普希金和屠格涅夫的小说。虽然译文并不恰当，也不是普希金和屠格涅夫的风格，它们却是有创造性的文学作品，阅读它们对我是一种享受。她想改变自己的生活，不愿做家庭妇女，却又缺少吃苦耐劳的勇气。她听一个朋友的劝告，得到后来也是给"四人帮"迫害致死的叶以群同志的同意，到《上海文学》"义务劳动"，也做了一点点工作，然而在运动中却受到批判，说她专门向老作家组稿，又说她是我派去的"坐探"。她为了改造思想，想走捷径，要求参加"四清"运动，找人推荐到某铜厂的工作组工作，工作相当忙碌、紧张，她却精神愉快。但是到我快要靠边的时候，她也被叫回"作协分会"参加运动。她第一次参加这种疾风暴雨般的斗争，而且是以反动权威家属的身份参加，她不知道该怎么办才好。她张皇失措，坐立不安，替我担心，又为儿女的前途忧虑。她盼望什么人向她伸出援助的手，可是朋友们离开了她，"同事们"拿她当做箭靶，还有人想通过整她来整我。她不是"作协分会"或者刊物的正式工作人员，可是仍然被"勒令"靠边劳动、站队挂牌，放回家以后，又给揪到机关。过一个时期，她写了认罪的检查，第二次给放回家的时候，我们机关的造反派头头却通知里弄委员会罚她扫街。她怕人看见，每天大清早起来，拿着扫帚出门，扫得精疲力尽，才回到家里，关上大门，吐了一口气。但有时她还碰到上学去的小孩，对她叫骂"巴金的臭婆娘"。我偶尔看见她拿着扫帚回来，不敢正眼看她，我感到负罪的心情，这是对她的一个致命的打

《倾吐不尽的感情》书影

《序跋集》书影

击。不到两个月,她病倒了,以后就没有再出去扫街(我妹妹继续扫了一个时期),但是也没有完全恢复健康。尽管她还继续拖了四年,但一直到死她并不曾看到我恢复自由。这就是她的最后,然而绝不是她的结局。她的结局将和我的结局连在一起。

我绝不悲观。我要争取多活。我要为我们社会主义祖国工作到生命的最后一息。在我丧失工作能力的时候,我希望病榻上有萧珊翻译的那几本小说。等到我永远闭上眼睛,就让我的骨灰同她的搀和在一起。

[1979年]1月16日写完

再忆萧珊

昨夜梦见萧珊,她拉住我的手,说:"你怎么成了这个样子?"我安慰她:"我不要紧。"她哭起来。我心里难过,就醒了。

病房里有淡淡的灯光,每夜临睡前陪伴我的儿子或者女婿总是把一盏开着的台灯放在我的床脚。夜并不静,附近通宵施工,似乎在搅拌混凝土。此外我还听见知了的叫声。在数九的冬天哪里来的蝉叫?原来是我的耳鸣。

这一夜我儿子值班,他静静地睡在靠墙放的帆布床上。过了好一阵子,他翻了一个身。

我醒着,我在追寻萧珊的哭声。耳朵倒叫得更响了。……我终于轻轻地唤出了萧珊的名字:"蕴珍。"我闭上眼睛,房间马上变换了。

在我们家中,楼下寝室里,她睡在我旁边另一张床上,小声嘱咐我:"你有什么委屈,不要瞒我,千万不能吞在肚里啊!"……

在中山医院的病房里,我站在床前,她含泪望着我说:"我不愿离开你。没有我,谁来照顾你啊?!"……

在中山医院的太平间,担架上一个带人形的白布包,我弯下身子接连拍着,无声地哭唤:"蕴珍,我在这里,我在这里……"

我用铺盖蒙住脸。我真想大叫两声。我快要给憋死了。"我到哪里去找她?!"我连声追问自己。于是我又回到了华东医院的病房。耳边仍是早已习惯的耳鸣。

她离开我十二年了。十二年,多么长的日日夜夜!每次我回到家门口，眼前就出现一张笑脸，一个亲切的声音向我迎来，可是走进院子，却只见一些高高矮矮的没有花的绿树。上了台阶，我环顾四周，她最后一次离家的情景还历历在目：她穿得整整齐齐，有些急躁，有点伤感，又似乎充满希望，走到门口还回头张望。……仿佛车子才开走不久，大门刚刚关上。不，她不是从这两扇绿色大铁门出去的。以前门铃也没有这样悦耳的声音。十二年前更不会有开门进来的挎书包的小姑娘。……为什么偏偏她的面影不能在这里再现？为什么不让她看见活泼可爱的小端端？

　　我仿佛还站在台阶上等待车子的驶近，等待一个人回来。这样长的等待！十二年了！甚至在梦里我也听不见她那清脆的笑声。我记得的只是孩子们捧着她的骨灰盒回家的情景。这骨灰盒起初给放在楼下我的寝室内床前五斗橱上。后来，"文革"收场，封闭了十年的楼上她的睡房启封，我又同骨灰盒一起搬上二楼，她仍然伴着我度过无数的长夜。我摆脱不了那些做不完的梦。总是那一双泪汪汪的眼睛！总是那一副前额皱成"川"字的愁颜！总是那无限关心的叮咛劝告！好像我有满腹的委屈瞒住她，好像我摔倒在泥淖中不能自拔，好像我又给打翻在地让人踏上一脚。……每夜，每夜，我都听见床前骨灰盒里她的小声呼唤，她的低声哭泣。

　　怎么我今天还做这样的梦？怎么我现在还甩不掉那种种精神的枷锁？……悲伤没有用。我必须结束那一切梦景。我应当振作起来，即使是最后的一次。骨灰盒还放在我的家中，亲爱的面容还印在我的心上，她不会离开我，也从未离开我。做了十年的"牛鬼"，我并不感到孤单。我还有勇气迈步走向我的最终目标——死亡，我的遗物将献给国家，我的骨灰将同她的骨灰搅拌在一起，撒在园中，给花树做肥料。

……闹钟响了。听见铃声,我疲倦地睁大眼睛,应当起床了。床头小柜上的闹钟是我从家里带来的。我按照冬季的作息时间:六点半起身。儿子帮忙我穿好衣服,扶我下床。他不知道前一夜我做了些什么梦,醒了多少次。

1984年1月21日

小 端 端

一

　　我们家庭年纪最小的成员是我的小外孙女,她的名字叫端端。

　　端端现在七岁半,念小学二年级。她生活在成人中间,又缺少小朋友,因此讲话常带"大人腔"。她说她是我们家最忙,最辛苦的人,"比外公更辛苦"。她的话可能有道理。在我们家连她算在内大小八口中,她每天上学离家最早。下午放学回家,她马上摆好小书桌做功课,常常做到吃晚饭的时候。有时为了应付第二天的考试,她吃过晚饭还要温课,而考试的成绩也不一定很好。

　　我觉得孩子的功课负担不应当这样重,偶尔对孩子的父母谈起我的看法,他们说可能是孩子贪玩不用心听讲,理解力差,做功课又做得慢,而且常常做错了又重做。他们的话也许不错,有时端端的妈妈陪孩子复习数学,总要因为孩子"头脑迟钝"不断地大声训斥。我在隔壁房里听见叫声,不能不替孩子担心。

　　我知道自己没有发言权,因为我对儿童教育毫无研究。但是我回顾了自己的童年,回想起过去的一些事情,总觉得灌输和责骂并不是好办法。为什么不使用"启发"和"诱导",多给孩子一点思索的时间,鼓励他们多用脑筋?我想起来了:我做孩子的时候,人们教育我的方法就是责骂和灌输;我学习的方法也就是"死记"和"硬背"(诵)。七十年过去了,我们今天要求于端端的似乎仍然是死记和硬背,用的方法也还是灌输和责骂。只是课本的内容不同罢了，岂但不同，而且大不相同！可是学生功课负担之重，成绩要求之严格，却超过从前。端端的父母经常警告孩子：考试得分在九十分以下就不算及格。我在旁听见也胆战心惊。我上学时候最怕考试，走进考场万分紧张，从"死记"和"硬背"得来的东西一下子忘得精光。我记得在高中考化学我只得三十分，是全班最末一名，因此第二次考试前我大开夜车死记硬背，终于得到一百分，否则我还毕不了业。后来虽然毕了业，可是我对化学这门课还是一无所知。我年轻时候记性很好，读两三遍就能背诵，但是半年以后便逐渐忘记。我到了中年才明白强记是没有用的。

几十年来我常常想，考核学习成绩的办法总得有所改变吧。没有人解答我这个问题。到了一九六八年我自己又给带进考场考核学习毛泽东思想的成绩。这是"革命群众"在考"反动权威"，不用说我的成绩不好，闹了笑话。但是出乎我的意外，我爱人萧珊也被"勒令"参加考试，明明是要看她出丑。她紧张起来，一个题目也答不出来，交了白卷。她气得连中饭也不吃。我在楼梯口遇见她，她不说一句话，一张苍白色的脸，眼睛里露出怨恨和绝望的表情，我至今不会忘记。

我还隐约记得（我的记忆力已经大大地衰退了）亚·赫尔岑在西欧亡命的时期中梦见在大学考试，醒来感到轻松。我不如他，我在六十几岁还给赶进考场，甚至到了八十高龄也还有人找我"命题作文"。那么我对考试的畏惧只有到死方休了。

我常常同朋友们谈起端端，也谈起学校考试和孩子们的功课负担。对考试各人有不同的看法。但是我们一致认为，减轻孩子们精神上的负担是一件必须做的事情。朋友们在一起交流经验，大家都替孩子们叫苦，有的说，学习上有了进步，身体却搞坏了；有的说：孩子给功课压得透不过气来，思想上毫无生气；有的说：我们不需要培养出唯唯诺诺的听话的子弟……意见很多，各人心里有数。大家都愿意看见孩子"活泼些"。大家都认为需要改革，都希望改革，也没有人反对改革。可是始终不见改革。几年过去了，还要等待什么呢？从上到下，我们整个国家、整个社会都把孩子们当做花朵，都把希望寄托在孩子们的身上，那么为什么这样一个重要问题都不能得到解决，必须一天天地拖下去呢？

"拖"是目前我们这个社会的一个大毛病。我不知道我是不是可以这样说，不过我的确是这样想的。

二

也还是端端的事情。

端端有一天上午在学校考数学，交了卷，九点钟和同学们走出学校。她不回家，却到一个同学家里去玩了两个小时，到十一点才回来。她的姑婆给她开门，问她为什么回家这样迟。她答说在学校搞大扫除。她的姑婆已经到学校去过，知道了她离校的时间，因此她的谎话就给揭穿了。孩子受到责备哭了起来，承认了错误。她父亲要她写一篇"检查"，她推不掉，就写了出来。

孩子的"检查"很短，但有一句话我现在还记得："我深深体会到说谎是不好的事。"这是她自己写出来的。又是"大人腔"！大家看了都笑起来。我也大笑过。端端当然不明白我们发笑的原因，她也不会理解"深深体会到"这几个字的意义。但是我就能够理解吗？我笑过后却感到一阵空虚，有一种想哭的感觉。十年浩劫中(甚至在这之前)我不知写过、说过多少次"我深深体会到"。

现在回想起来,我何尝有一个时期苦思冥想,或者去"深深地体会"?我那许多篇检查不是也和七岁半孩子的检查一样,只是为了应付过关吗?固然我每次都过了关,才能够活到现在,可是失去了的宝贵时间究竟有没有给夺回了呢?

空话、大话终归是空话、大话,即使普及到七八岁孩子的嘴上,也解决不了问题。难道我们还没有吃够讲空话、大话的苦头,一定要让孩子们重演我们的悲剧?

[1982 年] 1 月 20 日

做一个战士

一个年轻的朋友写信问我:"应该做一个什么样的人?"我回答他:"做一个战士。"

另一个朋友问我:"怎样对付生活?"我仍旧答道:"做一个战士。"

《战士颂》的作者①曾经写过这样的话:

> 我激荡在这绵绵不息、滂沱四方的生命洪流中,我就应该追逐这洪流,而且追过它,自己去造更广、更深的洪流。
>
> 我如果是一盏灯,这灯的用处便是照彻那多量的黑暗。我如果是海潮,便要鼓起波涛去洗涤海边一切陈腐的积物。

这一段话很恰当地写出了战士的心情。

在这个时代,战士是最需要的。但是这样的战士并不一定要持枪上战场。他的武器也不一定是枪弹。他的武器还可以是知识、信仰和坚强的意志。他并不一定要流仇敌的血,却能更有把握地致敌人的死命。

战士是永远追求光明的。他并不躺在晴空下享受阳光,却在暗夜里燃起火炬,给人们照亮道路,使他们走向黎明。驱散黑暗,这是战士的任务。他不躲避黑暗,却要面对黑暗,跟躲藏在阴影里的

---

① 指亡友陈范予(1901—1941)。

魑魅魍魉搏斗。他要消灭它们而取得光明。战士是不知道妥协的。他得不到光明便不会停止战斗。

战士是永远年轻的。他不犹豫，不休息。他深入人丛中，找寻苍蝇、毒蚊等等危害人类的东西。他不断地攻击它们，不肯与它们共同生存在一个天空下面。对于战士，生活就是不停的战斗。他不是取得光明而生存，便是带着满身伤痕而死去。在战斗中力量只有增长，信仰只有加强。在战斗中给战士指路的是"未来"，"未来"给人以希望和鼓舞。战士永远不会失去青春的活力。

战士是不知道灰心与绝望的。他甚至在失败的废墟上，还要堆起破碎的砖石重建九级宝塔。任何打击都不能击破战士的意志。只有在死的时候他才闭上眼睛。

战士是不知道畏缩的。他的脚步很坚定。他看定目标，便一直向前走去。他不怕被绊脚石摔倒，没有一种障碍能使他改变心思。假象绝不能迷住战士的眼睛，支配战士的行动的是信仰。他能够忍受一切艰难、痛苦，而达到他所选定的目标。除非他死，人不能使他放弃工作。

这便是我们现在需要的战士。这样的战士并不一定具有超人的能力。他是一个平凡的人。每个人都可以做战士，只要他有决心。所以我用"做一个战士"的话来激励那些在徬徨、苦闷中的年轻朋友。

1938 年 7 月 16 日在上海

"重进罗马"的精神

去年十一月十一日以后，许多人怀着恐惧与不安离开了上海。当时有一个年轻的朋友写信给我绝望地倾诉留在孤岛①的青年的苦闷。我想起了圣徒彼得的故事。

据说罗马的尼罗王屠杀基督教徒的时候，斗兽场里充满了女人的哀号，烈火烧焦了绑在木桩上的传教者的身体，耶稣的门徒老彼得听从了信徒们的劝告，秘密地离开了罗马城。彼得在路上忽然看见了耶稣基督的影子。他跪下去呐呐地问道："主啊，你往哪里去？"他听见了耶稣的回答："你抛弃了我的百姓，所以我到罗马去，让他们把我再一次钉在十字架上。"彼得感动地站起来。他拄着拐杖往回头的路走去。他重进了罗马城。在那里他终于给人逮住，钉死在十字架上。②

绰号"黄铜胡子"的尼罗王虽然用了火与剑，用了铁钉和猛兽，也不能摧毁这种"重进罗马"的精神。像这样的故事正是孤岛上的中国人应当牢牢记住的。

那么为什么还有人在这里感到苦闷呢？固然在这里到处都听得见"到内地去"的呼声，而且也有不少年轻人冒危险、忍辛苦离开了孤岛。但是也有更多的人无法展翅远飞，不得不留在这里痛苦呻吟。他们把孤岛看作人间地狱，担心在这里受到损害。我了解他

---

① 孤岛：指当时的上海租界。
② 见波兰小说家显克微支（H. Sienkiewicz, 1846—1916）的历史小说《你往哪里去？》。

们的心情。

不用说，每个人都有权利呼吸自由的空气，我们没有理由干涉他们。对那些有翅膀的，就让他们远走高飞，我也无法阻止。但是对于羽毛残缺或者羽毛尚未丰满的，我应该劝他们不要在悲叹中消磨光阴，因为他们并非真如他们自己所想象的那样：比别的人更不幸；而且他们忘记了他们的肩上还有与别人的同样重大的任务。固然可以使人呼吸自由空气的内地是我们的地方，但是被视作黑暗地狱的孤岛又何尝不是我们的土地！一直到今天孤岛还不曾被魔手捏在掌心里，未必就应该由我们自己来放弃？自由并不应当被视作天赐的东西。自由是有代价的。真正酷爱自由的人并不奔赴已有自由的地方，他们要在没有自由或者失去自由的地方创造自由，夺回自由。托玛斯·潘恩①说得好："不自由的地方才是我的祖国。"参加过北美合众国独立战争的潘恩是比谁都更了解自由的意义的。

唯其失去自由，更需要人为它夺回自由。唯其黑暗，更需要人为它带来光明。只要孤岛不曾被中国人完全放弃，它终有得着自由、见到光明的一天。孤岛比中国的任何地方都需要工作的人，而且在这里做工作比在别处更多困难，这里的工作者应当具有更大的勇气、镇静、机智和毅力。工作的种类很多，它们的重要性并不减于在前线作战。这样的工作的确是值得有为的青年献身从事的。

我们有什么理由轻视孤岛上的工作？我们平日责备失地的将士，那么轮到我们来"守土"的时候，我们怎么可以看轻我们的职责？撇开孤岛的历史不说，难道这四五百万中国人居住的所在就是一块不毛的瘠土？谁能说匆匆奔赴内地寻求自由，就比在重重包

---

① 托玛斯·潘恩(T. Paine, 1737—1809)：美国启蒙学者、政论家，争取美国独立的思想家。

在我的心灵中有一个愿望：我愿每个人都有住房，每个口都有饱饭，每颗心都得到温暖。我要揩乾每个人的眼泪，不让任何人落掉别人的一根头发。

巴金 86年七月三日

手迹

我唯一的心愿是：化作泥土，留在人们温暖的脚印里。

巴金

手迹

围中沉默地冒险工作更有利于民族复兴的伟业？反之，"重进罗马"的精神倒是建立新中国的基石。这不是一句空话。我们在失地中已经见到了不少的这种精神的火花。这种精神不会消灭，中国不会灭亡，这是我们可以断言的。

因此住在孤岛上的人，尤其是青年，应当感到自己责任的重大而兴奋、振作，不要再陷入苦闷的泥淖中去。

1938年7月19日在汕头

"独立思考"

读了玄珠同志的《谈独立思考》，我有点感想。

现在是不是我们就不知道怎样独立思考呢？现在是不是我们就丧失了独立思考的能力呢？

我想，绝不是。我们并没有丧失独立思考的能力。

问题在于：有些人自己不习惯"独立思考"，也不习惯别人"独立思考"。他们把自己装在套子里面，也喜欢硬把别人装在套子里面。他们拿起教条的棍子到处巡逻，要是看见有人从套子里钻出来，他们就给他一闷棍，他们听见到处都在唱他们听惯了的那种没有感情的单调的调子，他们就满意地在套子里睡着了。

他们的棍子造成了一种舆论，培养出来一批应声虫，好像声势很浩大，而且也的确发生过起哄的作用。可是这种棍子并没有打掉人们的独立思考的能力。事实上单调的调子中间一直有各种各样的声音，不过教条主义者没有听见或者不去听罢了。有些在套子里住惯了的编辑同志喜欢把别人的文章改来改去，一定要改得可以装进套子才甘心，但是写稿的人仍然要从套子里钻出来。打闷棍，头一次也许有用处，要再来，别人早已提防了。谁都知道，教条是死的，人是活的，所以教条代替不了"独立思考"。

在中国能够独立思考的人还是占大多数，他们对大小事情都有他们自己的看法。他们并不习惯别人代替他们思考，但是他们也不习惯公开发表自己的意见，却喜欢暗地里吱吱喳喳（这倒有助于教条主义者的虚张声势）。所以"百家争鸣"的号召对他们是有很大的作用的。他们需要"鸣",也应当鼓励他们大"鸣"。要是他们真的大"鸣"起来,教条主义者的棍子就只好收起来了。

[1956年]

"恰到好处"

姚文元同志"近来看了某些尖锐的和不尖锐的文章","深感矫枉过正的现象的严重",因此大声疾呼:"恰到好处的批评是最尖锐,最正确的批评。"他给我们指出了"说话恰到好处应该是我们的努力方向"。(九月十四日《人民日报》:《扶得东来西又倒》)

其实谁又反对过"恰到好处的批评"呢?谁又主张过把"温吞水"或"过火"当作"我们的努力方向"呢?那么为什么我们不常看到"恰到好处"的批评呢?为什么在座谈会上站起来发言的人很难得讲到"恰到好处"呢?姚文元同志认为"很多人不习惯于这种恰到好处的艺术"。我觉得"不习惯"的说法就不是"恰到好处"的说法,因为这不符合事实。说话没有达到"恰到好处"的水平的人并非"不习惯于""恰到好处",而是这个水平不容易达到,绝不是单凭个人主观的努力一下子就可以达到的。我们固然看见过连脸部表情都是"正确"的人,但是我们更常见的却是那些喜欢在"报告"或"发言"后面加上一句"我的意见不一定妥当"的人。我觉得后一种人更可爱,因为他们实事求是,他们知道自己不可能在达到了"恰到好处"的水平以后才出来发言,还不如有多少讲多少,即使没有说得"恰到好处",也可能对人有益。据我个人理解,"百家争鸣"的方针至少不排斥这么一个作用:鼓励大家"知无不言,言无不尽"。即使因此发生辩论,这种辩论也有助于阐明真理,人们常说"真理愈辩愈明",这并非一句空话。然而要是人一动脑筋,就想到说话应当说得"恰到好处",

自己没有说得好的把握，就只好挂上"沉默如金"的招牌了。

现在好像还有这样的一种人，他们嫌鸣声聒耳，他们害怕"百家争鸣"会造成一个思想混乱的局面，于是挖空心思在考虑防止混乱的办法。其实这番苦心也是多余的。正因为在我们学术界中，"守口如瓶"、"惜墨如金"的人到处皆是，"人云亦云"有了广大市场，"百家争鸣"的方针才有提出来的必要。现在是不是有了"百家争鸣"的盛况呢？倘使鸣声真正多得像汽车喇叭那样叫人厌烦了，我们自然会静下来听"恰到好处"的指示，等"恰到好处"的结论；倘使只有寥寥几声低鸣，就还得鼓励大家"争鸣"。既然鼓励别人讲话，最好还是少来些限制，暂时不必发什么"恰到好处"的通行证之类。发通行证的办法对"百家争鸣"的方针会起一种抵消作用的。

所以最好还是把眼光放远一点，不要害怕"百家争鸣"。让大家"鸣起来再说"。不会乱的。因为"争鸣"当然有目的。既然有了方针，怎么会没有目的呢？而且绝不会造成思想混乱的局面，因为我们有作为指导思想的马克思列宁主义，因为我们学术界的思想水平并不太低，而且我们人民群众的思想水平也并不太低。

[1956 年]

"豪言壮语"

《随想录》到第三十篇为止,我已编成第一集,并且给每篇加上小标题,将在一九七九年内刊行,今后每年编印一集,一直到一九八四年。第三十一以下各篇(三十或者四十篇左右)将收在第二集内。

我为第一集写了一篇很短的《后记》,里面有这样一句:"古语说:'人之将死,其言也善。'我过去不懂这句话,今天倒颇欣赏它。"这是我的真实思想。我的意思无非:我可以利用的时间不多了,不能随意浪费它们。要讲话就得讲老实话,讲自己的话,哪怕是讲讲自己的毛病也好。有毛病就讲出来,让大家看看,议议,自己改不了就请大家来帮忙。当然别人随便给扣上的帽子,我自己也要摘下。过去没有弄清楚的事,我也想把它讲明白。

最近我们讨论过"歌德"与"缺德"的问题。我对"歌德派"说了几句不大恭敬的话。我是经过思考之后讲话的,因为我过去也是一个"歌德派。"我最近看了我的《爝火集》的清样,这是我三十年来的散文选集,我让我女儿和女婿替我编选,他们挑选的文章并不多。可是我看校样时才发现集子的前半部大都是"歌德"的文章,而且文章里充满了豪言壮语。单单举出几个标题吧:《大欢乐的日子》、《我们要在地上建立天堂》、《最大的幸福》、《无上的光荣》……我并不是在吹牛,我当时的感情是真挚的,我确实生活在那样的气氛中。二十年过去了。前几天出版社一位编辑看校样时来信问我是不是还要保留某文中引用的一首民歌的最后一句:

"叫某国落后。"我当时是把它当做"豪迈的壮语"来引用的。但在二十年后我们仍然落在某国的后面,为了避免"吹牛"的嫌疑,我只好将它删去了。我校阅自己三十年来的散文选集,感想实在不少。我当初的确认为"歌德"可以鼓舞人们前进,多讲成绩可以振奋人心,却没有想到好听的话越讲越多,一旦过了头,就不可收拾;一旦成了习惯,就上了瘾,不说空话,反而日子难过。譬如二十年前我引用过的豪言壮语:"叫钢铁听话,叫某国落后",当时的确使我的心十分激动。但是它是不是有助于"叫某国落后"呢?实践的结果证明说空话没有用,某国并未落后。倘使真的要"叫某国落后",还得另想办法。无论如何,把梦想代替现实,拿未来当做现在,好话说尽,好梦做全,睁开眼睛,还不是一场大梦!

其实"叫某国落后",有什么不好呢?只要你有本事,有干劲,有办法,有行动,说得到,做得到,那就"叫"吧,这当然好。"歌德"也是这样。只要开的是准能兑现的支票,那就开吧,当然越多越好,越"歌"越好。倘使支票到期兑不了现,那就叫做空头支票,这种支票还是少开的好,开多了会吃官司,名誉扫地,我二十多年前写文章喜欢引用"豪言壮语",我觉得没有什么不好,但今天再引用同样的"豪言壮语",别人就会说我在"吹牛"了。

五十年代初期我还住在淮海坊的时候,我们家的保姆遇见进弄堂来磨刀的小贩,就把菜刀拿出来请他磨,她仍在厨房里等着,也不出去守住他,她说:"解放了,还会骗走菜刀?"但是磨刀的不见了,菜刀也没有了。半个月前有个亲戚在乡下买了一只母鸡晚上送到我家来,我妹妹打算隔一天杀掉它。保姆把它放在院子里用竹笼罩住。第二天傍晚我同我女儿和小外孙女在院子里散步,还看见树下竹笼里有一只鸡,我们都没有想到把鸡关到厨房里去。大概我们因为经常讨论"歌德"的问题,脑子里还有点"歌德派"的影响吧,我夜里做了一个没有"大汉轻轻叩门"的好梦,真正到了"当今世界上如此美好的""桃花源"。太好了!醒来时心情万分舒畅,走下楼,忽然听说鸡给人拿走了,我当然不相信,因为我还沉醉在"桃花源"的美梦中,可是鸡却不会回来了。给偷走了鸡,损失并不大,遗憾的是这以后我再也不好意思做美梦了。

梦的确是好梦,但梦醒之后,我反而感到了空虚。现在我才明白:还是少说空话、埋头实干的好。

1979年9月12日

小 骗 子

几个月前在上海出现了一个小骗子。他的真面目还不曾被人认出的时候,的确有一些人围着他转,因为据说他是一位高级军事干部的儿子。等到他给抓了起来,人们又互相抱怨,大惊小怪,看笑话,传小道,越传越广,终于到了本市两家日报都刊登长篇报道的地步。香港的刊物也发表了记事之类的东西。(当然报道、记事不一定完全符合事实。)有人出丑,有人庆幸,有人愤慨。总之,人们私下议论纷纷。后来剧团也编演了有关小骗子的话剧,但也只是在内部演出,因为对于这个剧还有不同的意见,有人认为它可以公演,也有人坚决反对。有人说剧作者同情小骗子,有人说剧本丑化了干部。

我没有看过这个戏,当然没有发言权。我没有见过小骗子,不过在他还被人当做"高干子弟"的时候,我就听见人谈论他的事情,一直到他被揭露,一直到今天。听说他给抓起来了以后,还说:"我惟一的罪名就是我不是某某人的儿子。"又听说他还说:"倘使我真是某某人的儿子又怎样呢?"还听说,有人同情小骗子,甚至表示将来开庭审判时愿意充当小骗子的辩护人。不用说,这些都是小道消息,不可靠。但同情小骗子的人确实是有的。不过我却不曾听说有什么人同情受骗者,我只听见人批评他们"自作自受"。至于我呢,我倒更同情受害的人。这不是喜剧,这是悲剧,应当受谴责的是我们的社会风气。"大家都是这样做,我有什么办法呢?只是我运气不好,碰上了假货。"

我想起了一百四十三年前一位俄罗斯作家果戈理写的一本戏《钦差大臣》。提起十九世纪的俄国作家，有人今天还感到头痛。可是不幸得很，这位俄国作家的鞭子偏偏打在我们的身上。一定有人不同意我这个说法，他们反驳道：果戈理鞭挞的是俄罗斯封建社会，跟我们社会主义社会，跟我们"当今世界上如此美好的社会主义"毫不相干。他们说得对：毫不相干；而且时间隔了一百四十三年，当时的骗子和今天的骗子不会有类似之处。但奇怪得很，今天许多人围着骗子打转跟果戈理时代许多人围着骗子打转不是一样地为了私利？两个骗子差一点都把老婆骗到手了。不同的只是果戈理的骗子更聪明，他远走高飞，反而写信给朋友把受骗者嘲骂一番，而我们的小骗子却给关进了班房，等候判刑。即使是这样，小骗子也不是傻瓜，他给我们提出一个值得深思的问题，讲过一句很有意思的话，那就是我在前面引用过的那一句："倘使我真是某某人的儿子又怎样呢？"这句话使我想了好久。我不能不承认：倘使他真是某某人的儿子，那么什么问题都没有了。结果就是皆大欢喜的"大团圆"。有人请他吃饭，有人请他看戏，有人把汽车借给他，有人给他介绍女朋友，他可以挑选美女做老婆，他可以给他未婚妻活动调工作，等等等等，不但都是理所当然，他甚至可以出国访问，可以享受其他的许许多多——一句话，作为小骗子的罪状的一切都是合法的、可以容许的了。不会有人写报道或者编话剧，也不会因为话剧上演的问题发生争论了。事实上这样的事自古以来经常发生，人们习以为常，见怪不怪，这是为什么呢？

小骗子的一句话使我几个月睡不好觉。我老是想着这样的问题：为什么那些生活经验相当丰富的人会高高兴兴地钻进了小骗子的圈套？我越想越苦恼，因为我不能不承认在我们这个社会里还有非现代的东西，甚至还有果戈理在一八三六年谴责的东西。尽管三年来我们不断地说，要纠正"开后门的不正之风"，可是后门越开越大：有人看不见前门，找不到前门，有问题无法解决，连配一块窗玻璃也得等上一年半载，他们只好另想办法找门路开后门，终于撞到骗子怀里，出了丑，这是可以理解的。我们的某些衙门为什么不可以打开大门，替人民多办一点事情呢？我们的某些干部为什么不可以多看看下面、少看看上面呢？

关于话剧能不能公演的问题，倘使要我回答，我还是说：我没有发言权。不过有人说话剧给干部脸上抹黑，给社会主义脸上抹黑，我看倒不见得。骗子的出现不限于上海一地，别省也有，他是从天上掉下来的吗？倘使没有产生他的土壤和气候，他就出来不了。倘使在我们今天的社会风气中他钻不到空子，也就不会有人受骗。把他揭露出来，谴责他，这是一件好事，也就是为了消除产生他的气候，铲除产生他的土壤。如果有病不治，有疮不上药，连开后门，仗权势等等也给装扮得如何"美好"，拿"家丑不可外扬"这句封建古话当做处世格言，不让人揭自己的疮疤，这样下去，不但是给社会主义抹黑，而且是在挖社会主义的墙脚。

[1979年] 9月28日病中写[1]

---

[1] 本篇最初发表于一九八〇年一月四日香港《大公报·大公园》。

大 镜 子

我的书房里壁橱上嵌着一面大镜子。"文革"期间造反派和红卫兵先后到我住处,多次抄家,破了好些"四旧",却不曾碰一下这块玻璃,它给保全下来了。因此我可以经常照照镜子。

说真话,面对镜子我并不感到愉快,因为在镜面上反映出来的"尊容"叫人担心:憔悴、衰老、皱纹多、嘴唇干瘪……好看不好看,我倒不在乎。使我感到不舒服的是,它随时提醒我:你是在走向死亡。那么怎样办呢?

索性打碎镜子,从此不接触这一类的东西也罢。我遇见的人经常对我讲:"你没有改变,你精神很好。"这些话听起来很入耳,同死亡完全连不起来。用好听的话做养料,是不是越养越好,我不敢断定。但这样下去,日子总不会不好过吧。我曾经这样想过,也这样做过。有一个时期我就不照镜子。我不看见自己的"尊容",听见好话倒更放心,不但放心,而且自己开始编造好话。别人说我"焕发了青春",我完全接受,甚至更进一步幻想自己"返老还童"。开会的通知不断,索稿的信不停。我还要为各种各样的人办各种各样的事,做各种各样的工作。那么多的来信,那么多的稿件,还有访问和谈话。似乎大家都要求我"树雄心、立壮志"。我也就完全忘记了自己。

于是有一天我发现自己垮了。用钢笔写字也感到吃力,上下楼梯也感觉到膝关节疼痛。一感冒就发支气管炎,咳嗽不停,痰不止。这时候我才又想起应当照照镜子,便站在镜子前面一看,那是在晚上，刚刚漱过口，取下了假牙，连自己都认不出来了。哪里有什么"青春"？好像做了一场大梦似的，我清醒了。在镜子里我看见了自己真实的面容。前天看是这样；昨天看也是这样；今天看仍然是这样。看看自己，想想自己，我的感觉，我的感情，都跟我的相貌相称，也可以说是符合。这说明一件事实：镜子对我讲的是真话。所以我不得不认真地考虑现实。这样我才定了一个五年计划。我是站在这样的"思想基础"上定计划的：是作家，就该用作品同读者见面，离开这个世界之前我总得留下一点东西。我不需要悼词，我都不愿意听别人对着我的骨灰盒讲好话。最近常有人找我谈我自己的事。他们想知道四五十年前某一个时期我的思想情况和我对某些问题的看法，等等。这使我想起了我"靠边"的时候受到的一次外调，来的那位工宣队老师傅要我讲出一九三一年我在苏州经人介绍见到一位年轻朋友，当时讲了些什么话。我怎么讲得出呢？他把我训了一顿。不用说，他是别有用心。现在来找我谈话的人却不是这样，他们是怀着好意来的，他们来"抢救材料"。他们是有理由的，有的人还想对我有所帮助，替我的旧作作一点辩护或者讲几句公道话。我说：好意可感，过去的就让它过去吧，不是在号召大家向前看吗？我也要向前看。

  对，我也要向前看。不然我为什么还要制定计划、想方设法、东求西告、争取时间来写作品呢？其实不写也照样过日子，只要自己名字常见报，大会小会不缺席，东讲几句话，西题几个字，这样似乎对社会就有了贡献，对后人就有了交代，这又有何不可呢？但是我的书房里偏偏留着那面大镜子，每次走过它前面，我就看到自己那副"尊容"，既不神气，又无派头，连衣服也穿不整齐，真是生成劳碌命！还是规规矩矩地待在家里写吧，写吧。这是我给自己下的结论。

我感谢我眼前这面镜子,在我的头脑发热的时候,总是它使我清醒。我要讲一句我心里的话:请让我安静,我不是社会名流,我不是等待"抢救"的材料,我只是一个作家、一个到死也不愿放下笔的作家。

[1979年] 12月23日

小狗包弟

　　一个多月前，我还在北京，听人讲起一位艺术家的事情，我记得其中一个故事是讲艺术家和狗的。据说艺术家住在一个不太大的城市里，隔壁人家养了小狗，它和艺术家相处很好，艺术家常常用吃的东西款待它。"文革"期间，城里发生了从未见过的武斗，艺术家害怕起来，就逃到别处躲了一段时期。后来他回来了，大概是给人揪回来的，说他"里通外国"，是个反革命，批他，斗他，他不承认，就痛打，拳打脚踢，棍棒齐下，不但头破血流，一条腿也给打断了。批斗结束，他走不动，让专政队拖着他游街示众，衣服撕破了，满身是血和泥土，口里发出呻唤。认识的人看见半死不活的他都掉开头去。忽然一只小狗从人丛中跑出来，非常高兴地朝着他奔去。它亲热地叫着，扑到他跟前，到处闻闻，用舌头舐舐，用脚爪在他的身上抚摸。别人赶它走，用脚踢，拿棒打，都没有用，它一定要留在它的朋友的身边。最后专政队用大棒打断了小狗的后腿，它发出几声哀叫，痛苦地拖着伤残的身子走开了。地上添了血迹，艺术家的破衣上留下几处狗爪印。艺术家给关了几年才放出来，他的第一件事就是买几斤肉去看望那只小狗。邻居告诉他，那天狗给打坏以后，回到家里什么也不吃，哀叫了三天就死了。

　　听了这个故事，我又想起我曾经养过的那条小狗。是的，我也养过狗，那是一九五九年的事情，当时一位熟人给调到北京工作，要将全家迁去，想把他养的小狗送给我，因为我家里有一块草地，适合养狗的条件。我答应了，我的儿子也很高兴。狗来了，是一条日本种的黄毛小狗,干干净净,而且有一种本领:它有什么要求时就立起身子,把两只前脚并在一起不停地作揖。这本领不是我那位朋友训练出来的。它还有一位瑞典旧主人,关于他我毫无所知。他离开上海回国,把小狗送给接受房屋租赁权的人,小狗就归了我的朋友。小狗来的时候有一个外国名字,它的译音是"斯包弟"。我们简化了这个名字,就叫它做"包弟"。

包弟在我们家待了七年,同我们一家人处得很好。它不咬人,见到陌生人,在大门口吠一阵,我们一声叫唤,它就跑开了。夜晚篱笆外面人行道上常常有人走过,它听见某种声音就会朝着篱笆又跑又叫,叫声的确有点刺耳,但它也只是叫几声就安静了。它在院子里和草地上的时候多些,有时我们在客厅里接待客人或者同老朋友聊天,它会进来作几个揖,讨糖果吃,引起客人发笑。日本朋友对它更感兴趣,有一次大概在一九六三年或以后的夏天,一家日本通讯社到我家来拍电视片,就拍摄了包弟的镜头。又有一次日本作家由起女士访问上海,来我家做客,对日本产的包弟非常喜欢,她说她在东京家中也养了狗。两年以后,她再到北京参加亚非作家紧急会议,看见我她就问:"您的小狗怎样?"听我说包弟很好,她笑了。

我的爱人萧珊也喜欢包弟。在三年困难时期,我们每次到文化俱乐部吃饭,她总要向服务员讨一点骨头回去喂包弟。一九六二年我们夫妇带着孩子在广州过了春节,回到上海,听妹妹们说,我们在广州的时候,睡房门紧闭,包弟每天清早守在房门口等候我们出来。它天天这样,从不厌倦。它看见我们回来,特别是看到萧珊,不住地摇头摆尾,那种高兴、亲热的样子,现在想起来我还很感动,我仿佛又听见由起女士的问话:"您的小狗怎样?"

"您的小狗怎样?"倘使我能够再见到那位日本女作家,她一定会拿同样的一句话问我。她的关心是不会减少的。然而我已经没有小狗了。

一九六六年八月下旬红卫兵开始上街抄四旧的时候,包弟变成了我们家的一个大包袱,晚上附近的小孩时常打门大喊大嚷,说是要杀小狗。听见包弟尖声吠叫,我就胆战心惊,害怕这种叫声会把抄四旧的红卫兵引到我家里来。当时我已经处于半靠边的状态,傍晚我们在院子里乘凉,孩子们都劝我把包弟送走,我请我的大妹妹设法。可是在这时节谁愿意接受这样的礼物呢?据说只好送给医院由科研人员拿来做实验用,我们不愿意。以前看见包弟作揖,我就想笑,这些天我在机关学习后回家,包弟向我作揖讨东西吃,我却暗暗地流泪。

形势越来越紧。我们隔壁住着一位年老的工商业者,原先是某工厂的老板,住屋是他自己修建的,同我的院子只隔了一道竹篱。有人到他家去抄四旧了。隔壁人家的一动一静,我们听得清清楚楚,从篱笆缝里也看得见一些情况。这个晚上附近小孩几次打门捉小狗,幸而包弟不曾出来乱叫,也没有给捉了去。这是我六十多年来第一次看见抄家,人们拿着东西进进出出,一些人在大声叱骂,有人摔破坛坛罐罐。这情景实在可怕。十多天来我就睡不好觉,这一夜我想得更多,同萧珊谈起包弟的事情,我们最后决定把包弟送到医院去,交给我的大妹妹去办。

包弟送走后,我下班回家,听不见狗叫声,看不见包弟向我作揖、跟着我进屋,我反而感到轻松,真有一种甩掉包袱的感觉。但是在我吞了两片眠尔通、上床许久还不能入睡的时候,我不由自主地想到了包弟，想来想去，我又觉得我不但不曾甩掉什么，反而背上了更加沉重的包袱。在我眼前出现的不是摇头摆尾、连连作揖的小狗，而是躺在解剖桌上给割开肚皮的包弟。我再往下想，不仅是小狗包弟，连我自己也在受解剖。不能保护一条小狗，我感到羞耻；为了想保全自己，我把包弟送到解剖桌上，我瞧不起自己，我不能原谅自己！我就这样可耻地开始了十年浩劫中逆来顺受的苦难生活。一方面责备自己，另一方面又想保全自己，不要让一家人跟自己一起堕入地狱。我自己终于也变成了包弟，没有死在解剖桌上，倒是我的幸运。……

整整十三年零五个月过去了。我仍然住在这所楼房里，每天清早我在院子里散步，脚下是一片衰草，竹篱笆换成了无缝的砖墙。隔壁房屋里增加了几户新主人，高高墙壁上多开了两堵窗，有时倒下一点垃圾。当初刚搭起的葡萄架给虫蛀后早已塌下来扫掉，连葡萄藤也被挖走了。右面角上却添了一个大化粪池，是从紧靠着的五层楼公寓里迁过来的。少掉了好几株花，多了几棵不开花的树。我想念过去同我一起散步的人，在绿草如茵的时节，她常常弯着身子，或者坐在地上拔除杂草，在午饭前后她有时逗着包弟玩。……我好像做了一场大梦。满园的创伤使我的心仿佛又给放在油锅里熬煎。这样的熬煎是不会有终结的，除非我给自己过去十年的苦难生活作了总结，还清了心灵上的欠债。这决不是容易的事。那么我今后的日子不会是好过的吧。但是那十年我也活过来了。

即使在"说谎成风"的时期，人对自己也不会讲假话，何况在今天，我不怕大家嘲笑，我要说：我怀念包弟，我想向它表示歉意。

1980年1月4日

探　索

在最近的《大公报》上看到白杰明先生的一篇文章，里面有一句话我非常欣赏："要是想真正搞出一些尖端性的或有创新意义的东西来，非得让人家探索不可。"①

在我的周围，有些人听见"探索"二字就怀疑，甚至担心。有一份受到批判的地下刊物不是叫做《探索》吗？我还是那句老话：我没有读过这类刊物，没有发言权。我讲的是另一回事。但是有人警告说：

"你要探索，要创新，就是不满现状，'不满现状'可要当心啊！"

不满现状，说对了。不满现状（也就是不安于现状）有多种多样。有的人不满意自己的现状，有的人不满意别人的现状；有的人不满意小范围的现状，有的人不满意大范围的现状。

谈到别人的现状，谈到大范围的现状，问题就大了，因为别人会觉得他的现状很好，会觉得大范围的现状很好，你不满意，当然容易引起争论。例如我们每天早晨要自己去取牛奶；领取几块、十几块钱稿费也得自己到邮局排队；一个几本书的邮包也要自己去拿；什么事都要自己去办，我还有儿子和女婿可以帮忙，我一个朋友年过古稀，老伴又有病，走路不便，处理这些事，就感到困难了。又如我还有一个朋友在大学里教书，她说她有时得自己去搬运

---

① 见一月二十五日香港《大公报·大公园》，特约稿《异样也是常态》。

讲义、教材。……对这类事情，各人有不同的看法，有人认为"各人为自己服务"是对知识分子改造的成绩，我过去也是这样想的。可是我想来想去，现在却有了另一种想法：一个人为自己服务的时间越多，他为人民服务的时间就越少。这样的话近两年来我到处讲反复讲（"四人帮"横行时期我没有发言权），并不起作用。我不满意这些现状，别人却不是这样看。再如有人说我们社会里已经有了"道不拾遗，夜不闭户"的现象，在电视机荧光屏上我却看见了审判盗窃杀人犯的场面，别人说这不是主流，他说得对，但他说的"美妙"里总不能包括盗窃杀人吧。争论起来是很麻烦的事，何况我缺乏辩才！

所以我只谈我自己的事。首先回顾我的过去，我隐隐约约记得的是在广元县知县衙门里的事情，这是最早的回忆！那个时候我不过四五岁，人们叫我"四公爷"（即四少爷），我父亲在二堂审案，我常常站在左侧偏后旁听。这说明我是个官僚地主的少爷。我从小就不满意这个现状，觉得做少爷没有意思，但当时我并没有认为生在大户人家是"出身不好"，更谈不到立志背叛自己的阶级。我只是讨厌那些繁重的礼节，而且也不习惯那种把人分为上等人与下等人的"分类法"。关于礼节，有一次我祖父在成都过生日，我的父母在广元庆祝，要我叩头，我不肯，就挨了一顿打。幸而我的父母当时不懂得"无限上纲"，打过就算了事，还允许我一生保留着对礼节和各种形式主义的厌恶。

至于说到"分类法"，我对它的不习惯（或者可以说不满意）表现在我喜欢生活在所谓"下等人"中间，同他们交朋友，听他们讲故事，我觉得他们比较所谓"上等人"像老爷、少爷、老太爷之类心地单纯得多，善良得多。当时我绝没有想到什么"深入生活"、"改造思想"，我喜欢到听差们住的门房里去，到轿夫们住的马房里去，只是因为我热爱这些人，这时我已经是十岁以上的孩子了。在我们家里人看来这是"不求上进"、"有失身份"的举动。可是没有人向上面打小报告，我祖父、父亲、叔父们都不知道，因此也不曾横加干涉，我照旧在门房和马房里出入，一直到我祖父死后，我发现了大门以外的广阔的世界，我待在家里的时间就少了，不久我考进了外国语专门学校的补习班。

以上的话只是说明：一，我不曾受过正规的教育；二，我从来不安于现状，总想改变自己的现状。我家里"上面的人"从我祖父到我大哥(我大哥对我已经没有任何权威了)都希望我做一个"扬名显亲"、"有钱有势"的人，可是我不会走那条现成的路，我不会让他们牵着鼻子走。

从我生下来起，并没有人命令我写小说。我到法国是为了学一门学问。我自己也没有想到我会在巴黎开始写什么小说，结果两年中什么也没有学会，回国后却找到了一样职业：写作。家里的人又再三叮嘱要我走他们安排的路，可是我偏偏走了没有人给我安排的那一条。尽管我的原稿里还有错别字，而且常常写出冗长的欧化句子，但是我边写、边学、边改，几十年的经验使我懂得一个道理：人从没有路的地方走出一条路来。

这几年来我常常想，要是我当初听从我家里人的吩咐，不动脑筋地走他们指引的道路，今天我会变成什么样子。我的结局我自己也想得到，我在《寒夜》里写过一个小知识分子(一个肺病患者)的死亡，这就是我可能有的结局，因为我单纯、坦白、不懂人情世故，不会讨好别人，耍不来花招，玩不来手法，走不了"光宗耀祖，青云直上"的大道。倘使唯唯诺诺地依顺别人，我祖父要我安于现状,我父亲(他死得早,我十二岁就失去了父亲)要我安于现状,我大哥也要我安于现状,我就只好装聋作哑地混日子,我祖父在我十五岁时神经失常地患病死去,我大哥在我二十七岁时破产自杀,那么我怎样活下去呢?

　　但是我从小就不安于现状,我总是在想改变我的现状,因为我不愿意白吃干饭混日子。今天我想多写些文章,多完成两三部作品,也仍然是想改变我的现状。想多做事情,想把事情做好,想多动脑筋思考,我过去是这样,现在也是这样。虽然我的成绩很小,虽然我因为是"臭老九"遭受"四人帮"及其爪牙的打击和迫害,可是我仍然认为选择了文学的道路是我的幸运。我同胞兄弟五人,连嫡堂弟兄一共二十三个,活到今天的不到一半,我年纪最大,还能够奋笔写作,是莫大的幸福。这幸福就是从不安于现状来的。年轻时我喜欢引用法国资产阶级革命家乔治·丹东的话:"大胆,大胆,永远大胆。"现在我又想起了它。这十几年中间我看见的胆小怕事的人太多了!有一个时期我也诚心诚意地想让自己"脱胎换骨、重新做人",改造成为没有自己意志的机器人。我为什么对《未来世界》影片中的机器人感到兴趣,几次在文章里谈起"它"呢?只是因为我在"牛棚"里当过地地道道的机器人,而且不以为耻地、卖力气地做着机器人。后来我发现了这是一场大骗局,我的心死了(古话说"哀莫大于心死!"),我走进"牛棚"的时候,就想起意大利诗人但丁的《神曲》:

　　　　经过我这里走进苦痛的城,
　　　　经过我这里走进永恒的痛苦——

这说明过去有一个时期的确有人用"地狱"来惩罚那些不安于现状的人。我相信会有新的但丁写出新的《神曲》来。

白杰明先生说,"想真正搞出……有创新意义的东西",就要"让人家探索"。对,要"探索",才能"创新",才能"搞出一些尖端性的"东西。他的意思很明显:要实现四个现代化,就应该让人家探索。但是据我看,一个"让"字还不够,还需要一个字,一个更重要的字——就是"敢"字,敢不敢的"敢"字。不久前在上海举行了瞿白音同志的追悼会。白音同志,不是因为写了一篇《创新独白》就受尽地狱般的磨炼吗?最初也是有人"让"他"创新"的。可是后来不知从哪里钻出来一批巨灵神,于是一切都改变了。在这方面我也有丰富的经验,我也付出了可怕的代价。但是我比白音同志幸运,今天我还能探索,还能思考,还能活下去,也还能不混日子。不过也只是这么一点点,没有什么值得自我吹嘘的东西,连《创新独白》也没有。一九六二年我"遵命"发扬民主,在上海二次文代会上发言中讲了几句自己的话,不久运动一来,连自己也感觉到犯了大罪,"文革"时期我在"牛棚"里给揪出来示众、自报罪行的时候,我从未忘记"报"这件"发扬民主"的"反党罪行"。这就是刘郎同志在《除夕·续旧句》诗注中所说的"折磨自己"[①]。这种折磨当然是十分痛苦的,现在我还忘记不了(不是不想忘记)。

我讲这些话只是说明一个问题:你就是让人家探索,人家也不敢探索,不肯探索;不敢创新,不肯创新。有人说:"根据过去的经验,还是唯唯诺诺地混日子保险,我们不是经常告诉自己的小

[①] 见二月四日香港《大公报·大公园》。原话是:"在政治运动中,自己受到冲击,受尽了别人的折磨,但自己千万不要折磨自己。"

孩：听话的孩子就是好孩子吗?"

我自己也是在"听话"的教育中长大的,我还是经过"四人帮"的"听话"机器加工改造过的。现在到了给自己做总结的时候了。我可以这样说：我还不是机器人,而且恐怕永远做不了机器人。

所以我还是要探索下去。

[1980年] 2月9日

再谈探索

我在前一篇《随想》里谈到了探索和创新。

探索，探索，追求……这不是一篇文章、几千字就讲得清楚的。尽管这一类的字眼有时候不讨人喜欢，甚至犯忌，譬如一九五七年南京的"探求者"就因为"探求"（刚刚开始），吃够了苦头，而且有人几乎送了命，但是自古以来人类就在探索、探求、追求而且创新，从未停止，当然也永远不会停止。白杰明先生说"非得让人探索不可"，起初我很欣赏这句话，后来再思三思，才觉得这种说法也近似多余。任何时期总有些人不高兴、不愿意看见别人探索，也有些人不敢探索，然而人类总是在探索而前进。为什么我们今天不"穴居野处、茹毛饮血"呢？为什么我们不让人褪掉裤子打了小板子还向"大老爷"叩头谢恩呢？……例子太多了，举不胜举！对我来说，最不能忘记的就是这一件事：我的祖父不但消失得无踪无影，连他修建的公馆，他经常在那里"徘徊"的园林也片瓦不存。最近还有一件事，已经有两位作家朋友告诉我：江苏省的文艺刊物大有起色，过两年会大放光芒，那里有一批生力军，就是过去的"探求者"。我希望这两位朋友的看法不错。

我在上面提到我的祖父，有人就对我发问：你不是说过高老太爷的鬼魂还在到处出现吗？问得好！但鬼魂终究是鬼魂，我们决不能让它借尸还阳。为什么我们不可以向终南山进士学习呢？

现在言归正传，我们还是谈探索……吧。

像我这样一个不懂文学的人居然走上了文学的道路，不可能是

"长官"培养出来的,也不可能是一条大路在我面前展开,我的脚踏上去,就到了文学之宫。过去有些人一直在争论,要不要在现代中国文学史上给我几页篇幅,我看这是在浪费时间,我并不是文学家。

我拿起笔写小说,只是为了探索,只是在找寻一条救人、救世、也救自己的道路。说救人、救世未免太狂妄,但当时我只有二十三岁,是个不知轻重的"后生小子",该可以原谅吧。说拯救自己,倒是真话。我有感情无法倾吐,有爱憎无处宣泄,好像落在无边的苦海里找不到岸,一颗心无处安放。倘使不能使我的心平静,我就活不下去。据我所知,日本作家中也有这种情况,但他们是在成名成家之后,因为解决不了思想问题、人生问题而毁掉自己的生命。我没有走上绝路,倒因为我找到了纸和笔,让我的痛苦化成一行一行的字,我心上的疙瘩给解开了,我得到了拯救。

我就是从探索人生出发走上文学道路的。五十多年来我也有放弃探索的时候,但是我从来不曾离开文学。我有时写得多些,写得好些;有时我走上人云亦云的大道,没有写作的渴望,只有写作的任务观念,写出来的大都是只感动自己不感动别人的"豪言壮语"。

今天我还在继续探索,因为我又拿起了笔。停止探索,我就再也写不出作品。

我说我写小说是为了安静自己的心,为了希望对国家、对人民有所贡献,对读者有所帮助,这当然只是我的主观愿望,我的作品也可能产生相反的社会效果。最有发言权的人是读者,一部作品倘使受到读者的抵制,那就起不了作用。但也有些作品受到一部分读者的欢迎,却在这些人中间产生了坏的影响。我今天还不曾给革掉作家的头衔,我的作品还未在世界上绝迹,这应当感谢读者的宽大,不过这也许说明这些作品的社会影响不算太坏。不会有人读了我的作品就聚众闹事或者消极怠工或者贪污盗窃,这一点我很放心。我在多数作品里,也曾给读者指出崇高的理想,歌颂高尚的情操,说崇高、说高尚,也许近于夸大,但至少总不是低下吧。不把自己的幸福建筑在别人的痛苦上;爱祖国、爱人民、爱真理、爱正义;为多数人牺牲自己;人不是单靠吃米活着;人活着也不是为了个人的享受。我在作品中阐述的就是这样的思想。

怎样做人?怎样做一个好人?我几十年来探索的就是这个问题。我的作品便是一份一份的"思想汇报"。它们都是我在生活中找到的答案。我不能说我的答案是正确的,但它们是严肃的。我看到什么,我理解什么,我如实地写了出来。我很少说假话。我从未想过用我的作品教育人,改造人,给人们引路。五十年前我就说过:"我不是说教者。"一九三四年我又说:"这些小说是不会被列入文学之林的。"我固然希望我的作品产生社会影响,希望给读者带来帮助。可是我也知道一部文学作品,哪怕是艺术性至高无上的作品,也很难牵着读者的鼻子走。能够看书的读者,他们在生活上、在精神上都已经有一些积累,这些积累可以帮助他们在作品中"各取所需"。任何一个读者的脑筋都不是一张白纸,让人在它上面随意写字。不管我们怎样缺乏纸张,书店里今天仍然有很多文学作品出售,图书馆里出借的小说更多,一个人读了几十、几百本书,他究竟听哪一个作者的话?他总得判断嘛。那就是说他的理智在起作用。每个人都有理智,我这样说,大概不会错吧。我从十一二岁起就看小说,一直到现在我还是文学作品的读者,虽然我同时又是作家。那么照有些人的说法,我的脑子里一定摆开了战场,打得我永无宁日，我一字一句地翻译赫尔岑的回忆录，可是我还是我，并没有变成赫尔岑。同样我从四十年代起就翻译屠格涅夫的小说，译来译去，到一九七四年才放手，是不是我就变成了屠格涅夫呢？没有，没有！但是我不能说我不曾受到他们的影响。这是在不知不觉间发生的，即使这就是"潜移默化"，但别人的影响，书本的影响，也还是像食物一样要经过我咀嚼以后消化了才会被接受。不用怕文学作品横冲直闯，它们总得经过三道关口：社会教育、家庭教育和学校教育。只有愚昧无知的人才会随便读到一部作品就全盘接受，因为他头脑空空，装得下许多东西。但这种人是少有的。那么把一切罪名都推到一部作品身上，未免有点不公平吧。

前些时候有人不满意《伤痕》一类的小说，称之为"伤痕文学"，说是这类揭自己疮疤的作品让人看见我们自己的缺点，损害了国家的名誉。杨振宁教授也曾同我谈过这个问题。那天他来访问，我讲起我在第二十三篇《随想》中阐明的那种想法："每个中国人都有责任把祖国建设成人间乐园。"他说，他相信百分之九十五以上的海外华人都热爱祖国。他又说他们从伤痕文学中看到祖国的缺点，有点担心。他的意思很明显，有病就得医治，治好了便是恢复健康。我说未治好的伤痕比所谓伤痕文学更厉害，更可怕，我们必须面对现实，不能讳疾忌医。

但直到现在还有人认为只要掩住伤痕不讲，伤痕便可不医自愈，因此不怪自己生疮，却怪别人乱说乱讲。在他们对着一部作品准备拉弦发箭的时候，忽然把文学的作用提得很高。然而一位写了二十多年小说、接着又编写《中国服装史》二十年的老作家到今天还是老两口共用一张小书桌，连一间工作室也没有，在这里文学的作用又大大地降低了。

为什么呢？在精通文学的人看来，可能非常简单，从来就是这样。但在不懂文学的我却越想越糊涂了。对我来说，文学的路就是探索的路。我还要探索下去。五十几年的探索告诉我：路是人走出来的。

我也用不着因为没有给读者指出一条明确的路感到遗憾了。

[1980年] 2月15日

探索之四

人各有志。即使大家都在探索，目标也不尽相同。你想炫耀技巧，我要打动人心，我看不妨来一个竞赛，读者们会出来充当义务评判员。

我在这里不提长官，并非不尊敬长官，只是文学作品的对象是读者。例如我的作品就不是写给长官看的，长官比我懂得多。当然长官也可以作为读者，也有权发表意见，但作者有权采纳或者不采纳，因为读者很多，长官不过其中之一。而作者根据"文责自负"的原则对他的作品负全部责任，他无法把责任推到长官的身上。任何人写文章总是讲他自己的话，阐述他自己的意见，人不是学舌的鹦鹉，也不是录音磁带。

前些时候人们常常谈起"长官意志"，我在去年发表的《随想录》中也讲了我对"长官意志"的看法。我认为长官当然有长官的意志。长官的意志也可能常常是正确的。长官也做报告，发表文章。这些报告和文章中所表达的就是长官的意志，而且它们大都是人们学习的材料。我没有理由盲目反对任何长官的意志，可是我无法按照别人的意志写作，哪怕是长官的意志。我有过一些奇怪的经历。五十年代有一份杂志的编辑来向我组稿，要我写一篇报道一位劳动模范的文章，人是编辑同志指定的，是一位技术员，编辑同志给了我一些材料，又陪我去采访他一次。我写好文章，自己看看，平平常常，毫无可取之处，但是到期又不能不把稿子送出去。结果文章不曾在杂志上刊出，编辑同志不好意思退稿，就把文章转给一份日报发表了。今天回想起来,我觉得编辑的"意志"并不错,错在我按照别人的意志写作。当时我也为这种事情感到苦恼,但是我总摆脱不了它。为什么呢?大概是编辑同志们的组稿技巧常常征服了我吧。这位去了那位来,仿佛组稿的人都是雄辩家,而且都是为一个伟大目标服务的。我无法拒绝他们的要求,也可能是我的思想不解放。我总以为过去所作所为全是个人奋斗、为自己,现在能照刊物的需要办事,就是开始为人民服务。这种想法,我今天觉得很古怪,可是当时我的确这样想、这样做,在"文革"的头三年中我甚至认为让我在作家协会传达室工作也是幸福,可是"四人帮"的爪牙却说我连做这种工作也不配。因此我只好经常暗中背诵但丁的诗篇,想象自己就站在阿刻龙特(Acheronte)河岸上,等着白头发的卡隆(Caron)把我当做"邪恶的鬼魂"渡过去。① 真是一场但丁式的噩梦啊!

现在大梦已醒,我不再想望在传达室里度过幸福的晚年了。我还是要写作,而且要更勤奋地写作。不用说,我要讲我自己心里的话,表达我自己的意志。有人劝我下笔时小心谨慎,头伸得长些,耳朵放得尖些,多听听行情,多看看风向,说是这样可以少惹是非,平平安安地活到八十、九十。好意可感,让我来试一下,也算是一种探索吧。但这是为聪明人安排的路。我这个无才、无能的人能走吗?

[1980年] 2月29日

---

① 见《神曲·地狱篇》,第三曲。阿刻龙特是地狱中四条河的第一条,卡隆驾着船过来,大声叫喊:"我来引你们到对岸,到永恒的黑暗……"

灌输和宣传（探索之五）

我听到一些关于某一本书、或者某一首诗、或者某一篇文章的不同意见，也听到什么人传达的某一位权威人士的谈话，还听到某些人私下的叽叽喳喳，一会儿说这本书读后叫人精神不振，一会儿批评那篇小说替反面人物开脱，或者说这部作品格调不高，或者说那篇小说调子低沉。还有人制造舆论，说要批判某某作品，使作者经常感到威胁。

我动身去日本前在北京先后见到两位有理想、有才华的比较年轻的作家，我劝她们不要紧张，我说自从一九二九年我发表《灭亡》以来，受到的责骂实在不少，可是我并没有给谁骂死。

任何一部文学作品，只要不是朝生暮死的东西，总会让一些人喜欢、让另一些人讨厌。人的爱好也有各种各样。但好的作品经受得住时间的考验。

一部作品有不少的读者，每一个读者有自己的看法。你一个人不能代替大多数的读者，也不能代表大多数的读者，除非你说服了他们，让他们全相信你，听你指挥。即使做到这样，你也不能保证，他们的思路同你的思路完全一样，也就是说他们的思想和你的思想一直在同样的轨道上进行。要把自己的思想强加给别人实在困难，结果不是给扔在垃圾箱里，就是完全走了样。"文革"初期我很想把我的思想灌输到我儿子的脑子里，这些思想是批判会上别人批斗的成果，我给说服了，我开始宣传它们，可是，被我儿子一顶，我自己也讲不清楚了，当时我的爱人还在旁边批评儿子，说

"对父亲应当有礼貌"。今天回想起来我过去好像受了催眠术一样,这说明我并未真被"说服"。根据我的经验,灌输、强加、宣传等等的效果不一定都很大,特别是有这类好心的人常常习惯于"从主观愿望出发",以为"我"做了工作,讲了话,你总该被说服了,不管你有什么想法,不管你是否听懂了"我"的话,不管你的情况怎样,总之,"我"说了你就得照办。而结果呢,很少人照办,或者很少人认真照办,或者不少的人"阳奉阴违"。而这个"我"也就真的"说了算"了。

我过去也常常想用我的感情去打动别人,用我的思想去说服别人。我也做过灌输、宣传的事情,至少我有这种想法,不过我的方式和前面所说的不同,因为我无权无势,讲话不受重视,想制造舆论又缺少宣传工具。我的惟一办法就是在自己的作品书前写序、写小引、写前记,书后写后记、写附记、写跋。我从不放过在作品以外说话的机会,我反复说明,一再提醒读者我的用意在什么地方。过了相当长的时期以后,我开始怀疑这样"灌输"是不是徒劳。我才想起自己读过一些中外名著,除了作品本身以外,什么前言后记,我脑子里一点影子也没有。我这时才发现我读别人的书常常避开序文、前记。我拿到一本印有译者或者专家写的长序的西方文学名著,我不会在长序上花费时间。正相反,我对它有反感:难道我自己就不能思考,一定要你代劳? 我后来发觉不仅是我,许多人都不看作品以外的前言后记(做研究工作的人除外)。使我感到滑稽的是一家出版社翻印了《红楼梦》,前面加了一篇序或者代序,有意帮助读者正确地对待这部名著;过了若干年书重版了,换上一篇序,是另一个人写的,把前一个人痛骂一顿;又过若干年书重印,序又换了,骂人的人也错了,不错的还是出版社,他们不论指东或者指西,永远帮助读者"正确对待"中外名著。类似的事情不会少,我再举一件,我在另一家出版社出过一本关于中国人民志愿军在朝鲜的英雄事迹的通讯报道,"文革"期间出版社给砸烂了,这本书被认为宣传和平主义的大毒草,后来出版社恢复,检查过去出版的图书,我那本书也列在销毁的名单内。究竟它是不是宣传和平主义,我至今还不明白。其实不仅是那本书,我在朝鲜战地写的那些通讯报道、散文特写,我回国后写的反映战士生活的短篇小说都受到了批评,说它们渲染战争恐怖、有意让英雄死亡,说它们是鼓吹和平主义的"反动战争文学"。主持批判的是穿军装的人,发言的也是穿军装的人,他们是支左的"军代表",在这个问题上他们是权威。批判的重点是小说《团圆》和根据它改编摄制的影片《英雄儿女》,人们甚至拿它同《一个人的遭遇》相比。

《英雄儿女》的回忆使我哭笑不得,一九六六年十一月我被抄家后两个多月,我爱人萧珊又在电影院里看了这影片。当时我每天到作协分会的"牛棚"学习、劳动,早去晚归;萧珊在刊物编辑部做过几年的义务编辑,也给揪回去参加运动,但最初只是半靠边,一个星期劳动两三次,因此她可以早下班去买票看电影。晚上我回家她兴奋地告诉我,影片上还保留着我的名字,看来我的问题不太严重,她要我认真做检查。可是仅仅两三天以后作协分会造反派的一个战斗队就拿着大字报敲锣打鼓到电影院和电影发行公司去造反去了,大字报张贴在大门口,给影片和我个人都戴上反革命的大帽子。影片当场停演,萧珊脸上最后一点笑容也消失了。以后支左的军代表来到作协分会,批判了一阵"反动的战争文学"。批判刚结束,《英雄儿女》又作为反映抗美援朝的好影片在全国上演了。一共开放了五部电影,据说是周总理挑选的。当时我在干校,有人找我谈话问我感想，我只说影片是编导和演员的成绩，与我的小说无关，小说还是毒草。我这样表示，还得不到谅解。还有人写汇报说我"翘尾巴"，而在干校领导运动的军代表却对我说："你不要以为电影又上演了它就没有缺点，我看它有问题。"这个时候我已经不那么恭顺了，我口里不说，心里却想："随便你怎样说吧，反正权在你手里，你有理。"

像这样的经验是不会少的，我以后还有机会谈论它们，不想在这里多说了。这笔糊涂账似乎至今还没有搞清楚。我不是经验主义者，可是常常想到过去，常常回头看过去的脚印，我总有点担心，会不会明天又有人站出来"高举红旗"批判"和平主义"，谴责我给英雄人物安排死亡的结局？我忍不住多次问我自己：走过的那条路是不是给堵死了？账没有算清楚，是非不曾讲明白，你也引经据典，我也有根有据，谁的权大势大，谁就发号施令。我们习惯"明哲保身"，认为听话非常省事。我们习惯于传达和灌输，仿佛自己和别人都是录音机，收进什么就放出什么。这些年来我的经验是够惨痛的了。一个作家对自己的作品竟然没有一点个人的看法，一个作家竟然甘心做录音机而且以做录音机为光荣，在读者的眼里这算是什么作家呢？我写作了几十年，对自己的作品不能做起码的评价，却在姚文元的棍子下面低头，甚至迎合造反派的意思称姚文元做"无产阶级的金棍子"，为什么？为什么？今天回想起来，觉得可笑，不可思议。反复思索，我有些省悟了：这难道不是信神的结果？

对，我想起来了。一九三四年年底我住在日本横滨一个朋友的家里，他相信神，我根据我那些天的见闻拿他做主人公写了短篇小说《神》。现在重读这小说，拿前一段时期的我跟小说中的主人公长谷川君比较，我奇怪我怎么完全在摹仿他！我更奇怪我怎么在一九三四年就写了讽刺若干年后的自己的小说！是我自己吗？我竟然那样迷信，那样听话，那样愚蠢！它使我浑身冒汗，但是我感谢自己意外地留下这一幅自画像，让儿孙们会看到我某一个时期的丑态。

最近听说有人说我"思想复杂"，我认为这是对我的称赞。其实我也有过"思想简单"的时候，倘使思想复杂，人就不容易虔诚地拜倒在神面前了。据我看生活在今天的世界上要应付复杂的局面，思想复杂些总比思想简单些好。要把新中国建设成社会主义的人间乐园，恐怕也得靠复杂的集体的智慧，靠九亿中国人民。现在不是信神的时代，不可能由一两个人代表千万读者给一部作品、一篇文章下结论，也没有人愿意让别人把自己当做录音机吧。要是大家都成了录音机，我们就用不着进行复杂的思维活动，脑子也成了多余的了。但我始终相信：人类社会发展的方向总是由简单到复杂，而不是由复杂到简单。

我们文艺发展的方向当然也是百花齐放，而不是一花独放，更不是无花开放。

[1980 年] 6 月 15 日

说 真 话

最近听说上海《新民晚报》要复刊。有一天我遇见晚报的前任社长，问起来，他说："还没有弄到房子，"又说："到时候会要你写篇文章。"

我说："我年纪大了，脑子不管用，写不出应景文章。"

他说："我不出题目，你只要说真话就行。"

我不曾答应下来，但是我也没有拒绝，我想：难道说真话还有困难！

过了几天我出席全国文联的招待会，刚刚散会，我走出人民大会堂二楼东大厅，一位老朋友拉住我的左胳膊，带笑说："要是你的《爝火集》里没有收那篇文章就好了。"他还害怕我不理解，又加了三个字："姓陈的。"我知道他指的是《大寨行》，我就说："我是有意保留下来的。"这句话提醒我自己：讲真话并不那么容易！

去年我看《爝火集》清样时，人们就在谈论大寨的事情。我曾经考虑要不要把我那篇文章抽去，后来决定不动它。我坦白地说，我只是想保留一些作品，让它向读者说明我走过什么样的道路。如果说《大寨行》里有假象，那么排在它前面的那些文章，那许多豪言壮语，难道都是真话？就是一九六四年八月我在大寨参观的时候，看见一辆一辆满载干部、社员的卡车来来去去，还听说每天都有几百个参观、学习的人。我疑惑地想：这个小小的大队怎么负担得起？我当时的确这样想过，可是文章里写的却是另外一句话："显然是看得十分满意。"那个时候大队支部书记还没有当上副总理，吹牛还不曾吹到"天大旱，人大干"每年虚报产量的程度。我的见闻里毕竟还有真实的东西。这种写法好些年来我习以为常。我从未考虑听来的话哪些是真，哪些是假。现在回想，我也很难说出是什么时候开始的，可能是一九五七年以后吧。总之，我们常常是这样：朋友从远方来，高兴地会见，坐下来总要谈一阵大好形势和光明前途，他谈我也谈。这样地进行了一番歌功颂德之后，才敞开心来谈真话。这些年我写小说写得很少，但是我探索人心的习惯却没有给完全忘掉。运动一个接着一个没完没了，每次运动过后我就发现人的心更往内缩，我越来越接触不到别人的心，越来越听不到真话。我自己也把心藏起来藏得很深，仿佛人已经走到深渊边缘，脚已经踏在薄冰上面，战战兢兢，只想怎样保全自己。"十年浩劫"刚刚开始，为了让自己安全过关，一位三十多年的老朋友居然编造了一本假账揭发我。在那荒唐而又可怕的十年中间，说谎的艺术发展到了登峰造极的地步，谎言变成了真理，说真话倒犯了大罪。我挨过好几十次的批斗，把数不清的假话全吃进肚里。起初我真心认罪服罪，严肃对待；后来我只好人云亦云，挖空心思编写了百份以上的"思想汇报"。保护自己我倒并不在乎，我念念不忘的是我的妻子、儿女，我不能连累他们，对他们我还保留着一颗真心，在他们面前我还可以讲几句真话。在批判会上，我渐渐看清造反派的面目，他们一层又一层地剥掉自己的面具。一九六八年秋天一个下午他们把我拉到田头开批斗会，向农民揭发我的罪行；一位造反派的年轻诗人站出来发言，揭露我每月领取上海作家协会一百元的房租津贴。他知道这是假话，我也知道他在说谎，可是我看见他装模作样毫不红脸，我心里真不好受。这就是好些外国朋友相信过的"革命左派"，有一个时期我差一点也把他们当做新中国的希望。他们就是靠说假话起家的。我并不责怪他们，我自己也有责任。我相信过假话，我传播过假话，我不曾跟假话作过斗争。别人"高举"，我就"紧跟"；别人抬出"神明"，我就低首膜拜。即使我有疑惑，我有不满，我也把它们完全咽下。我甚至愚蠢到愿意钻进魔术箱变"脱胎换骨"的戏法。正因为有不少像我这样的人，谎话才有畅销的市场，说谎话的人才能步步高升。……

现在那一切都已经过去，正在过去，或者就要过去。这次我在北京看见不少朋友，坐下来，我们不谈空洞的大好形势，我们谈缺点，谈弊病，谈前途，没有人害怕小报告，没有人害怕批斗会。大家都把心掏出来，我们又能够看见彼此的心了。

[1980年] 9月20日

再论说真话

  我的《随想》并不"高明",而且绝非传世之作。不过我自己很喜欢它们,因为我说了真话,我怎么想,就怎么写出来,说错了,也不赖账。有人告诉我,在某杂志[①]上我的《随想录》(第一集)受到了"围攻"。我愿意听不同的意见,就让人们点起火来烧毁我的《随想》吧!但真话却是烧不掉的。当然,是不是真话,不能由我一个人说了算,它至少总得经受时间的考验。三十年来我写了不少的废品,譬如上次提到的那篇散文,当时的劳动模范忽然当上了大官,很快就走向他的反面;既不"劳动",又不做"模范";说假话、搞特权、干坏事倒成了家常便饭。过去我写过多少豪言壮语,我当时是那样欢欣鼓舞,现在才知道我受了骗,把谎言当做了真话。无情的时间对盗名欺世的假话是不会宽容的。

  奇怪的是今天还有人要求作家歌颂并不存在的"功"、"德"。我见过一些永远正确的人,过去到处都有。他们时而指东,时而指西,让别人不断犯错误,他们自己永远当裁判官。他们今天夸这个人是"大好人",明天又骂他是"坏分子"。过去辱骂他是"叛徒",现在又尊敬他为烈士。本人说话从来不算数,别人讲了一句半句就全记在账上,到时候整个没完没了,自己一点也不脸红。他们把自己当做机器,你装上什么唱片,他们唱什么调子;你放上什么录音磁带,他们哼什么歌曲。他们的嘴好像过去外国人屋顶上的

[①] 香港《开卷》杂志,一九八〇年九月号。

信风鸡，风吹向哪里，他们的嘴就朝着哪里。

外国朋友向我发过牢骚：他们对中国友好，到中国访问，要求我们介绍真实的情况，他们回去就照我们所说向他们的人民宣传。他们勇敢地站出来做我们的代言人，以为自己讲的全是真话。可是不要多长的时间就发现自己处在尴尬的境地：前后矛盾、不能自圆其说，变来变去，甚至打自己的耳光。外国人重视信用，不会在思想上跳来跳去、一下子转大弯。你讲了假话就得负责，赖也赖不掉。有些外国朋友就因为贩卖假话失掉信用，至今还被人抓住不肯放。他们吃亏就在于太老实，想不到我们这里有人靠说谎度日。当"四人帮"围攻安东尼奥尼的时候，我在一份意大利"左派"刊物上读到批判安东尼奥尼的文章。当时我还在半靠边，但是可以到邮局报刊门市部选购外文"左派"刊物。我早已不相信"四人帮"那一套鬼话，我看见中国人民越来越穷，而"四人帮"一伙却大吹"向着共产主义迈进"。报纸上的宣传和我在生活中的见闻全然不同，"四人帮"说的和他们做的完全两样。我一天听不到一句真话，偶尔有人来找我谈思想，我也不敢吐露真心。我怜悯那位意大利"左派"的天真，他那么容易受骗。事情过了好几年，我不知道他今天是左还是右，也可能还有人揪住他不放松。这就是不肯独立思考而受到的惩罚吧。

其实我自己也有更加惨痛的教训。一九五八年大刮浮夸风的时候我不但相信各种"豪言壮语"，而且我也跟着别人说谎吹牛。我在一九五六年也曾发表杂文，鼓励人"独立思考"，可是第二年运动一来，几个熟人摔倒在地上，我也弃甲丢盔自己缴了械，一直把那些杂感作为不可赦的罪行；从此就不以说假话为可耻了。当然，这中间也有过反复的时候，我有脑子，我就会思索，有时我也忍不住吐露自己的想法。一九六二年我在上海文艺界的一次会上发表了一篇讲话：《作家的勇气和责任心》。就只有那么一点点"勇气和责任心"！就只有三几十句真话！它们却成了我精神上一个包袱，好些人拿了棍子等着我，姚文元便是其中之一。果然，"文化大革命"开始，我还在北京出席亚非作家紧急会议，上海作家协会的大厅里就贴出了"兴无灭资"的大字报，揭露我那篇"反党"发言。我回到上海便诚惶诚恐地到作家协会学习。大字报一张接着一张，"勒令"我这样，"勒令"我那样，贴不到十张，我的公民权利就给剥夺干净了。

那是一九六六年八九月发生的事。我当时的心境非常奇怪，我后来说，我仿佛受了催眠术，也不一定很恰当。我脑子里好像只有一堆乱麻，我已无法独立思考，我只是感觉到自己背着一个沉重的"罪"的包袱掉在水里，我想救自己，可是越陷越深。脑子里没有是非、真假的观念，只知道自己有罪，而且罪名越来越大。最后认为自己是不可救药的了，应当忍受种种灾难、苦刑，只是为了开脱、挽救我的妻子、儿女。造反派在批斗会上揭发、编造我的罪行，无限上纲。我害怕极了。我起初还分辩几句，后来一律默认。那时我信神拜神，也迷信各种符咒。造反派批斗我的时候经常骂一句："休想捞稻草！"我抓住的惟一的"稻草"就是"改造"。我不仅把这个符咒挂在门上，还贴在我的心上。我决心认真地改造自己。我还记得在我小的时候每逢家中有人死亡，为了"超度亡灵"，请了和尚来诵经，在大厅上或者别的地方就挂出了十殿阎罗的图像。在像上有罪的亡魂通过十个殿，受尽了种种酷刑，最后转世为人。这是我儿童时代受到的教育，几十年后它在我身上又起了作用。一九六六年下半年以后的三年中间，我就是这样地理解

"改造"的，我准备给"剖腹挖心"，"上刀山、下油锅"，受尽惩罚，最后喝"迷魂汤"、到阳世重新做人。因此我下定决心咬紧牙关坚持到底。虽然中间有过很短时期我曾想到自杀，以为眼睛一闭就毫无知觉，进入安静的永眠的境界，人世的毁誉无损于我。但是想到今后家里人的遭遇，我又不能无动于衷。想了几次我终于认识到自杀是胆小的行为，自己忍受不了就让给亲人忍受，自己种的苦果却叫妻儿吃下，未免太不公道。而且当时有一句流行的话："哪里摔倒就在哪里站起来。"我还痴心妄想在"四人帮"统治下面忍受一切痛苦在摔倒的地方爬起来。

那些时候，那些年我就是在谎言中过日子，听假话，说假话，起初把假话当做真理，后来逐渐认出了虚假；起初为了"改造"自己，后来为了保全自己；起初假话当真话说，后来假话当假话说。十年中间我逐渐看清楚十座阎王殿的图像，一切都是虚假！"迷魂汤"也失掉了效用，我的脑子清醒，我回头看背后的路，还能够分辨这些年我是怎样走过来的。我踏在脚下的是那么多的谎言，用鲜花装饰的谎言！

哪怕是给铺上千万朵鲜花，谎言也不会变成真理。这样一个浅显的道理，我为它却花费了很长的时间，付出了很高的代价。

人只有讲真话，才能够认真地活下去。

[1980年] 10月2日

说真话之四

关于说真话,各人有各人的想法。有人说现在的确有要求讲真话的必要,也有人认为现在并不存在说真话的问题。我虽然几次大声疾呼,但我的意见不过是一家之言,我也只是以说真话为自己晚年奋斗的目标。

说真话不应当是艰难的事情。我所谓真话不是指真理,也不是指正确的话。自己想什么就讲什么;自己怎么想就怎么说——这就是说真话。你有什么想法,有什么意见,讲出来让大家了解你。倘使意见相同,那就在一起作进一步的研究;倘使意见不同,就进行认真讨论,探求一个是非。这样做有什么不好?

可能有不少的人已经这样做了,也可能有更多的人做不到这样。我只能讲我自己。在我知道话有真假之分的时候,我就开始对私塾老师、对父母不说真话。对父母我讲假话不多,因为他们不大管我,更难得打我。我父亲从未打过我,所以我常说他们对我是"无为而治"。他们对我亲切、关心而且信任。我至今还记得一件事情。有一年春节前不久,我和几个堂兄弟要求私塾老师提前两天放年假,老师对我父亲讲了。父亲告诉母亲,母亲就说:"老四不会在里头。"我刚刚走进房间,听见这句话连忙转身溜走了。母亲去世时我不满十岁,这是十岁以前的事。几十年来我经常想起它,这是对我最好的教育,比板子、鞭子强得多:不能辜负别人的信任。在十年浩劫中我感到最痛苦的就是自己辜负了读者们的信任。

对私塾老师我很少讲真话。因为一,他们经常用板子打学生;

二，他们只要听他们爱听的话。你要听什么，我们就讲什么。编造假话容易讨老师喜欢，讨好老师容易得到表扬。对不懂事的孩子来说，这样混日子比较轻松愉快。我不断地探索讲假话的根源，根据个人的经验，假话就是从板子下面出来的。

近年来我在荧光屏上看到一些古装的地方戏，戏中常有县官审案，"大刑伺候"，不招就打，甚至使用酷刑。关于这个我也有个人的见闻。我六七岁时我父亲在广元县做县官，他在二堂审案，我有空就跑去"旁听"。我不站在显著的地方，他也不来干涉。他和戏里的官差不多，"犯人"不肯承认罪行，就喊"打"。有时一打"犯人"就招；有时打下去"犯人"大叫"冤枉"。板子分宽窄两种，称为"大板子"和"小板子"。此外父亲还用过一种刑罚，叫做"跪抬盒"，让"犯人"跪在抬盒里，膝下放一盘铁链，两手给拉直伸进两个平时放抬杆的洞里。这刑罚比打小板子厉害，"犯人"跪不到多久就杀猪似的叫起来。我不曾见父亲审过大案，因此他用刑不多。父亲就只做过两年县官，但这两年的经验使我终生厌恶体刑，不仅对体刑，对任何形式的压迫，都感到厌恶。古语说，屈打成招，酷刑之下有冤屈，那么压迫下面哪里会有真话？

奇怪的是有些人总喜欢相信压力，甚至迷信压力会产生真言，甚至不断地用压力去寻求真话。的确有这样的人，而且为数不少。我在十年浩劫中遇到的所谓造反派，大部分都是这样。他们的办法可比满清官僚高明多了。所以回顾我这一生，在这十年中我讲假话最多。讲假话是我自己的羞耻，即使是在说谎成为风气的时候我自己也有错误，但是逼着人讲假话的造反派应该负的责任更大。我脑子里至今深深印着几张造反派的面孔，那个时期我看见它们就感到"生理上的厌恶"（我当时对我爱人萧珊讲过几次），今天回想起来还要发恶心。我不明白在他们身上怎么会有那么多的封建官僚气味?！他们装模作样，虚张声势，惟恐学得不像，其实他们早已青出于蓝！封建官僚还只是用压力、用体刑求真言，而他们却是用压力、用体刑推广假话。"造反派"用起刑来的确有所谓"造反精神"。不过我得讲一句公道话，那十年中间并没有人对我用过体刑，我不曾挨过一记耳光，或者让人踢过一脚，只是别人受刑受辱的事我看得太多，事后常常想起旁听县官审案的往事。但我早已不是六七岁小孩，而且每天给逼着讲假话，不断地受侮辱受折磨，哪里还能从容思索，"忆苦思甜"?！

在那样的日子里我早已把真话丢到脑后，我想的只是自己要活下去，更要让家里的人活下去，于是下了决心，厚起脸皮大讲假话。有时我狠狠地在心里说：你们吞下去吧，你们要多少假话我就给你们多少。有时我受到了良心的责备，为自己的言行感到羞耻。有时我又因为避免了家破人亡的惨剧而原谅自己。结果萧珊还是受尽迫害忍辱死去。想委曲求全的人不会得到什么报酬，自己种的苦果只好留给自己吃。我不能欺骗我的下一代。我一边生活一边思考，逐渐看清了自己走的道路，也逐渐认清了"造反派"的真实面目。去奉贤文化系统五·七干校劳动的前夕，我在走廊上旧书堆中找到一本居·堪皮(G. Campi)的汇注本《神曲》的《地狱篇》，好像发现了一件宝贝。书太厚了，我用一个薄薄的小练习本抄写了第一曲带在身边。在地里劳动的时候，在会场受批斗的时候，我默诵但丁的诗句，我以为自己是在地狱里受考验。但丁的诗给了我很大的勇气。读读《地狱篇》，想想"造反派"，我觉得日子好过多了。

我一本一本地抄下去，还不曾抄完第九曲就离开了干校，因为萧珊在家中病危。……

"四人帮"终于下台了。他们垮得这样快,我没有想到。这是一个很好的教训。沙上建筑的楼台不会牢固,建筑在谎言上面的权势也不会长久。爱听假话和爱说假话的人都受到了惩罚,我也没有逃掉。

[1982年] 4月2日

未来(说真话之五)

客人来访,闲谈中我说明自己的主张:"鼓舞人前进的是希望,而不是失望。"客人就说:"那么我们是不是把一切不愉快的事情都深深埋葬,多谈谈美满的未来?!"

于是我们畅谈美满的未来,谈了一个晚上。客人告辞,我回到寝室,一进门便看见壁炉架上萧珊的照片,她的骨灰盒在床前五斗柜上面。它们告诉我曾经发生过的那些不愉快的事情。

萧珊逝世整整十年了。说真话,我想到她的时候并不多,但要我忘记我在《怀念萧珊》中讲过的那些事,恐怕也难办到。有人以为做一两次报告,做一点思想工作,就可以使人忘记一些事情,我不大相信。我记得南宋诗人陆游的几首诗,《钗头凤》的故事知道的人很多,诗人在四十年以后"犹吊遗踪一泫然",而且想起了四十三年前的往事,还要"断肠"。那么我偶尔怀念亡妻写短文说断肠之情,也是可以理解的吧。我不是在散布失望的情绪,我的文章不是"伤痕文学"。也没有人说陆游的诗是"伤痕文学"。陆游不但有伤痕,而且他的伤痕一直在流血,他有一些好诗就是用这血写成的。七百多年以后,我在法国一位学哲学的中国同学那里读了这些诗[①],过了五十几年还没有忘记,不用翻书就可以默写出来。我默念这些诗,诗人的痛苦和悲伤打动我的心,我难过,我同情,我

[①] 当时(1927—1928)我和哲学家住在沙多—吉里城,拉·封登中学食堂楼上两间邻接的屋子里,他每晚朗读陆游的诗。我听见他的"吟诵",遇到自己喜欢的诗,就记在了心里。

思索，但是我从未感到绝望或者失望。人们的幸福生活给破坏了，就应当保卫它。看见人们受苦，就会感到助人为乐。生活的安排不合理，就要改变它。看够了人间的苦难，我更加热爱生活，热爱光明。从伤痕里滴下来的血一直是给我点燃希望的火种。通过我长期的生活经验和创作实践，我认为即使不写满园春色的美景，也能鼓舞人心；反过来说，纵然成天大做一切都好的美梦，也产生不了良好的效果。

据我看，最好是讲真话。有病治病；无病就不要吃药。

要谈未来，当然可以。谈美满的未来，也可以。把未来设想得十分美满，谁也干涉不了，因为每个人都有未来，而且都可以为自己的未来作各种的努力。未来就像一件有可塑性的东西，可以由自己努力把它塑成不同的形状。当然这也不那么容易。不过努力总会产生效果，好的方面的努力就有可能产生好的效果。产生希望的是努力，是向上、向前的努力，而不是豪言壮语。

客人不同意我这种"说法"。他说："多讲些豪言壮语有什么不好？至少可以鼓舞士气嘛。"

我听过数不清的豪言壮语，我看过数不清的万紫千红的图画。初听初看时我感到精神振奋，可是多了，久了，我也就无动于衷了。我看，别人也是如此。谁也不希罕不兑现的支票。我不久前编自己的选集，翻看了大部分的旧作，使我感到惊奇的是从一九五〇到一九六六年十六年中间，我也写了那么多的豪言壮语，我也绘了那么多的美丽图画，可是它们却迎来十年的浩劫，弄得我遍体鳞伤。我更加惊奇的是大家都在豪言壮语和万紫千红中生活过来，怎么那么多的人一夜之间就由人变为兽，抓住自己的同胞"食肉寝皮"。我不明白，但是我想把问题弄清楚。最近遇见几位朋友，谈起来他们都显得惊惶不安，承认"心有余悸"。不能怪他们，给蛇咬伤的人看见绳子会心惊肉跳。难道我就没有恐惧？我在《随想录》中不断地提出问题，发表意见，正因为我有恐惧。不用说大家都不愿意看见十年的悲剧再次上演，但是不弄清楚它的来龙去脉，不把它的来路堵死，单靠念念咒语，签发支票，谁也保证不了已经发生过的事不再发生。难道对于我们的未来中可能存在的这个阴影就可以撒手不管？我既然害怕见到第二次的兽性大发作，那么为什么要把自己的恐惧埋葬在心底？为什么不敢把心里话老实地讲出来？

埋葬！忘记！有一个短时期我的确想忘记十年的悲剧，但是偏偏忘记不了，即使求神念咒，也不管用。于是我又念起陆游的诗。像陆游那样朝夕盼望"王师北定中原"的爱国大诗人，对于奉母命离婚的"凡人小事"一辈子也不曾忘记，那么对于长达十年使几亿人受害的大灾难，谁又能够轻易忘记呢？

不忘记浩劫，不是为了折磨别人，而是为了保护自己，为了保护我们的下一代。保护下一代，人人有责任。保护自己呢，我经不起更大的折腾了。过去我常想保护自己，却不理解"保护"的意义。保护自己并非所谓明哲保身，见风转舵。保护自己应当是严格要求自己，面对现实，认真思考。不要把真话隐藏起来，随风向变来变去，变得连自己的面目也认不清楚，我这个惨痛的教训是够大的了。

十年的灾难，给我留下一身的伤痕。不管我如何衰老，这创伤至今还像一根鞭子鞭策我带着分明的爱憎奔赴未来。纵然是年近八旬的老人，我也还有未来，而且我还有雄心壮志塑造自己的未来。望梅止渴、画饼充饥的年代早已过去，人们要听的是真话。我是一个什么样的人？是不是想说真话？是不是敢说真话？无论如何，我不能躲避读者们的炯炯目光。

［1982 年］4 月 14 日

思　路

一

　　人到了行路、写字都感到困难的年龄才懂得"老"的意义。我现在也说不清楚什么时候开始感觉到身上的一切都在老化，我很后悔以前不曾注意这个问题，总以为"精神一到，何事不成"！忽然发觉自己手脚不灵便、动作迟缓，而且越来越困难，平时不注意，临时想不通，就认为"老化"是突然发生的。

　　根据我的经验，要是不多动脑筋思考，那么突然发生、突然变化的事情就太多了！可是仔细想想，连千变万化的思想也是沿着一条"思路"前进的，不管它们是飞，是跳，是走。我见过一种人：他们每天换一个立场，每天发一样言论，好像很奇怪，其实我注意观察，认真分析，就发现他们的种种变化也有一条道路。变化快的原因在于有外来的推动力量，例如风，风一吹风车就不能不动。我并不想讽刺别人，有一个时期我自己也是如此，所以我读到吉诃德先生跟风车作战的小说时，另有一种感觉。

　　我不能不承认这个令人感到不愉快的事实：自己在衰老的路上奔跑。其实这是每个人的必经之路，到最后松开手，眼睛一闭，就得到舒适的安眠，把地位让给别人。肉体的衰老常常伴随着思想的衰老、精神的衰老。动作迟钝，思想僵化，这样密切配合，可以帮助人顺利地甚至愉快地度过晚年。我发现自己的思想和精神状态同衰老的身体不能适应，更谈不上"密切配合"，因此产生了矛盾。

我不能消除矛盾，却反而促成自己跟自己不休止地斗争。我明知这斗争会逼使自己提前接近死亡，但是我没有别的路可走。几十年来我一直顺着一条思路往前进。我幼稚，但是真诚；我犯过错误，但是我没有欺骗自己。后来我甘心做了风车，随着风转动，甚至不敢拿起自己的笔。倘使那十年中间我能够像我的妻子萧珊那样撒手而去，那么事情就简单多了。然而我偏偏不死，思想离开了风车，又走上自己的轨道，又顺着思路走去，于是产生了这几年中发表的各种文章，引起了各样的议论。这些文章的读者和评论者不会想到它们都是一个老人每天两三百字地用发僵的手拼凑起来的。我称它们为真话，说它们是"善言"，并非自我吹嘘，虚名对我已经没有用处。说实话，我深爱在我四周勤奋地生活、工作的人们，我深爱在我身后将在中国生活、工作的年轻的一代，两代以至于无数代……那么写一点报告情况的"内参"（内部参考）留给他们吧。

我的这种解释当然也有人不同意，他们说："你为什么不来个主动的配合，使你的思想、精神同身体相适应？写字困难就索性不写，行动不便就索性不动。少消耗，多享受，安安静静地度过余年，岂不更好?!"

这番话似乎很有道理，我愿意试一试。然而我一动脑筋思考，思想顺着思路缓缓前进，自己也无法使它们中途停下。我想起来了，在那不寻常的十年中间，我也曾随意摆弄自己的思想使它们适应种种的环境，当时好像很有成效，可是时间一长，才发现思想仍然在原地，你控制不了它们，它们又顺着老路向前了。那许多次"勒令"，那许多次批斗都不曾改变它们。这使我更加相信：

人是要动脑筋思考的，思想的活动是顺着思路前进的。你可以引导别人的思想进入另外的一条路，但是你不能把别人的思想改变成见风转动的风车。

那十年中间我自己也宣传了多少"歪理"啊！什么是歪理？没有思路的思想就是歪理。

"四人帮"垮台以后我同一位外宾谈话，他不能理解为什么"四个人"会有那样大的"能量"，我吞吞吐吐始终讲不清楚。他为了礼貌，也不往下追问。我回答外国朋友的问题，在这里总要碰到难关，几次受窘之后终于悟出了道理，脱离了思路，我的想法就不容易说服人了。

二

十天前我瞻仰了岳王坟。看到长跪在铁栏杆内的秦太师，我又想起了风波亭的冤狱。从十几岁读《说岳全传》时起我就有一个需要解答的问题：秦桧怎么有那样大的权力？我想了几十年，年轻的心是不怕鬼神的。我在思路上遇着了种种的障碍，但是顺着思路前进，我终于得到了解答。现在这样的解答已经是人所共知的了。我这次在杭州看到介绍西湖风景的电视片，解说人介绍岳庙提到风波狱的罪人时，在秦桧的前面加了宋高宗的名字。这就是正确的回答。

这一次我在廊上见到了刻着明代诗人兼画家文征明的满江红词的石碑，碑立在很显著的地方，是诗人亲笔书写的。我一眼就看到最后的一句："笑区区一桧亦何能，逢其欲。"这个解答非常明确，四百五十二年前的诗人会有这样的胆识，的确了不起！但我看这也是很自然、很寻常的事，顺着思路思考，越过了种种的障碍，当然会得到应有的结论。

我读书不多，文征明的词我还是在我曾祖李璠的《醉墨山房诗话》中第一次读到的，那也是六十多年前的事了。书还在我的手边，不曾让人抄走、毁掉，我把最后一则诗话抄录在下面：

予在成都时，有以岳少保所书"忠孝节义"四大字求售者，价需三百金，亦不能定其真伪，然笔法遒劲，亦非俗手所能。又尝见王所作满江红词，悲壮激烈，凛凛有生气，其词曰（原词略）。明文征明和之曰：

拂拭残碑，敕飞字依稀堪读。

慨当时倚飞何重，后来何酷！

果是功成身合死，可怜事去言难说（赎）。

最无辜，堪恨更堪怜，风波狱。

岂不惜（念），中原蹙？

岂不念（惜），徽钦辱？

但徽钦既返，此身何属？

千古休谈（夸）南渡错，当时只（自）怕中原复。

笑区区一桧亦何能，逢其欲！

诛心之论，痛快淋漓，使高宗读之，亦当汗下。

我只知道李璠活了五十五岁，一八七八年葬在成都郊外，已经过了一百零四年了，诗话写成的时间当然还要早一些。诗话中并无惊人之处，但我今天读起来仍然感到亲切。我曾祖不过是一百多年前一个封建小官僚，可是在大家叩头高呼"臣罪当诛"、"天王圣明"的时候，他却理解、而且赞赏文征明的"诛心之论"，这很不简单！他怎么能做到这样呢？我的解释是：

用自己的脑子思考，越过种种的障碍，顺着自己的思路前进，很自然地得到了应有的结论。

[1982年] 5月6日

致成都东城根街小学学生

亲爱的同学们：

谢谢你们写信给我，一大堆信！我数了数，一共四十封，好像你们都站在我面前，争先恐后，讲个不停，好不热闹！家乡的孩子们，感谢你们给我这个老人带来温暖。

我有病，写字困难，捏着笔手不听指挥，不说给每个同学写一封回信或者像五年级郭小娟同学所要求的那样写一段话，就是给你们大家回一封短信也十分吃力，有时候在我的手里一支笔会有千斤重。怎么办呢？无论如何，我不能辜负你们的好意，我不能使家乡的孩子们失望。我终于拿起了笔。

请原谅我今年不能回家乡，并不是我不愿意看望你们，正相反，我多么想看见你们天真的笑脸，多么想听见你们歌唱般的语声，但是我没有体力和精力支持这样一次长途的旅行，那么就让这封信代替我同你们见面吧。

不要把我当作什么杰出人物，我只是一个普通人。我写作不是我有才华，而是我有感情，对我的祖国和同胞我有无限的爱，我用作品表达我的这种感情。我今年八十七岁，今天回顾过去，说不上失败，也谈不到成功，我只是老老实实、平平凡凡地走了这一生，我思索，我追求，我终于明白生命的意义在于奉献，而不在于享受。我在回答和平街小同学们的信中说："我愿意再活一次，重新学习，重新工作。让我的生命开花结果。"有人问我生命开花是什么意思，我说："人活着不是为了白吃干饭，我们活着就要给我们生活在其中的社会添上一点光彩。这个我们办得到，因为我们每个人都有更多的爱，更多的同情，更多的精力，更多的时间，比维持我们自己的生存所需要的多得多，只有为别人花费了它们，我们的生命才会开花。一心为自己、一生为自己的人什么也得不到。"

我和别人一样，也希望看到自己生命的开花。但是我不可能再活一次。过去我浪费了不少的光阴，现在我快走到路的尽头，剩下的日子已经不多了。我十分珍惜这有限的一分一秒。

亲爱的家乡的孩子们，我真羡慕你们。你们面前有无比宽广的道路，你们心里有那么多美好的事物，爱惜你们可以使用的宝贵时间，好好地学习吧，希望在你们身上。

我真诚地祝福你们。

巴金　[1991年] 5月15日

向老托尔斯泰学习

几个月前我给冰心大姐写信发牢骚,抱怨自己的处境。我们通信话都很短,因为彼此熟悉、了解,许多话不需要写出来,发牢骚也不用长篇大论。我讲两三句,她就明白了,或者给我一点安慰,或者批评两句,其实批评的时候极少,我的牢骚常常引起她的共鸣,或者给她带来烦恼。

我从小爱发牢骚,但决非无病呻吟,而且我不善于言辞,不会表达自己的思想,用嘴讲不出来的,我只好靠笔帮忙,因此走上了写作的路。我不是经过刻苦钻研、勤奋读写,取得若干成就的。我不过借用文字作武器,在作品中生活,在作品中奋斗。不管拿着笔,或者放下笔,我都是在生活。写作几十年我从未想到什么成功,什么成就。摊开稿纸,我只有一个念头:奋笔前进。

我就奋笔前进吧。直到某一天出现了人畜互相转化的"魔法时代",我给捆住胳膊绑住脚,整整十一年没有能写一篇文章。我真的相信自己给"打翻在地,踏上一脚,永世不得翻身"了,忽然发现那些符咒都失了效力,我的手仍然能写字。在"牛棚"关了十年之后,我还是一个"人",能用自己的脑子思考。我要继续前进,可是我已年逾古稀,奋笔无力了。

年轻时候我不高兴听见"老"字,我常常对朋友说:"我只要活到四十。"岂但四十!不知不觉中我已过了六十,开始感到疲倦,正考虑搁笔的时候却被当作"牛鬼"揪到干校,不准言老,也不敢言老了。在干校我和另一个审查对象抬一箩筐菜皮送到猪场，半路上跌进了垄沟，自己从水里爬上来，没有人关心地问一句，我只听见几声大笑。

只有十年梦醒我才懂得保护自己；让人称公称老，我才记起自己的年纪；疾病缠身，我才想到搁笔休息。活到八十七岁，我的确感到精疲力竭。但是今天和从前一样，我还得老老实实地活下去。我的原则仍然是讲真话，掏出自己的心。其实这不过老调重弹。我并非自吹自擂独家贩卖真货，或者我在传播真理，我惟一的宗旨是不欺骗读者，自己想说什么就写什么，不停地探索，不断地追求，倘使发现错误，就承认错误，决不坚持错误。读者是我真正的"评委"，我并不要他们跟着我走。有话要讲，我才拿笔。我的手不听指挥，我又把笔放下。我需要安静。我也希望得到安静。但是我会得到安静么？

我的时间已经不多，我要好好地利用它。我渴望安静，也只是为了勤奋而有效地使用这支笔。我回顾过去，写作一生，我并未尽责，也未还清欠债，半夜梦醒，在床上想来想去，深感愧对读者，万分激动，我哪里来的安静？当然到了最后一刻我也会撒手而去，可能还有不少套话、大话、废话、空话、假话……把我送上西天，但是我留下的每张稿纸上都有这样三个字：讲真话。

俄罗斯大作家列夫·托尔斯泰被称为十九世纪世界的良心，他标榜"心口一致"，追求"言行一致"，为了讲真话，他以八十高龄离家出走，中途病死在火车站上。

向老托尔斯泰学习，我也提倡"讲真话"。我说得明明白白：安徒生童话里的小孩分明看见皇帝陛下"什么衣服也没有穿"，就老老实实地讲了出来。我说的"讲真话"就是这样简单,这里并没有高深的学问。

1991年9月8日

没有神

我明明记得我曾经由人变兽,有人告诉我这不过是十年一梦。还会再做梦吗?为什么不会呢?我的心还在发痛,它还在出血。但是我不要再做梦了。我不会忘记自己是一个人,也下定决心不再变为兽,无论谁拿着鞭子在我背上鞭打,我也不再进入梦乡。当然我也不再相信梦话!

没有神,也就没有兽。大家都是人。

[1993年] 7月6日

"中国现当代名家散文典藏"编辑委员会

主　任：阎晶明
副主任：丁　帆
委　员（以姓氏笔画为序）：
　　　　止　庵　孔令燕　何　平　何向阳
　　　　李红强　张　莉　周立民　施战军
　　　　贺绍俊　臧永清